黄裳集

创作卷XVI

来燕榭集外文钞（上）

山东人民出版社·济南
国家一级出版社 全国百佳图书出版单位

学术顾问： 李济生　杨　苡　黄永玉　姜德明

钟叔河　郑　重

编辑小组： 陈子善　胡长青　李　辉　陈麦青

陆　灏　吕　浩　励　俊　凌　济

容　洁　容　仪

黄裳在书房中

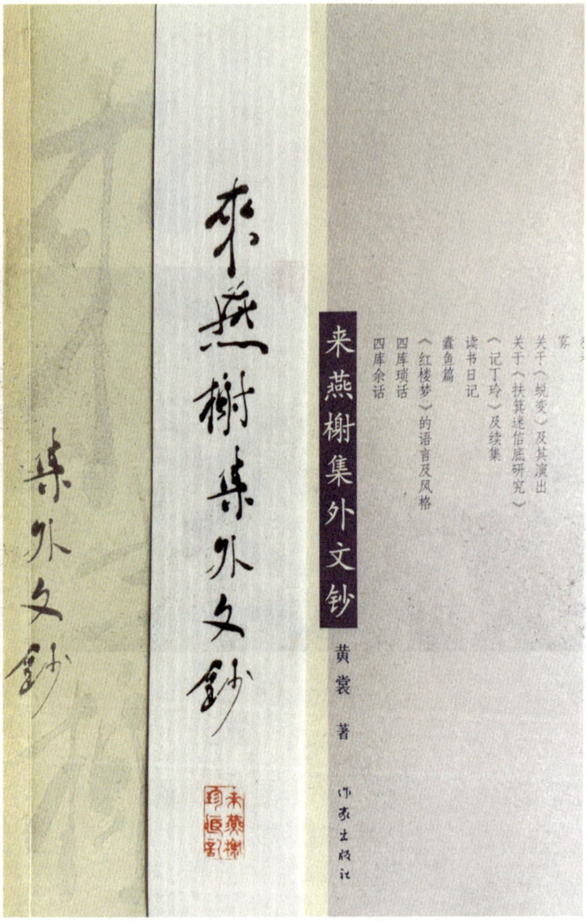

《来燕榭集外文钞》2006 年作家出版社版封面

来燕榭集外文钞（上）

《来燕榭集外文钞》，散文、杂文、读书记和剧评集，为作者集外文首次汇编本，2006年5月作家出版社初版。

据初版本编入，但《〈数学与你〉后记》《〈一脚踏进朝鲜的泥淖里〉后记》等文不再重出。

目　录

［来燕榭集外文钞］之一

[来燕榭集外文钞] 之二

［来燕榭集外文钞］之一

旅绥杂忆

此次利用春假旅行，不是要借着大好的春光，去到山明水秀之乡游赏，而是要到塞北荒僻之区，看一看西北情况，尝些沙漠间的风味的。以前国人对西北情形，向来是非常隔膜。如土地物产等而尤其是毗连内地的几省边防，及蒙藏情形。黄河套一带的富源，是要待我们开发。而云冈石窟，万里长城，雄险的山水，詹公天佑一世心血所筑成的平绥铁路，都急需全国人民深切注意，如此将来开发西北，才能谈得到。否则国人全不知西北为何物，尚何及于开发垦殖。近几年来西北渐渐引起大家的注意，到西北考察的，也颇不乏人。我们便借着一星期短促时间内，看看西北大概情形，也谈不上考察，更谈不到研究。此文不过是将所经历的及在沿途看到的各种情形，粗粗录下而已。

旅行团共有五十二人，包括大学中学同学及女同学。领队是吕仰平先生、唐炳亮先生和郭屏藩先生。共分数小队，每队约有十人左右。事先由社会作业办公室向平绥铁路交涉，我们便参加他们的“绥远旅行团”。和朝阳、清华、中国等大学，同坐一列车，车外贴着纸条，写着“西北考察团”。

南开共占有一辆包车。车上有卧铺，宽窄约合宿舍铁床三分之一，一间共八床位，上下三层，中间的一层，不用时可以叠起。坐卧其中，非常不痛快，且不能坐，坐则头将触及车顶，而尤其是在开车时间，偶尔不慎，大有碰头之虞。途中蒙平绥路局招待甚好。吃早茶及中晚两餐，均在此列车中所挂的两辆饭车上食用，遇有特别情形，则在外面野餐。车上情形大概如此。下面便是每日的游程。

第一日——四月七日

今晚抵平。同学多自将行李自北宁车站移出，由领队诸先生及诸队长看守，大家分别出去用饭。我们第一队同学，一齐在前外找了一家饭馆，匆匆食罢，即返站候车。适车站发生小火警，有消防队救火，看他们的工作十分紧张，一时火即平熄。移时车至。自携行李登车，由队长分派座位毕。一齐到东安市场闲走，买了几本《独立评论》等刊物，以备旅行暇时遣闷。此时才不过十点钟光景，可是偌大的一个市场，已人迹寥寥，只有几家鲜果摊，摆着红绿的果子，在灯下非常好看。出去便随队长到中华公寓访友。公寓里的一切倒还十分整洁，设备也不错，离学校区尚近。遂即归去，电车已收，乘洋车归站，寂静的夜之北平，宽大的柏油路上很少行人，只有几辆洋车，在街头踟蹰而已。夜间宿于车上。

第二日——四月八日

早起，用冷水洗脸，精神非常清爽，只是洗惯了学校的盥漱室，来在取水不便的车上自不免觉得十分的讨厌了。七时开车，车围城墙绕出，红日将升，一片朝霞，笼在郊外的树叶里，显示着青年人的一种朝气。到青龙桥走下，游览长城。长城去年已经来过一次，此次重登，又攀到最高顶的左面五六城垛，再上已无砖路，只好折回。城顶风亦极大，不过较去年稍差耳。城上有烧茶供人饮的。还有几个城内，有许多古董摊，摆着许多古钱、瓷器铜器等东西，在那里出售。因为游长城的外国人甚多，且他们好像都有些好奇心，要买些土物回去夸耀似的。所以这些小贩都学会了些简单的英语。“One dollar”“Pay a dollar”“This is very old”等等，居然也可以乘此大发财源。今年天气暖得早些，一进城口处的桃花，都已盛开，映着一角古城，非常静雅。去年来时，天气尚冷，桃枝犹未发花，今年来此，桃花便笑靥迎人了。平绥路局青龙桥苗圃植树甚多，数十年后，都能绿叶成荫，游人当不寂寞了。回车站在饭车用饭，到站上一读詹公天佑的纪念碑，字迹模糊，且有铁栅围绕，不得一读。三时许车开，途经宣化等处，晚抵张家口。分队出去游览街市。闲步出站，询问路警，待至张垣较繁华街区，一切店铺尚热闹，只有两家戏园，已早散戏。洗浴处有五六处。张垣街上最特殊现象为蘑菇庄。尤其是一出车站后的一带，触目皆是，我们进了一家询问，是山西人经营的。蘑菇成包分类摆在架上。随便拿下几包来看，货色是因为此地靠近口外产地，故多佳产，至回平津，往往在此地买三四路货的，只可买些黑小蘑片了。视此地之大白蘑，相去何远。出来到家牛乳店喝牛乳，此地产牛甚多，又易牧畜，故牛乳甚佳。晚宿车上。

第三日——四月九日

当夜车未开行，次晨早起，由车站出来，转过街口便直趋向大境门去的大道。路过一座石筑的清水桥，便直达大境门。大境门上有“大好河山”四字，高维岳书，笔力非常雄浑。出门左行到了元宝山。此山因有一石形似元宝而得名。山内尚有元宝洞，有人从里面拾出石子来，很像元宝。道中尚有许多小溪流，水尚不畅。元宝山为入蒙要道，每年蒙人来此贸易者，为数甚多。道旁有许多留人小店，店名大都满汉蒙三种文字并列。有许多小店专住蒙人。我们途遇在一家小店中住着的蒙古人，请他来照相，他也毫不客气地来照，并用手示意说：“照好送我一张。”只好问好店名托店内一位汉人代交了。

入大境门行至朝阳洞，洞系因山镌得而成庙宇的。庙名地藏寺。佛像刻十殿阎君及地狱等壁画。洞顶为泥木彩云大龙，上刻有仙人行走，大概是天堂的意思。佛像无可异者。洞内甚凉且黑，须用手电四照，才可约略看见。出来再沿路回去，到中山公园，现在正办有补习学校，早晨为上课期，不许入内，下午任人游览，我们因时间关系，由警察导入游览。内甚整洁，竖格言牌甚多，右面是画，左面是字。后面有小动物栏，园内亭榭穿插甚多。中间的几间，即是补习学校了。出公园前行右拐循汽车路直达赐儿山。半山有察哈尔省的物产陈列所。再上行即达云泉寺。此处为张垣一大名胜，香火甚盛。行走半日，口燥极，适寺内有水洞冰洞，真喜。二洞相去咫尺。水洞为一水潭，而冰洞则上浮一大冰，进内凉极。寺内只有水泉，寺中及山中居民多取水于此。寺上有殿数楹，皆依山结构。殿中匾额甚多，有高维岳书“山可赐儿”。由寺前俯望张垣，城市历历在望。即下山返城。跑了半日，急欲入城一尝张垣两大名产——羊肉及口蘑。口蘑汤味极清淳。食罢游览街市，见派报社中《大公报》及《国闻周报》均有发售，不过较平津稍晚两三日耳。游毕回到车站去，起了风沙，街上满是黄沙色所笼覆，塞北的气象，充满了张垣。回到车上稍微休息一下，四点钟车开，晚十点钟到大同，因时间过晚，不及出去看街市景况，休息精神，以备看此行最有价值的云冈景物。

第四日——四月十日

早晨起来，早茶吃毕后，蒙大同站长领导我们前去，共有汽车十余辆。由站上出发后穿过大同城，城门一，外郭三，共四层左右曲折，经街直出去。城内尚存着古老的色彩。铺户的门面，全保存着旧式。偶然有两家新的建筑，也是绝无仅有的。居民住宅大都很像庙宇，处处街巷口都有木牌坊式的建筑十分古拙可爱。街道还是土的，崎岖不平，汽车行处，尘土飞扬，坐在车内时有头顶和车顶接触的危险。尤其是坐在车轮处的人，车身跳起，随即落下，人被留在空中，只好被车碰一下了。走了半天山路，望见武州河，再行即可望见云冈。到云冈后，汽车直驶入赵承绥先生的云冈别墅停下。

三十里的行程，早已将人摇得头晕，汽油味更使人忍耐不了。急急跳下车去，倚在亭子上，给凉风吹吹才稍觉清爽。云冈别墅在石佛寺东邻，建筑完全是新式的。西侧就是石佛古寺。这一带山岩，都镌着佛，所以在别墅后面也可以看见石刻。进了石窟寺，到殿内共有三层，楼中的一尊大佛，佛身约三层楼高，在第三层楼上，才与大佛头部相对。楼中黑暗异常，有许多小佛像都不能十分看得清楚。有几根石柱四面都是立佛像，壁画也极精致。各种石刻壁画，都十分古朴浑厚，落落大方，凌空高举，衣袍飘逸，姿态庄严婉妙，真是极美的雕刻。以视近代泥塑的猥琐无力，真是不啻天渊。要注意细微之处，往往在小佛洞中，发现好的像。因为这一部分，有楼覆盖，且经几次重修，虽有的因彩绘华丽失真，然究竟较暴露于洞外者，得保存完好也。出石窟寺西行，有数窟都沦为民居，有数石窟为掩覆在人家内，不得参观。经"石窟寒泉"碧霞洞与刘孝标的译经楼，进了第七窟。窟的正中坐着六丈多高的大佛，旁边有两位菩萨侍立，大佛的莲台，已为土湮没，腹部以上，也有几处破坏，而上身尚完好，袈裟衣褶，笔痕十分劲健，而头部的尊严庄重，慈祥明慧，真是美极了。此像暴露洞外，光线尚足，照相颇易，故多在此摄影者。然为风雨残蚀，殊难保存也。近来就有古物保管会，新诸窟保存较易。视满山无头之佛者皆过去不善保管之失，何胜可惜。石佛雕刻的丰腴生动，结构壮伟，线条柔婉，都是雕刻的好模范。我们如要拿这样的眼光来鉴赏，真值得百看不厌，因为时间太匆促，半天的光景不过略略地看看而已。

倒越启发了人的爱慕之心，流连而不忍去了。

看了过后，到云冈别墅来吃顿便野餐，亭子上面有人为备茶水，匆匆吃罢，赶紧回去摄影。一时鸣笛齐集，登车返大同城内。在摇荡的车厢中，渐渐地望不见大佛的头部，大家都露出留恋的心神。半日之游诚不能看尽这有无上价值的宝藏也。途中经过龙王堂，下车进内一观。堂前有三龙壁，建筑与城内之九龙壁略同，庙中无甚塑像，壁画亦不佳，稍憩即出。重又登车，直达城内上华严寺。

上华严寺约建在辽金时代，为大同城内著名古刹。当初寺院原极大，后来衰落，寺只剩了大殿及前院一隅了。进门后，便见此寺现虽败落，规模犹存。入第二层门，升阶即为大雄宝殿。有万历戊午年马林题“调御丈夫”一额。入殿内黑暗异常，正中佛像颇庄严壮丽，为辽金遗物。大佛旁陈各种祭器，多为木制。殿甚大，两旁壁画尚无残损，有一部分经后人修饰，未经修饰者则为古代壁画名构。殿阶下两旁有草书两幅刻石。上华严寺后过一小巷即至下华严寺。

下华严寺前院已改为小学校，亦只存大殿及两旁禅堂矣。大殿内佛像甚多，尤多精致作品，真不愧为一塑像的陈列馆。出寺登汽车送到阳和街的九龙壁。

九龙壁是明代代王府的一道照壁。伫立在大同最繁盛街的中间，市廛喧嚣，颇不称此名胜。琉璃砖砌成绿的九条龙，张牙舞爪，飞扬盘绕此一条照壁，无甚可观，旋即出访久胜楼故址。

久胜楼在酒楼巷，门外挂着德华春饭庄的牌子，已经完全是现代式的酒楼了。入内有三面楼房，正面楼上挂着久胜楼的牌匾。各房间均患人满，饭馆的主人仰仗李凤姐的大名，数百年后尚为他招徕顾客呢。

由久胜楼出来，循大街东行，出城门后往东北角寻“铁牛”，二三里路程即到。铁牛已残坏不全，乃倚牛摄一影。循田垄道入北门，城北尚有一小城，荒芜不堪。不知系何用者。入城后即在街上兴华春饭庄吃饭。此地饭业似较平津价廉，里面亦甚干净。西北城市中的饭庄，大概都是一院落，而诸厢房正房为饭厅。在平津（尤其是在天津）极不易见到有大院落的饭馆。

饭罢出游街市，正中南北一条大街是阳和街。穿过鼓楼一直南去。鼓楼前亦有牌楼，已残缺不全。牌楼下多小贩摊子，大似北平四牌楼光景，街道崎岖不平，浮土甚多。适有水车洒水过去，土虽暂不飞扬，而又一小街泥矣。

大同的名产是铜器，街上铜器铺甚多。同学多出去购买，我们到几家店中去看。如茶壶酒壶脸盆等，制作皆极精巧，而价又甚廉，约一元余即可购一大铜壶，而较铁壶耐用美观，不过太笨重不能多带。

车站离城内三里余，赁洋车约洋两角。晚间天气甚冷，乘车回站，小风吹来，饶有凉意。出城后四望郊外枯树斜阳，古城日暮，大有惜近黄昏之感。至站后，急登车穿大衣，赴附近酒精酿造厂参观。立寒风中候队长赴经理处交涉参观事宜，结果因时间过晚，不成而返。夜宿车上。

第五日——四月十一日

到了归绥，车才停到站上，便有三位校友上车来欢迎。和吕先生商议本日的游程，他们都主张在城内游各召庙和毛织厂等，昭君墓因为要经过二十里路沙漠地，汽车不能通行，只好坐了轿车去，上午前去，约在下午方能回城。大家因为此行看昭君墓是最初计划之一，不便放弃，便由校友姚先生借了两辆载重汽车，送大家到旧城内的绥远饭店，以便出发。归绥远在塞外，受新文明影响稍小，汽车甚少，大家不得已只得分别乘这两辆汽车到绥远饭店。由车站到旧城一带全是新修的马路，虽然不是沥青马路，然而亦甚平坦坚实，系用炭灰石子筑成。路的两旁植树颇多，齐楚可观，因此时天气尚寒，只见枯枝杈桠而已。如在夏日，绿荫蒙蒙，自别具一种静趣。路右有新建的九一八纪念堂，尚未完成。规模甚大，铁筋洋灰建筑，全为最新式样，将来筑成，可以利用之为公众集会处所。入旧城到绥远饭店，此饭店亦为全城仅见之新建筑，包括中餐部及西餐部。中部利用为电影场，每晚开演，本日因为校友分会借此地欢迎我们，所以停演一次。经理亦为南开校友。下车先入饭店内休息。姚先生为大家讲述绥省新政情形。言本省现对各项建设，均积极进行，不遗余力。如最近举办之农林试验场，内分游览区及造林区两区。造林成绩尚佳，植树已及三十万株。余各公园、图书馆等建筑，亦在可能范围内增添，等语。稍饮茶后，即乘骡车赴舍力图召。

舍力图召为著名召庙之一，地方甚大。清康熙西征时驻跸时重修，赐名延寿寺。参观时由各小队分队参观，以免秩序庞杂。院内有白塔，中藏藏经，颇似北平北海者。正面大殿为西藏式经堂，内部甚大，光线不甚充足。当中有活佛讲经座，地上满铺着土、听经僧众所坐的蒲团。正面无塑像，只挂着画佛像。出大殿到后面第二层殿，为佛堂五尊，装金都已黯黑，亦是如来法像。佛前焚着藏香，清香缭绕，不似内地所用之香。次到后面去看，房为一明两暗式，右面套间有大炕，炕上为活佛打坐处，言班禅曾打坐于此。出至中间厅房，有喇嘛正在颂经，声音甚高，经系用藏文所写，长约二尺余，用纸装裱，如书法帖然。左面内间亦为喇嘛养静，玻璃橱中，供着许多金制小佛像，非常精巧。出来后即至前面大殿合摄一影，许多蒙人小孩等，俱来加入。

出舍力图召乘骡车赴昭君墓，骡车出城后，道路太坏，车身颠震欲使人坠地，好在昨天去过云冈，有了乘车经验，今天也没有怎样吃亏。出城后，二十辆骡车前后排列而行，风甚大，吹起了漫天黄沙。漫漫道途，做此远征，却也尝了些在沙漠间的趣味。起初大家还都乐意坐在轿外看看四周景物，后来风力越大，沙子吹在脸上，皮肤如割，只得钻回轿内休息。过小黑河，桥为木架筑成，是古代简单桥梁，车行其上，慢慢引过，映以湍急的流水，非常有趣，因摄一影，欲将此西北风光，留一有趣的印象。再渡过民丰渠，即可望见昭君墓的后影了，远远像一座小土山，孤耸在广漠的平原上。因为时间是初春，草木未生，远远望去，和土地田垄同是一色黄的。我们便都下车，从田垄间小径，直到昭君墓后去。墓后有小径，攀援而上，直至墓顶，坐在平平的土堆上，远望归绥，只见一片尘土而已。上面非常凉爽，时有小风吹来，偃息当风，足以洗刷来时的劳倦了。

从墓前小路下去，看看墓前的七八座碑，以道光十一年长白升演所书之“汉明妃冢”为最古，余有道光十三年长白珠澜及戊申耆英两碑，余俱为民国年间新碑。郑振铎先生的《西行书简》记载说：“此遗址至晚必为辽金时代遗物，惜未获碑文，无从断定。……昭君墓包头附近尚有一座（闻西陲更有一座）。依常理推之，汉时归绥，尚为中土，有妃决不会葬在这个地方的。”从上说，似此墓又非真物，然留此古迹供人凭吊，亦大佳事，墓之真伪固不必多哓哓也。墓左有大仙祠一，旋即下至墓后小屋食午餐。此屋为墓旁村中人设为游人憩足者。卖茶水及鸡子等物，有老妇言业者每年亦可有数十元赢余。食罢，即上车回城。路上与骡夫闲谈，言渠有一车一马，专赁人游昭君墓，车或马每来回一次二元。他既招呼车，又恐马为人所骑惊，来回兼顾不暇，跑得甚紧，回来即坐在车前，却不管骡子负重如何了。

匆匆归来，在绥远饭店外下车，姚先生已候我们多时，忙洗脸入店，开了一个茶话会。席间杯盘狼藉，备极欢慰。姚先生致欢迎词，吕先生致答词，谈笑风生，笑声不绝。宴罢便乘车参观街市。重经城外马路至“新城”。时已傍晚，车行平坦马路上，小风迎面吹来，凉爽之极。到省政府下车，入内参观。由姚先生引导，省府系新建筑者，式样则为宫殿式，庄严宏伟，颇美观。经会议室各办公室等处，至院后花园游览，适有数人打网球。由此可见绥省服从中央训令之一斑。公务员暇时多从事运动，岂不胜于做无益娱乐乎。出省政府后即由姚先生导赴鼓楼一带参观街市，一切尚整饬，行人等均颇有秩序。归即乘汽车返绥远饭店。吕先生宣布自由，我们便分队到街上吃饭。饭馆与大同相差不远。此地产代酒，系用黄米酿成。屋中设烟具，询之伙友，言此地大烟公开吸食，每月约纳捐一元。此种现象，诚令人失望，盖烟禁不行，则一大部分农田，均以植烟为事。唯利是图，国家利害，则不顾也。且国家税收，以烟税为大宗，此亦得小利而贻国民以大害者也。

饭罢，赴街市随意步行买此地名产，白葡萄干、哈密杏等。白葡萄干为自新疆一带运来者。成本甚微而脚力则甚巨也。店中将运来之葡萄干，用手分过，别其价三四类。此种过手功夫，亦颇麻烦也。

购物毕，即赁车归站。晚宿车上。

第六日——四月十二日

早晨七时一刻开车，天气甚好，较数日均暖。沿路一望无际，均为农田。早十一时到包头。我们在车上已用过早餐，故下车后即与站长交涉游览事。移时出发先去站西之黄河套。黄河套离站约二里，大家步行着去，到了黄河套后，看见一望无际的水波，在日光底下，照耀若万顷金波，闪闪作鱼鳞状。此地不过是黄河套内的一个小套而已。岸上有几个人在那里造船，用木头支起尚未成功的船，在工作着。听他们说此地产黄河鲤鱼，最好的是在春天河面解冻时，价钱较城内或站上均便宜。此时因尚为春令，故河岸货船尚少，也不甚热闹，每届初夏，来此之货船最多，如皮货……之贸易亦最盛，北面所有货栈，那时也必盛满货物了。河中有只小船在向前划着，桨打在水面上，激起了水波，好像一片金光，被它打碎，而直溅起来一般。

岸上有一个临时小茶棚，也兼着卖豆腐。有一个人在那里弹着弦子自唱，大家围了他看。他脸上紫光光的，被太阳晒得像要往外出油一般，皱着眉唱曲子。一会儿唱罢，他说他是在王元龙摄的《河套之声》里出现过的。他唱的是国民军北伐的故事，调门单纯，歌词也纯粹是自己编的。

看完了黄河套便回站再往城东的转龙藏去。天气非常热，昨夜的凉，简直和今午是两个季候。塞外的气候真是变化得快啊。回到站上赶忙脱了两件衣服，喝了几杯水，再到站上集合乘洋车出发。

循着马路向东行去，不久便可看见城墙了。此地的城墙很矮，城门亦无门楼。入城向东，沿路经市场，有说鼓书等，甚热闹。出去东行出东门，即望见龙泉寺。

龙泉寺系龙王庙，树木蓊郁，林中鸦雀甚多，飞鸟往来，使此幽静的禅林，时添些动静。庙建在土岩上，须跳过一条小溪才能到寺上去。进了一座牌坊，才入庙门。庙内有正楹三殿，祀三佛，像甚小，无足道者。阶下水池中仅有薄薄的一层水，水通至墙外，由三石刻龙口出泉，水声淙淙，下为水潭。一城人都来此取水供饮，水车或担担者，络绎不绝，水清凉微甜，颇好喝。旋又乘车赴城内西阁。

西阁在城内大南街，拾级而登，现已改为“民众教育馆”，里面陈列着《大公报》……数日来未见报纸，今日看见，急一视新闻。有大戟一，重百余斤。传为“杨再兴戟”。但戟柄上有刻字为“记名简放提督军门，镇守山西大同等处地方，统辖雁门三关总镇都督府冠勇巴图鲁马”。观者不知究为何人戟也。

出西阁赴陆军第七十师司令部访问，蒙招待并告以屯垦情形。兹少记谈话如下：“因西北地广人稀，而黄河套最为富庶之区，今为开发富源，并充实边防势力起见，故成立‘绥区屯垦督办办事处’，筹备开发五原县河套一带，使成丰富之农区。由绥靖主任阎百川氏，由山西提资四十万元开办经费。垦殖法固应采用西法，势不可能，将来所获且不敷所出，故仍采用旧法。购置牛马等多匹，并利用军队垦殖，办法为分新村十八个，以每连为最低单位，军人带家眷与否，不加禁止，亦不加提倡，农忙期间，以农事为前提，早晚间及军事训练。每年有二月农闲时期，则仍恢复军队生活。故虽使之垦殖，而于军事，则未尝放弃，一旦国家有事仍可起而卫国。军队每年每人种植结果，交与公家，数年后集有成数，则已所耕植之地，则归诸自己。如愿继续从军亦可，否则可准其退伍，度其农家生活。另募新兵，给予新地，如此数年，则所开发之地当可不在少数矣，黄河套之富，全靠水利。故各渠道之开浚，亦不可从缓，数年来建筑上则全力注意开浚渠道，修筑汽车公路。惟数年来生产成绩不甚如人意，推其故则为数年水、旱、冻数种灾害所妨害，故始终未有好成绩也。”谈毕即出。

出七十师司令部后，即漫游街市，街道积土甚多，行来尘土飞扬，大不卫生。至中央政治学校包头分校参观。入门后至会客室，墙上挂着校长蒋介石先生相片。还有许多表格等等，移时有人来领导参观并为演说。学校内学生以各蒙旗为中心，各旗保送。最多者为“土默特旗”，似为西公、东公、达拉特、扎萨克、四子王、郡王，两翼蒙古，正红各旗及临河、包头、归绥、五原、凉城各县子弟。有图书馆、校医室等设备，不过规模粗具耳。寝室为卧炕。左拐为小操场，学生正练习太极拳，颇整齐美观。至游艺室内，有数学生打乒乓球。经盥洗室入校园，设有温床备养花之用。又有动物栏，有家兔……入礼堂，地方不甚大，又兼饭厅之用。适有学生在里面理发。未及一半，忽听外面号音召集，急跑出听讲。此种服从精神，实可钦佩。出学校参观街市。街上有公卖烟具摊子。为之摄一影，店中伙友急呼不许，卒摄得之。渠等盖恐此种不好看事，为人传出也。游毕乘车回站。

晚饭后在站台左近散步，见牧人赶着牛羊群归来，在夕阳寒风里见此景，不禁联想到“日之夕矣，牛羊下来”与“风吹草低见牛羊”的句子来。一时竟沉醉于这塞外晚景之中了。

第七日——四月十三日

早晨起来，天气似阴不阴，清和宜人。大家乃步行到河北村去参观。沿着铁路行来，道路比较好走。看见铁路旁边的田地，又经开始耕耘。农夫驾着牛缓缓地耕地，真是一幅很好的《春耕图》。

由铁路右折，可望见河北村。移时到里边见着办事人，领我们参观。知道此村初为私人垦殖后来移为公家办理。全召集此次黄灾灾民来垦殖。负责人是河北移民协会。现在刚开始春耕，故移民男子都入田耕地，只参观女子的纺织部。她们有子女的，每日纺一斤棉线，无子女者，纺二斤。有余力亦可多工作。集得工资亦可赎得耕地，而为己有。现在计划共耕一百顷地，约三百余人。经费暂由外借，俟将来有余力归还。饭是自磨的黄米蒸的。五人一组，轮流做饭。有河北村小学校供民人子女读书。因与全体工人同摄一影，出而至南海子。

南海子亦为黄河套口，与昨日所去之黄河套，相去不远。附近有庙一座，无甚可观，即去车站。午餐后，先挂小机车赴磴口，参观民生渠。

到磴口后由站长派人领沿黄河河沿直至民生渠闸。闸口为铁筋洋灰建筑者，甚伟大。按民生渠为救济民国十七年绥省的大旱灾，由十八年冬起工直至二十年六月告成。共长一百九十余里。由萨县口村黄河沿瓦窑口起，至托县城南直入黄河，水力可达两万余顷。因当时疏忽测量不确，以致筑道高而水莫能入。以致陷于无用。河沿全用石块砌成，工程浩大，修理极不易，稍看即归。遥望一带大青山，青翠可爱，火车行铁道上，远望此一幅以山为背景的图画极为好看。天气甚热，跑得身体非常疲倦，回站休息候车。车至登车，当晚抵绥远，校友姚先生又登车欢送，极可感谢。晚饭食此地名产黄河鲤鱼，味极鲜美。

第八日——四月十四日

今日是归程了，没有什么游览的地方，大家终日在车上偃息，或谈天，或整理游记，也不烦闷。傍晚到南口下车来照相。晚八时方到北平，误一小时。赶不上北宁快车，只好候九点的慢车回津。

（一九三五年四月二十一日
《南开初中》，署名容鼎昌）

玲玲

玲玲坐在客厅窗前的沙发上，墙外“爬山虎”的绿叶子布满了纱窗，屋里更显得阴阴的了。她一手摩着猫咪，一面看着壁上的相片在沉思着一件事。她的覆着短发的俏丽的面孔上，笼着淡淡的忧郁，像有什么问题要解决。

弟弟跑进来了，后面跟着的是皮鞋声，是清。一面忙着招待，一边叫王妈沏茶去。清是廿二三的男学生，穿了白色的夏装，一下坐在沙发上说：“玲玲，今天大光明演《罗宾汉》，你去不去看？票全买好了。”玲玲不好意思说不去，可是心里又记着另一个修长的影子，飞——说过今天下午要来的。她便支吾着说：“今天下午有客来，恐怕不得闲呢。”清做了一个鬼脸，说：“什么客人？今天一定要你去的。我先去办点事，过一会儿电话来催请，不去可不成！”说着就站起来出去。玲玲忙着起来说：“多玩会儿再去。”话没说完，清已经到门外去了。关上了门，只得闷闷地回来，坐在客厅里空想。

他们是×校的同学，清家里很有钱，不喜欢用功，和玲玲很要好，常常约她去玩。清很会体贴人，做事使人喜欢。

母亲也说他好。可是玲玲心中总有另一个影子，拂拭不去。他——飞，也是一班的同学，身体较清略高，体格很好，功课也都出色。暑假中也常常找玲玲来玩。飞不像清那样活泼，有说有笑的，闲着总爱思索些问题，不像清那么孩子气，可是也懂人意思，所以玲玲还是喜欢他。近来两个人全都和玲玲特别亲近，这就使她委决不下，也就是使她常常拧起两条细细的眉毛的原因。

下午三时左右，客厅里非常热闹，飞和玲玲，还有玲玲的弟弟，大家在吃冰说笑。大光明是不去了。玲玲已经给清去过电话，还说了抱歉。大家谈着战局，谈到长江的轰击日舰，精神都非常兴奋。飞的眼睛亮得要发出光来，说："我有一个同学前年考进航空学校的，现在恐怕已经在空中作战了罢？我还在这孤岛上玩，想起来真是青年人的惭愧。"玲玲便打趣他说："你身体那么好，为什么不明儿也去呢？"

"真说不定，前天我伯父从香港来，后天要回去。我今天回家说明了，就一块儿去了。"

弟弟在唱《打回老家去》，这支歌差不多小学生都会唱了。小客厅里，便洋溢着这边塞的歌声。玲玲也用了清亮的嗓子在轻轻地和着。无线电的歌声片子的高音给压下去了。每个人都玩得那么有趣，玲玲更高兴了，说明天请飞和清来吃点心，弟弟听了也高兴，便说定了。送了飞出去后。玲玲赶紧打电话给清，邀他明天下午来。原想他也许要弄脾气的，谁知一邀就定了。

又是一个晴朗的天气，太阳高高的，像要吐出火来，玲玲家的客厅，可是阴阴的满屋都是绿色，没一些热气。吃过午饭玲玲一人在客厅里收拾东西，准备下午的小宴会。花瓶里插着新在园里折来的月季。粉红色的花瓣，上面还有没干的露水，越显得娇嫩。画从镜框里取出，还不曾换新的进去，满屋里乱乱的。

门响，清笑着进来。玲玲笑着说："这么早就来做什么？你看屋里乱的这个样子。"清说是来得正好，要帮忙。大家在乱着收拾屋子。五点多了，屋子也就绪了，就是等着飞来。一会儿慢慢过去，总不见影子。玲玲心焦得很，清却催着要吃，玲玲上楼去打电话。是飞接的："你是玲玲吗？我是飞，昨天回来和伯父商量好了，他带我去投考空军，你听了不喜欢吗？先到香港。明天下午动身，今天不能来了，真对不起。明天早上我亲自来辞行。"

玲玲放下电话，便推头痛到卧室里去了，剩下弟弟，陪清在吃夜饭。

（一九三八年八月四日
《文汇报》"世纪风"，署名宛宛）

升黜

太阳又慢慢地在云隙里伸出了头，地下晒得好像要裂开来。冷饮店里响着搅冰的机械声，格外引起了人们的燥渴。急急地在路上走着的唐季章，用手巾揩了一下满了汗的脸，呼出了一口重浊的气。想起来刚才在家里的情景，心里又不禁焦躁起来。他仿佛又听见老婆在嚷：

“男子汉大丈夫不想点法子，整天在家里坐着发呆。事情却又不是天上掉下来的哟！你看人家刘洪熙，刚打起仗的时候还不是跟咱们一样。前两天奔了汤大爷去，现在你看看人家是个什么样儿?”

“真糊涂，不是老婆提起也真忘掉了。可是拿什么比人家汤家呢？早年间家里居过官，又跟什么局长是亲戚。找找他也真是条路呢。”汤大爷是唐季章的老上司，平常也常去问候，所以到了门口，就一直走进去。在花园里的石子路上走着，就听见汤大爷琅琅的读诗声了。“何不策高足，先据要路津。”“人家真是读书人。这年头还是读书人高贵，哪方面都少不了用这一路人!”唐季章蹑手蹑脚进了屋，不敢扰汤大爷的诗兴，直等到一节完了，去摸着沏了“双薰”的盖碗时，才深深地鞠了个躬。“请大爷安！”汤大爷的目光从厚厚的眼镜边上斜了出来，溜在唐季章的脸上，从浓密的胡须中，透出了声“唔”来。

毕竟是老上司，知道下属的甘苦。汤大爷好像在斜斜一溜目光中，便已看出了唐季章的心事。

“季章，你的厂也停歇了不少时候了。我也知道你这几月的生活不容易。好在近来东洋人有了开工的意思。我想你从前在里边是熟手。我叫大少爷写封信荐你去，管管事。也比闲着强。”

唐季章也知道汤大爷的功夫值钱。在大爷的眼光又回到古诗上的时候，便“是是是”了几声倒退了出来。接着又听见琅琅的诗声浮了起来。

太阳已经落下去了，地下虽然有着余热，可是晚风一阵阵地吹了来，好像要吹去跑了一天的唐季章的身体上的劳倦。他一大步迈进了家门，没有了往日的愁眉苦脸。太太迎上来也觉得有了喜气似的。

“哈，今天我直跑了一天。先到汤家，承情汤大爷赏了一封信。你猜怎么？原来东洋人要开工。厂子里找不着熟人，像我这路的可就吃了香。每月大洋二百元，先是招集旧日的工人。这真不是吹。不出一天准能招全。”

二百元真是个不小的数目，一家人全都感谢着东洋人的宽大。“谁说人家气量狭呢？”太太忙着去做饭，预备请老张老吴，全是厂里的工头。今天晚上请了来一说，管保明天早上人手全齐。一家里忙的好像在做喜事。连猫在炉边都卧不安稳似的。

天还没亮，唐家就忙了起来，唐季章忙着招呼娘姨，去叫老张老吴，准备着带领人马去到厂里就职。叫东洋人看，咱老唐也算是漂亮，二百元花得不冤。

老张还带着红眼边。埋怨老唐干得太局促。天气也真是太早，隔壁的娘姨还没有刷马桶。老唐的眼皮也有点要粘拢来的样子。等到天空放了亮，才和老张到工厂去。工人们在门外集合由老吴率领乘大汽车去的。

在路上，唐季章兴奋得神经错乱了起来。只是盘算着怎样能得主子的称许，自己是需要如何卑躬，千万不要露出骄傲的样子来。门在望了，十几辆载重汽车停在那里，唐季章心跳得更厉害了。

“你是好的、能干的人。不过本厂的职员，都要由日本人担任的。抱歉得很。你去支了二百元月薪，明天不必再到厂里来了。”

在没有树荫的行人道上，走着唐季章。手里拿着二百块钱，像失掉魂魄似的。

（一九三八年九月七日
《文汇报》“世纪风”，署名宛宛）

父与子

“父母和兄弟都不是自己自由选择的，所以非离开不可。”

——萧伯纳《南腔北调集》

饭吃过了。逃出了热的包围，又恢复了早晨的凉爽。小风一阵阵从窗外吹来，吹得人懒懒的。隔壁客室中不时送过来小孩子的笑声，是昭、棣，他们几个又在那里玩了。自己也无聊地踱过去看看，原来他们在钓着玩具店买来的纸鱼。还有一个大些的孩子，已经十二三岁了，看了我进来，腼腆地站了起来。红色的面颊，健康色的皮肤，是个很可爱的孩子。棣忙着介绍：“这是哥哥。这是隔壁的阿敏。”大家坐下来说笑，把钓的鱼收拾起来。我知道了他是××小学校的学生，平常功课是很出色的。昭笑着说：“还是个小演说家哩!”阿敏更不好意思地笑了。接着的是沉寂，大家都没有话说。

“还是让阿敏给我们讲讲打仗的事情吧。”棣提议。

我十分地迷惑了，这样的小朋友，也晓得打仗不成?

“别看不起他，人家在八一三以后还到前线去过呢。”昭忙着解释。原来他也是救护队里面的童军，在前线服务过的，这更引起了我对这小孩子的兴趣。接着我们便听到些瑰奇的故事，像放焰火的信号弹呀，像“响尾蛇”似的流弹的响声呀。什么事在他的嘴里说出，好像更加了神秘和诱惑。从这小演说家的口里，大家都得到了听故事的满足，屋内除了清朗的话声外，都静静的了。

过了几天，我和棣上街去。走到P路口，看见前面来了一个小朋友，很像阿敏。走近了看果然是他，脸上呆呆的，没精打采地走来。我们想吓他一下，也没有招呼，谁知快擦身过去了，他还没有发现我们。棣忙着喊：“阿敏！吃过饭来玩呀。”他吃惊地一瞥，唔了声忙着去了。我们都非常奇怪他的行径，好像变冷漠了。不是前几天在讲“战地风景”活泼的阿敏了。在路上我又听得了些他家的故事，他父亲是个年纪不小的教授，在P大学教书的。他并没有兄弟姊妹，母亲钟爱他。他的家庭里，文学空气很浓厚，所以小孩子也文雅，像有些诗人气似的。

晚上，阿敏没有来。大家记挂着他也许是病了。想明天叫棣过去问问。

过了几天，也没听到阿敏的信息。棣去招呼，他也不肯过来。大家都疑惑他有什么事不好意思来，这小朋友的态度变得太怪了。他家里又没有兄弟姊妹，一个人怎么能受了这长夏的寂寞呢？

一天，饭后在客室读着新闻，看了一段××政府的缙绅录，上面有着一个名字，很熟。叫棣来看。天呀！可不是那个老教授么？

我懂得了，阿敏躲着我们的原因。——对于这无邪的孩子，父亲是在他的心灵上加了怎样深重的刑罚啊。

对着报纸，我深深地迷惘了。

（一九三八年九月十七日
《文汇报》“世纪风”，署名宛宛）

重来

是在北方不常见的秋霖。灰黑色的云幕，压着人透不出一些气来。淅淅沥沥的雨挟带着转成峭厉的晚风，更造成了一片秋意。在号称“小巴黎”的街上，霓虹灯也没有了往日的光彩，阴阴地带了层雾气。一切全都凄厉得异常。

在一家酒楼的临街窗下，有一个独酌的客人。头发长长的，戴着副墨镜，越显出高高的颧骨来。吃饭的客人少得出奇，全不是这座酒店的平时光景。这客人轻轻地敲着桌子，在寂静的房里，听得极清楚。堂倌赶紧跑了过来。

“要一两竹叶青。烧一碟羊肉，多加些椒盐。”

堂倌答应着去了。在等着菜来的时候。他又伏在窗口向街上眺望着了。商场，绸缎庄，鲜货店，全都照旧开着。尤其是鲜货摊子上被电灯照着的红柿子、黄梨，色彩鲜明得很。那长长的黄色的是烟台梨呢！从有着不愿做奴隶的人们的地方来的。为什么不留下来做战士的解渴的东西？却送到这里来给躺在角落的怯弱的家伙们吃？他在重新看到这暌隔了一年的都市时，好像什么都不赞成了似的。

堂倌轻轻地放下了酒盅的声音，打断了他的思路。回过头来缓缓地吃起来。寡酒的味道是颇难吃的。一年前的每个星期六之夜，他在这地方是同了至少四五个同学豪饮着的。而时间只不过隔了一年，这回却只有他一个人在独饮了。而酒也由“白干”变成了“竹叶青”，人的表面像老了十年，在性情上和外表上；内心却许更愤激而年轻了些。

在慢慢地吃着酒时，他就用了一年前的一幕幕的回忆来下着酒了。街上孤寂的电车声，加增了他的激动，酒是越吃越快，心情越发躁急了。他觉得身体热起来。脱了一件大衫，去了墨镜。另叫堂倌来换些酒来吃。

“咦，您不是张先生吗？一年多不见了，您这是打哪儿来？怎么不招呼一声。戴上墨镜我简直不认识了。”

“哦，老李。你近来还好？”

“身子还结实。就是市面大不如前了。常和您来的几位，事变后也都不知道上什么地方去了！我倒是真惦记得慌。”

“老李，你的人真好，倒还都惦记着。我刚才下船，身体困得很。快叫饭来吃了回去早休息罢。”

被这有点多事的老堂倌看穿了以后，他开始觉得有些麻烦，急忙着想方法摆脱了。因而重温旧事的梦，也做不下去了。这时楼梯又响。上来的一对青年男女，大声说笑着，像是在电影院才出来似的。他更觉到不耐烦。饭端了来，只用汤泡了一碗饭吃就算了。

老李来回跑的像蝴蝶似的。一年的离别！一切极熟悉的现在仿佛皆极冷淡，倒只是这人还像有着一年前的温暖似的。

拿了衣服下楼，老李送着说：“张先生要住多少天，常来呀。路滑，好生走。”他心里暗笑这老实人的话，却又心里渐渐严肃起来。将来也许和别的朋友一同来这里喝酒，也许就不再回来了。

（一九三八年十二月二日
《文汇报》“世纪风”，署名宛宛）

辽远的记忆

已经是秋天了。却又滴沥地下着秋霖，全没有一些晴爽的意思。这不禁使人低回着北平的秋天了。那晴明的天气，太阳苍黄地照在古旧的城垛上。如果仰起头朝了极高的蓝天时，便可以发现一群群带了鸽哨的鸽子在来往地飞翔。洁白的羽毛不时反映着耀目的日光，到眼睛里像是银子的光泽。铃声像呼哨，随了风向摆动着不同的旋律。这一切象征着古老的静穆、和平。然而现在这古城却被包围在好像野火似的烽烟里了。也许她是时常在警醒着罢？这殷勤的祖国的儿女们的问讯。

带着同样的心情，我也忆念着另外一个北方的城市。那地方我曾住过五六年。并且有一些不易使人忘记的友人们。自从卢沟桥的烽火将我送到上海以后，我已经久久不和她通消息了。真是难堪的寂寞呀。虽然也不时从报上看到一星半点的记载，然而那是多么不能使我餍足呀！

一天傍晚在布满了辉煌灯火的T路上，竟遇到了一年不见的W君。是多么出乎意想的邂逅呀，忙到了一家咖啡店里谈着了。我的问题一个个的提出，问着一年来的母校的情景，朋友的近况……而所得到的回答却使我惆怅。一个破碎的梦。多无情的打击！

一个诗人在他的一篇文章里曾用扇子上的烟云来比喻着人生。他说：“只怕你找着时，那扇上的影子早已十分朦胧了。”这的确使我悲哀，却更使我对这地方生了更深的忆念。诗人说：“唉，自从我乘桴浮于海，一片风涛把我送到这荒岛上……”我所忆念着的却正是这“荒岛”。诗人现在是远在成都。当想到和学生们谈论着“南宋词”的情景时，也会时时地记忆着罢？

从朋友的话中，知道学校的房子毁了不少。只剩下一座楼，还孤零地站在瓦砾中，我想她也真不免寂寞罢？尤其是在这深秋的天气。晚上孤单地站在西北风里，四旁没有一些灯火人声的伴侣。北方的天气凉得快。有一场北风，便看见满院子的黄花了。学校里的养花是有名的。几百盆标着名目的菊花，在暖和的花窖中开着。太阳光在人玻璃窗子中照进来。屋子里真是暖暖的，西北风虽然像牛吼一般的吹，却进不了花窖。满墙布满了小碎花的悬岩菊，像云蒸霞蔚，真够火爆的。全没有“人比黄花瘦”那样的感觉，只觉得她们生气充沛。

北方的雪最有静静的美。常常下一天一夜不停，房上地面全像盖了极厚的羊毛毯。扫雪的人用棕帚一边扫却又很快地被盖上了。远远地看着一个人踏雪走去，一行长长的黑脚迹，也慢慢地消失了。极静寂极简单的风景构图，也愈显着伟大。

更使人不能忘的，是下雪天气在图书馆里过的日子。屋里生着熊熊的火炉，在灯下看书，听着沙沙的翻书叶的声音，真使人忘了门外就是风雪蔽天的世界。远远踏雪走来，看着黝黑的环境里，图书馆的灯光，心上真能生出一星星的温暖来。在这里才真能体会到鲁迅先生说的“灯火倍可亲”的意味。

一叶叶的旧梦是寻绎不尽的。而这些事所发生的地方，却成了一片瓦砾。如果我能在将来重回旧地，一定要在这一片瓦砾堆上重寻我的旧梦。这日子是不久就会来的。

十月三日夜

（一九三八年十月九日

《文汇报》“世纪风”，署名宛宛）

异国的心

长条子的身段，略带着“江户儿”的平直刚愎的性情而又稍稍变作憨憨的样子的平尾，近来觉得意气大不如前。消磨掉豪爽的性情，却沉落在日益颓唐的心境中。

中队留在某处作半月的休憩。这的确是一些快乐的日子。平尾却除了在营房中闷坐以外，没有一些出游的兴致。比较了一般年轻的家伙们，去整日做游览的，更显得衰老不堪。无聊的时候，便只好点了纸烟狂吸着。满屋中都充满了雾状的烟气，平尾悠悠然像又在做着登陆演习的烟幕下，起了些莫名的恐怖感觉。一直是在这无聊灰色的生活中，一些也无生之光辉。

忽然外边起了一阵吵闹的声音，又是那些家伙们回来了罢？平尾知道是又要听一些故事了。如何“征发”，如何××，这些在他原都是些没有兴趣的东西，对于另外一些人们，却的确是了不起的刺激物。没有这些，也许×军会都像木偶一般的没有生气了罢？真是了不起的军心兴奋剂呢！一个短短的身躯的家伙，拖着沉重的脚步进来。看那样子是要对于如何受了慰安的经历，要详细报告一下似的。小胡子上浮满了笑容。

“片山君又出去找到了慰安了罢？报告一下怎样？”

“今天可是到妇女慰安所去过了的。”短家伙名字叫作片山的在回答着。

“那么不是异乡情调，却是满溢着家乡风味的了。是不是？”平尾像是也稍稍提起了兴趣地问着，像是被乡情稍稍刺激起来的。

“营妓都是从东京来的呢。虽然没有银座的咖啡店的趣味，总算是慰情胜无罢！哈，哈。”平尾的确是感到些兴趣了。另外又有些人进来，谈话的人加多了，环境更加热闹。笑语中时常夹着哄笑的语句，不时听见哄笑声。

“提议每人讲在慰安所看到的情况。”片山说着。

“赞成。要逃走可是不成的。”佐藤君在附和着。并且自告奋勇：“我此刻先来报告！”接着是佐藤在描摹着一个艺伎样子的女人。还是新手，不大熟悉妓女规则的女人。在这当中，平尾是非常注意地默默听着的。

“这女人在临行时还询问着部队中的人，有没有叫做平尾的。这恐怕是过于巧合的事情。像平尾君这样君子的人物，是不会有什么艳遇的罢？”接着又浮起一片哄笑声。

经过了这样一问的平尾，却马上鲜明了在佐藤详叙过的女人的身影。他是全明白了这情形的。这女人和他的关系，绝不是想象的那样简单，随了大家的哄笑声而埋葬了的。而流落在随营妓的丛中，而仍旧恋恋不忘地问着他的消息。这超乎想象的深情，更使平尾觉得迷惘了。他没有当了大家揭开事实之幕的勇气，却决定了明天去访问。

几日后中队里喧嚷着平尾缢死的新闻。而大众连片山也在内却不知这事情的内幕。全营都罩在谜一样的悲哀气氛中。

十一月六日晚重写

（一九三八年十一月二十日

《文汇报》“世纪风”，署名宛宛）

转变了的英雄

在为群山所拥抱着的一个小小的山城里，找不出一点平坦的地方。顺着城墙，人可以像走塔梯似的从一垄垄的梯田里走到较低的中心地带去，这是标准的一个盆地。

地方是冀晋的交道口，照例有着一个极英武又极美丽的名字——娘子关。不像一般的北方的山，这里也有淙淙的水流，曲折的河，岸上也不少垂柳。若是在一个阳春三月的天气，垂柳的叶子间也穿着一双双的剪尾。风景的秀丽似江南。可是人物却与这些无关，都是极单纯的。直爽，多情。——也许有人以为这两个形容词不大调和，然而我却仍旧选了这两个，因为除此不能说出那点人性中的可爱处来。也因为这个对外面的世界不免有相当的隔膜，然而是极易消除的。

在这样地方，照例是有着一个中心人物的。不是地主，也不是有着显赫的功名的家族的，而是像旧小说上的“寨主”型的人物。性子是极开朗。“瞻前不顾后”的脾气，使他有许多同类的朋友。又有着类似门徒的一些帮忙的。在这里衬出了他的威严，也同时增进了集体的气息。家伙是有一些的，因而在地方上成为一霸。官府也一向相安而无事。因为他们都富于英雄气息，而都以梁山泊的英雄为目标的方向。

是一九三八年的秋天。

在幽暗的谷里，还深深的隐着一层浓雾。晓色轻轻地浮起在东方的几个山峰巅上，带了些紫色的朝霞，反映了些光彩给几个矗立着的“碉堡”。斑斓的颜色，几乎将要倾颓的姿态，已经使人不能清楚地判断它们的年龄。在这古老的关口上有几个骑了马的人在徘徊。忽然其中的一骑马，长嘶了一声，立时引起了山谷的回声，马上的主人，很着急地用手扯住了马绳。意思是不要它再叫，激动了这山谷间幽静的氛围。马儿咆哮着来回转了几个周遭，仍旧立住了。马上的主人就对着另外的一个同伴说：

“真料不到，一年来年头会变成这个样，前些年，哪天我不是起五更遛马？就是这畜生也尽着它叫。带着这山谷的回声，真别说多让人听得起兴了。”

“自去年日本兵打了来。咱就没常来遛马。今天是陪着你二位来看看，莫怪惹的我们二爷说了这么一大套。”

这说话的是个徒弟样的人。被称作“二爷”的就是这里的一个有势力的人物。个子不高，紫色脸盘上嵌着双发亮的眼睛。眉毛间藏着一股忧郁气氛，两眼看着远处，像寻出些旧的事迹来似的。另外两骑马上是两个青年，说话带了些外省人的腔调，听起来怪刺耳的。

我们这位英雄，就为了一年来的地面上不平静的情形有点忧郁。可是他只看见了他的不能自由自在地行动，像从前一样，可从不曾想起过是什么原因。遇到鬼子来征伐了一过并且侮辱了几个村里的女人退了去时，总有人来请刘二爷来报仇。不知为什么总觉得对这奇怪的土匪捉摸不定。因此也就失去了一部分人的信仰。好像不再是从前的济弱锄强的英雄了。这在他也是觉得忧郁的另一个原因。

这天在他是有着个奇怪的遭遇。两个外省青年人来看他。他们是带着游击队伍来联络地方上的人，配合今夜的一个突击。这任务很容易就达成了。刘二爷在马上很兴奋地谈着：

“这才真是个办法，一年多的气也真吃了个够。咱这一辈子的英名，也差点没完了蛋。早有人来办这桩事，我早就干他一气了。”几骑马快快地回到庄上，刘二爷又忙着拣了几个壮汉，让他们跟了来的人回到队里去做向导。

“咱这庄子里的人没别的，路子挺熟。就是没见过世面，你二位要多包涵。”这场会谈在极短的时间里结束了。大家都静心等着夜晚的降临。

刘二爷在一年里像老了十年。可是在这一天就像又恢复了从前的劲儿。忙着收拾些家伙。徒弟们也都出发，有装成捎粪筐的，家伙就藏在里面；有几个赶了小驴去。刘二爷领着十几个好小伙子等天黑一齐上关。

天渐渐黑下来。谷里像是又浮起层雾来。天上星子少得出奇，真是个标准的夜袭的天气。鬼子兵住在关里一条街上，白天出去演习。午后才回来。疲倦的一群在离关口六七百米地方就遭到了预伏的袭击。想匆忙退回关里来。上关时还得有三百米的上坡路，这就给了刘二爷一个大好的机会，这一群伏在关上的垛口旁，对着这些残余的鬼子，来了个无情的扫射。刘二爷的两支手枪就像两条火龙，逼着人不敢近前。前后夹攻，真出色的一个歼灭战。

出了事的当晚，刘二爷就出了村。因为新得了一大批枪械，刘二爷在鬼子兵心中，村里人的心中，都成了一个极了不得的对象。村子里刘二爷的威名又重振了起来，而他从此也更显得威风，更不忧郁了。

十一月十二日

（一九三八年十二月二十九日

《文汇报》“世纪风”，署名宛宛）

北风

很久没有听到那地方的消息了，自从一个暴风雨来临前的日子我匆匆地离开了她。近来也只是在报上的角落里，看见一星半点儿关于她的消息，我是多么珍重着这些呢，虽然只是一些勾勒，也能触起我的一些轻微的怀想。一些旧了模糊了的影子，又重新明晰起来了。

在那个地方，我是默默地度着寂寞的光阴的。然而虽在常常有着明朗的天气的地方，也会不时地来个风暴，气压是愈来愈高了，人们自然会觉得的，像在一条明澈的小河里的石子，在晴天的时候，静静地卧在沙上，照着太阳反射出晶莹的光来。忽然来一阵雷雨，在平静的河床里激动了起伏的高潮，那些做着安适的梦的石子，也会跳动起来的罢？自从那已经熄灭了的火炬，又被一些年轻的人重燃起来后，这气流很快地便传到了四面的地方。埋头在坟墓般的图书馆里过着生活的我们，也像些河床里的小石子被一个浪花惊醒了他们的梦，将自己的生活和这大时代联系了起来。

近来从报上又知道那地方是下了大雪了。多么熟的记忆呢？即使只闭起了眼睛就会记起来的罢？西北风的吼声就像受了伤的野牛在狂叫，把房子也要吹起来似的。随着还卷来一天的白雪，整个的世界都白白的，像雕刻家没有动手以前的一块白玉的形体。

就在这样一个天气的夜晚。四五百人穿过了黯黑的荒野，迈着不曾走过的路径，到一个较偏的车站去，准备着乘不防就可以抢登了一节车到南京去。这是多么难实现的梦想呀？然而现实却敌不过天真的火样的意志，终于在车站的站台边散开候着了。还只是穿了薄薄的制服呢，一个个倚了站台边的木栏望着迢迢的远方。希望着会出现一个“亮”，渐渐变大，变成个黑大的怪物，发着吼声，带了我们到那充满着光亮的迢迢的地方去。

迎面吹来的却是西北风，那是十二月从极北地方吹来的风呀，想象着便会使人身上寒栗的。不是每人有着一颗炽热着的心，也许都冻僵了不能转动的罢？然而天真却是要被玩弄的。站长打了电话去，车子不敢开来。一夜的盼望是空劳了。虽然坐不成车，却还有着两根麻木了的腿，于是都携了个转动不灵的身子，开始了迢远的征程。就在这次，我十分明白了柳永的“杨柳岸晓风残月”的滋味，难得有这样一个机会和沿堤的两行萧疏的野柳。可是后来看见上海报纸上说我们是为了呼吸新鲜空气开始做这个长征的，却觉得有些惘然了。

也许我的记忆总是和风风雨雨分不开的罢？我又想起了怎样离开她的一幕了。这又是用黄昏和风雨做背景的场面。时间是夏天，作为雷雨的预兆吹着的一阵阵黄风，卷暗了半个天。黄昏的来临，因为这更提早了一个钟点。为了惜别，我是准备了看过一场电影才离开的。影片已经不记得了，总之是抒写着些离情别绪的。怀了同样的心情从影戏院里出来，我惊异着天气晚得那么快，为了赶车，来不及吃饭就跳上一部车子去了。等车夫问着我的目的地时，我习惯地回答着那总站的名字。半小时后，我蹒跚地向了车站门首走过去。奇怪的是看不见一个旅客。最后却突然遇见了一把突出的刺刀，我望了那做着狞笑的面孔赶紧回头，又跳上了老车子去赶“新站”去。风越刮得大起来了，暴雨像立刻就要来临。这时我怀着颗忐忑的心，挂念着会误了车。一路经过都是熟极了的地方，熟得闭起眼睛来猜已经到了哪里都不会使我失望。薄暮的风沙，像罩了层雾在大地上。车站里几点晕黄的灯亮，看见了的喜悦就像在沙漠里寻着了绿洲。通车在五分钟后开动，在挤得动也不能动的情况之下，向她亲切地道了别。一点点的远了，一片晕黄光罩着的地方，几年来的游钓之地。

这些虽然都是些看了使人感到轻微不舒服的事情，然而我却常常在这里寻出温暖来；像还不曾熄灭的火种，得了些新的氧气就又熊熊地燃起来了。在报上的确也不少看见有星星之火在那里燃烧着。火种是不会断而又渐渐地加多了，心里总是这样欣喜着。我祝她在烽火里成长，结实。这为北风和白雪包围得严严密密的地方。

十二月廿三日晚

（一九三九年一月二十日

《文汇报》“世纪风”，署名宛宛）

小黄

太阳光黄黄地照在广场上。村里静静的，连大黄狗也不叫一声。只听见一群孩子在吵。最大的有七八岁，弯着腰当马，让三四岁的骑在背上，折了柳树条子做兵器互相打着，旁边一群在呐喊助威。一会儿梳着个小辫儿的“小虎”一不留神从马上溜下来，哇的一声哭了。装马的“小黄”看惹了祸，一溜烟就跑得看不见了。

“小黄”年纪顶大，八岁不到一些，个子不小，脑袋是扁的。后脑勺像一片平板，看了就知道他是东北人。他还是六年前鬼子出兵打东三省的时候跟爸爸和妈妈逃到这里来的。等到“八一三”打起来，爸爸上前线当“东北义勇队”去了，只剩下小黄同妈妈住在这里。小黄力气大，主意多，又不欺负小弟弟，所以小朋友都喜欢他，于是“小黄”就成了这里的“孩子王”。

鬼子打仗，大小炮机关枪卷走了一批人，可爱的学校里的王校长和周老师都走了。“小黄”失了学，他便成了孩子的领袖，“小黄”还要帮助母亲，另外还兼着卖报——汉奸报。

每天早晨，太阳还不曾露面，树林里只有喜鹊在叫的时候，便要听见“小黄”清澈的卖报声了。“小黄”的报是外面一张大的什么××日报的汉奸报，里边夹着一份小小的毛边纸蓝油墨印的小报纸，是“小黄”的老师从无线电听见的消息印下来的。“小黄”就成了推销主任，由他派报，“小牛”“四狗子”都是推销员。小小的推销员送报去的时候，人家都开门来欢迎着，接过报来先把外面一张派了用场，不是引火就是包东西了，里边的一张折了折藏在袋里。

“小黄”真聪明，汉奸们几次想抄这秘密报纸的印刷所，都是“小黄”先得了消息。替油印机搬了家，汉奸走的时候总是空着手，皱着眉的。

有一次汉奸得了报告，在商议着怎么去抄的时候，被厨房老吴的儿子听得明明白白。“小黄”很快知道了这个坏主意，调兵遣将，汉奸才从前门进来。小柜子就从后门抬出去，里边是一座无线电，一个油印机，流动的报馆就又搬了场。

在树林前面的一个平平的土台子，就是“小黄”平常派报的地方。他从维持会领得一卷××日报，小棉袄里藏着的是毛边纸印的小新闻，这是鬼子顶恨的小报纸。“小黄”总是仔仔细细一张张夹好，才让“小牛”和“四狗子”拿去，还嘱咐着快卖快回来，真像顶爱小弟弟的一个老大哥——还只七八岁的好老大哥呢。

又是个太阳黄黄的好天气，“小黄”一个人在土台子等着“小牛”和“四狗子”来派报。“四狗子”来得最晚，太阳都上了枝梢才在街口露了脸。“小黄”急了，喊着：“‘四狗子’快来!”“四狗子”不见了，忽然转出来一群穿黄衣服的鬼子兵，跑到土台子来了。“小黄”一着急，赶紧把已经夹好的一份报从“小牛”手里抢回来，塞给他一卷汉奸报。鬼子兵来了。“小牛”卖的是汉奸报，拉了去吃“糖”；我们的小英雄“小黄”却连小新闻一齐被带走了。

“小黄”前面走，一群鬼子兵拥着，穿过街心到祠堂里去。街上窗户里一个个小朋友的面孔都看见了“小黄”，要叫他问他上哪儿去。一面又看见明亮亮的刺刀，和凶眉恶目满脸长短不齐胡须的鬼子，就都不敢出声了。“小黄”一点也不哭，看着他们笑着，好像还是平常玩的时候一样。可是“小虎”“四狗子”他们一群小朋友，从此就总等不着他们的好老大哥“小黄”回来了。

（一九三九年三月五日
《文汇报》“儿童园”，署名宛宛）

我们的班长

廿六年五月下旬的北方。天气渐渐由春天转变到炎热的夏日。风只是懒懒地吹，但更多了的是从北边带来的沙子和泥土，暖暖的，吹得人不起劲。刚开过花的槐树上，满满的罩着层黑泥，叶子瞧起来都发了墨绿色。

在天津西陲的集训营里的人们也像天气一般的过得没劲。可是时局却不是天气一般的平常，他会时常带来些小风暴给人们的。一个热极了的夏日，人们从远远的地方出操回来，都带着相当的疲乏。晚饭后坐在了一碧如茵的草地上听中队长慢慢地训话。蚊子真多，从头上腿间不断地飞过。七班里的老黄在用手挥着蚊虫，喃喃地小声说着埋怨天热的话。在排头的臧班长，也没有精神来纠正他，大家好像都要入睡了。忽然中队长的像水流一样小声的话中，流出了下面几句，立刻让人们精神集中起来。

“这两天外面的围墙都装了电网，大家夜间不要乱跑。每夜各班班长轮流放步哨，遇见事不要惊慌，在卧室齐集听命令。睡觉时衣服不脱，绑腿不许松。”

这在又要加增工作的班长和好脱衣服睡舒服觉的我们，

自然是都要感到稍稍的不快的。然而话后面的事实却加入了些新的刺激，大家都并不厌倦而更是关心着中队长的话里面的花头。

臧班长黑黑的面孔上浮着得意的笑，轻轻地招呼着大家说："别是他妈的那些人又出了岔，要是打仗那咱老臧就高兴。这半年二十九军挨的骂也够了。该他妈的出出气了。"大家听着他的话都笑了。老吴也在笑，他说："要是打起仗来，咱们这军训也就结束了。我是真想回家过日子去了。"跟着我们都嘘了他一阵，老吴却坦然地摇摆着。

临吹熄灯号的五分钟班长被召集到中队长的屋里去了。大家都想着这是什么花样。一刻钟后臧班长背着一支七九式的步枪两盘子弹带着笑从中队长屋里出来。进门时臧喊了声："起立！"坐着歪着的都起来立正。班长放下了枪和子弹，摩了摩手就笑着说："稍息！今天我讲两句话。刚刚中队长训话，是说从北平来的电话。日本兵和我军在卢沟桥冲突，已经有接触。今天晚上我们班长们值夜，这外面就是平津公路。有二千日本兵今晚要开到北平去经这里过。大家早睡觉别惊闹。完了！"听完了这个，老吴更笑逐颜开的了。"怎么着，咱一料就料个八九不离十。"

晚上熄灯号吹了。房里一片黑暗，密布着星星的天空从窗外映进来。房里仍不少人来回出入。更多着叽叽的谈话声。大家全做梦到卢沟桥边去了。有一半人是睁着眼到早五点的。

起身号音响了。树后面隐着暗暗的一片红霞。太白星还没落下去，斜挂在半天空。人们都全副武装着。日程表上有一项“旅次行军”。

一会儿班长一歪一歪地回来了。两只眼睛红红的。老黄迎上去：“班长累了罢？朝会不用去了。”

“谁说的！就没见咱那年在喜峰口。半天一夜赶了四百里急行军。到达目的地休息了十分钟吃了两个梨，就来了个‘拂晓攻击’，鬼子做梦也没做到，那回切了个痛快。这回站夜岗算啥！真是学生军，没用！”

老黄碰了一鼻子灰，十二分不高兴说：“这家伙今天哪来的这股子劲？”的确，臧班长真是不同往常，连平常大家请他讲喜峰口故事时都没有这一份来得冲！

朝会是副总队长训话。总队长因为军队里调动忙，分不开身。大家期待着的“旅次行军”吹了，因为时局紧张。改在操场学“批刺”——一种二十九军特有的刺枪。真不耐烦！

集合出发，只见分队长在招呼。原来号音也因为离车站太近不吹了。夜饭后降旗时，只看见国旗寂寞地、一顿一顿地下降，没有了陪奏。这异样的动作都给了大家异样的刺激。手里刺着枪心里却想着卢沟桥边的情况，像一幕幕电影似的在脑子里飞过。

几天都平凡地度过了。阅报处人挤不动。五份《大公报》都抢不过来。专电里的一字一句都不放过。拿着看电影的心情来看电讯，真够有味的。

臧班长这两天更是无事忙得厉害，跑出跑进也不知有什么事。问他就是说：

“万一就地解散了，我得想法回南苑。如果北宁路不通就坐津保长途汽车回去。去晚了怕部队开出去。”平常大家都盼着军训结束回家，今天看了臧班长急着归队的样子，却都加了些惜别的情绪。离解散只不过十多天。臧班长在大家簿子上都写下了南苑的地址。

谁都没料到会这么快解散，第一天晚上宣布的，第二天就要行出队礼。班长的脸上没有了喜欢的表情，捉了大家的手问长问短，问大家的学校，家乡。他特别让我介绍一本字典给他，不太大带着方便的。我告诉了他去商务买一本学生字典。他是入伍以来才识字的，现在已经能看报和写便条了。因为不会写字就没有一步步升上去的希望。

最末一次没有号音的降旗——出队礼的最后一幕，在早十点钟就举行了。副总队长站在台上默默的，大家也默默。解散了，都站在楼下候车。这时寻班长却寻不着。

车将开的一瞬，看见班长从楼下跑过来挥着手道别。强作着笑容的黑黑的脸上，带着无言的不快，他频频地挥着手却不曾说出句话来。我们大家都说：“盼望班长打仗时多多的杀罢！”从黑黑的脸上，我看到了沉默而兴奋的笑。

我离开天津的一天的早上，路过东马路，进商务印书馆去看看，又遇到了臧班长。穿了太短的长袍子，是向准尉借了来的。文绉绉的怪不得劲的。和他又说了几句话，说他是来买字典的。

出了商务门口，我茫然地朝了旭街走。心中还记念着适才的情景，不留神撞了一个人，听了声不懂的骂声。回头一看，是一个拿着上了刺刀的枪的皇军，小胡子正嚅动着。

十二月十六日晚

（一九三九年三月七日

《文汇报》“世纪风”，署名宛宛）

雨天的断想

这地方是这么多雨，连日都不放晴。天气只是阴阴的。有许多人因此讨厌了上海的天气。然而却也尽有令人可喜之处，是一种颇柔和沉静的味道，惯尝了北地风沙的人们是不会知道的罢。

无事时曾到较远的地方散步，想在这曾为炮火笼罩的地面上拾取些烽燧的余痕。幸而赖了“宗教”的护佑，在这块地方不曾留下一些败坏的墙垣，零乱的劫灰，使我感到了轻微的失望。然而这空寂的气氛总是带了战争的余怖的。十亩左右的地方，植着满满的青菜。间或有人在畦间施肥除草，衬了这阴阴的天气，越显得异常寂寞了。

墓道上杂乱抛着小孩嬉戏时掷的碎土，深而暗的土屑，里面含着充足的水分，真是肥美的田畴呢。明末建立的石墓门上，有不少的裂缝，更带了错综的土红色的条纹。刻的字都模糊不清了，斑斑点点的更有许多鸟粪。两旁的石刻的羊马上，也有不少的泥土的痕迹，一定曾经有人骑着用土块大战过了的。拂去了泥土，也跨上马背，望了远处敝旧黑色的古老瓦屋，不禁发生着悠渺的遐想。记得李商隐有两句诗：

“一春梦雨常飘瓦，尽日灵风不满旗。”在一个如此的春晨，又是含了雨意的天气，真要做着种种的梦了。悠悠的思想，飘到了几千里外，于是我记起故都的景山之春来。

那是末了的一个平静的北平的春天。一个没有阳光的上午，我独自跑上了景山顶，寿皇亭的回廊上，默默地看着安静极了的古老的都市。一片绿色中安排着一色的瓦房，白杨的叶子被风吹着零乱地翻转着，浓绿和霜白的两面，错乱地交映。像天上飘着的小雨，打在绿海中翻出来的亮光。左下面是北海。小得像一汪水被围在四外的绿色中。小石桥像是束上了的一根带子，玲珑的白塔在水中立着。多熟悉的一幅画图，永远留在我的忆念中不会消失去的。

在那时也确曾有过回溯历史痕迹的城市，指点着庚子时联军进攻的前门——那老的是已经烧掉了的。心里也拟想着不久以后应当有的一个古城攻守战，谁想她却是被白白交出去了的。

现在景山该已是禁地，不会有人去登临了生发家国之感。算计我再在那亭顶流连时，心中该满贮了欢喜，不再有“风雨如晦”的凄厉的心情了。

二月十三日夜

（一九三九年三月十六日

《文汇报》“世纪风”，署名宛宛）

别宴

时候已经是暮春，阴阴的天气里带了轻微的余寒。零碎的细雨琤玐地落在柏油路上。无轨电车厚重的轮子从路上滚过时，发出一种“噱噱”的声音。因为是阴天，所以更早便黑了下来，不过五点多钟的光景，都市的灯光已经错落地点缀在街头，越显出一种寂寞的情调。带了一份沉重的心，去参加一个宴会。因为时间尚早，所以寂寞地在街上闲步着。不知不觉便又堕入遐想里了。

这春三月之夜，飘着细雨的天气，在我似乎并不生疏。在永远使我怀念着的北方的都市里，有着和这个出奇地相似的情调。过去的生活，像一个梦，一个带了美丽色彩的梦。一切琐碎的事情，想起来就像掇拾起散落在地上谢了的花瓣，都浮着淡淡的不曾散去的香气；可是这香气是那么轻淡，似有似无地氤氲着。所以更值得珍惜了。

破碎的记忆使我现在的情绪和两年前的连接起来。在那读过五年书的充满了风沙的国土里，似乎更应当有参加一个这种宴会的机会。然而这机会终于失去了。在匆忙中，不及道别地分别了每一个亲爱的友人。从朋友的口中知道，大部分的朋友是星散了，去到了祖国的遥远的后方。更使我怀念的，是准备着翱翔在祖国的天空里的东北的朋友们。那赭色的面庞，健康的笑，两年来不曾在南方看到过。失去了这种友情，近来我是不曾痛快地笑过了。这似乎更使我衰老。而这不曾在一种热烈的情况下举行一次送别的遗憾，更是永远藏在心里的不快。然而我找到一个发泄的场合了，在这个别宴里，我的情感是双重的。如果别人只有一种离愁的话，那么我便有两份。

陷在沉思里的我，叫杂着冷雨扑面的风一吹，肃然清醒了。空气是够清新的，呼吸着真使人爽快，真像几年前春假旅行时，在古老城市里过的一夜。慢慢走近了饭馆的门口，扑面是一股热气，照耀着明亮的电灯。楼梯上满了上下的人们。有穿了白布制服的侍者，也有穿了入时的衣服的女子，在迎面的镜壁里，照见了自己的浅笑，轻盈地慢慢地跑上了楼梯。来不及招呼坐满了一屋的友人，自己觉得是有点局促。随便地吃着碟子里的瓜子，几个人随意乱谈着，谈着过了几个月后彼此的行踪，有的要远行了，要把自己薄弱的力量加入时代的洪流里。对于这，大家都给予了羡慕。这是难再的盛会，高朗的笑语声压不住轻微的离愁。大家似乎都想用大声的说笑掩饰这种感情，然而这热闹中的寂寞，仍旧是嗅得出的。

坐定了的筵席上，彼此敬着酒。大家都豪迈地吃了照着空杯。不惯吃酒的某君，脸上是全红了。屋里的空气似乎热了起来，风吹开了窗，冷雨飘进来。稍稍迷惘了的心情又少少振作了一下。

没有人致辞，只有彼此杂谈着来打发这时候。然而这是更显得亲热了些。这当中，有人的确是兴奋着了，慢慢激动起来。听了的是都有些感动了。隔壁的胡琴声高高地响了起来，一个女人的声音在唱着，这样引去了大家的注意。在那个细弱的声音里显然可以听出是并没有熟习的调子的，时时有错误的地方。然而叫好的声音，却高高地哄了起来。

期待着这个日子，准备着给临行的人们一些充满了热烈感情的话。然而我失败了。只是听旁人在谈着，自己不过默默地听。然而我想朋友们还在这默默中或者也已经领略着我的意绪。对视着无语的眼光中，充满了快乐，这样我觉得满足了。

回去的车上，注视了玻璃窗外闪动着亮光的雨滴，心里是颇觉得明静的。不久以前的不安，全没有了；只是感到一种坚定的高兴，是两年来像死水一般的心里引起的高潮。

廿八，四，十六夜

（一九三九年四月二十七日

《文汇报》“世纪风”，署名容鼎昌）

失去了的青春

冬夜的风，挟了北国的寒威袭击着这都市的一个角落。在这被光明遗弃了的黑暗幽僻的地区，隐着所阁楼。年深日久的被风雨剥蚀透了的楼梯，那弯曲而踏上去就发出声来的样儿，就已充分表现出这座建筑的年龄。一间破而小的房间里，有着个惨淡晕黄的光亮，在这五支烛的微光的照耀下，使这惨淡的家庭景色更加了层忧郁的暗雾。零乱的衣物，堆满了床的一角；床上蠕动着个令人不敢相信是有生气的动物，一个小女孩的乱乱的头发，在黯色的枕头上慢慢地滚动着，在床沿坐着垂了头的是她的母亲。

这中年的女人眉尖上像挂了拂拭不去的云，暗重而凝固，就像用了极温热的阳光也照化不开的。面目的轮廓是美丽的。不过年岁无情地剥去了青春的光辉。薄薄的施了粉的绯红的两颊，没有了青春的征象的红色，只是发出惨淡的血色。然而如果注视着那颦着的眉尖，也会隐约地掠着一丝半缕逝去的青春的光影。在那薄薄的嘴里，吐露着爱抚的句子：

“娟娟别着急，等妈出门回来时，就给你带吃的来。”

“妈，我心里发烧发得迷迷糊糊的。只想咱们在北京那时候。这屋子多黑呀。”孩子在梦里呻吟着。

“好宝贝，别着急。报上天天说打胜仗。鬼子赶走了，妈带你回北京找小花玩去。”

女人早早就穿好了衣服，十二月的天气，还是件紧紧罩着身子的旗袍，一件半旧了的大衣，已经是前几年就过时了的。几次想立起来，终于又坐了下去。这虽然寒冷的家，比较起街上总是温暖的。而尤其使她留恋着的是有着个需要母亲爱抚的小生命。孩子渐渐在催眠歌声里睡去。女人最后看了孩子温馨的睡颜后，才慢慢地踱出了房门，轻轻地倒锁上，无目的地投向怒吼着的寒风里去。

十二月的北风，像要寻出每一个空洞都要吹进去的样子。薄薄的衣装，更使人觉得处处都有彻骨的寒风透进来似的。都市的霓虹灯，在寒风里发着凝结住的红光，象征着温暖的环境，多少人匆匆地从街上走过，被一个个响着爵士音乐的舞场吸进去。在忙忙的脚步里，随着有将要来到的温暖的目的地。可是徘徊在北风里的人们，也就格外地有着孤独的战抖着的心情了。

被孩子的苦痛形状和羞恶的心理所打击，女人的心是受着了双重的创伤。她从不曾有过这经验，在这个夜之都市里，去操这不名誉的“职业”。自从她从北京，带了女儿迢迢地到了这都市来了以后，生活压迫，使她卖去了最后一件值钱的衣服时，就不得不在女儿生病和生活需求的压迫下，走上了这条路。这第一次的确使她心惊，使她觉得震颤，然而现实是不会怜悯她的。

已经过了三十的女人，“风情”似乎是久已失去了的。尤其是在这只许她皱眉的境遇里，笑是多么难的事？然而她听见了同样命运的女性们在北风里凌厉的笑声，招呼的话语，这异方的语言哟，她的脑中像为电所震动了的，她觉得迷惘，震眩，不知道怎样做了。

忽然眼前的汽车喇叭叫醒了她，她仿佛看见一个女人架着个男子的手臂在面前走过了。那男子还向她看了一下，马上就又和女的咬着耳朵说话了，远远遗留下一阵笑声，男女混杂的笑声，这更添了她的失望的心思。也为着这笑声有些怒意了。这青春的嘲笑使她觉得有些恨恨的了。她恨这些年轻人，用青春骄傲着的人们，她想着她也有过青春的，而这些青春的梦境，也时常可以在睡梦里回味着。而一年前她的生活还是很舒服的。她明白了所以把生活转变得差异的这样大的原因了。她不独诅咒着逝去了的青春，更诅咒了使她堕入这种生活的敌人。

风是愈来愈大了，她把两只手插到袖口去取暖，耸了肩来回重重地走着。常有人擦身走过，也用了大的勇气丢了个勉强的眼风过去。人们都像逃走似的走了过去，连稍看一下的都不曾有过了。夜更深，人更稀少了。街头上这种同样的女性也慢慢稀少下去。北风的吼声却更大了。

她的思潮里唤起了个新鲜的记忆。这种吼着北风之夜在她是多么熟悉呀！这北国的冬夜。她又记起了临出门时女儿的话：“回北京去呀。”在睡梦里也忘不了的话。她一面想着仿佛真到了北国去似的。一个温暖的家，快乐的家庭生活。

她忘记了冷，腹里的饿和徘徊在街头的意思。

天阴，夜里看不见星光。雪花落了下来，街角上覆了层白色。街上冷静多了，不时有汽车来往。一部黄包车慢慢拉了过来，问着这徘徊着的女人要车不要。

（一九三九年三月二十二日
《鲁迅风》，署名宛宛）

独巷

天色是黯黑。空气里含了过量的水分，生活在这里的人们，就像压在什么过量的负担之下，连呼吸都似乎感到十分的困难了。风也吹不动，只是喘息着。一切都是这么寂寞，阴惨，我简直怀疑这是正在有着好风景的江南的春天。“暮春三月，江南草长；杂花生树，群莺乱飞！”我憧憬着的是这么一个境界。然而天呀！现在这是什么光景呢？

窗口是一条长长的弄堂，狭狭的，真是条狭的笼的样子。似乎两个人并起来就要跑不通，两旁夹着高高的房子，水门汀的建筑物，上面开着一扇扇的窗，像恶魔张开大大的嘴来临视着下面这条狭的笼。四周全然笼罩着一股严重的气氛，更加以这种阴惨的天气，更使人想起这是什么中古时代的堡垒的东西。

这里是这么一种环境，寂静是当然的。没有什么东西会常常来这儿走动。如果天气是相当好，淡黄色的日光照着了半个墙上时，也会有些锔盆锔碗的或者是收破报纸的人们进来打一个转儿去的。一声长长的“吆喝”，虽然打破了这静境，然而一声之后随即沉默了下来，听了的确更使人增加不少空虚寂寞的感情。

我是颇喜欢静的，然而也希冀打破这寂静的东西。听了那长长的“吆喝”，常常起着一种亲切的心情。在北方，这种人是叫“打小鼓儿”的。单调的鼓声响着，在长长的春日里，那佝偻着挑了担儿进来矮矮的老人的摇摇的脚步，在每听得这种呼声时，总唤起清明的印象来的。那古城的多少奇妙有趣的“货声”，曾经有人在一本书上记录过的。然而这两天格外地静了下来，连这仅有的脚步声也消失掉了。这是什么原因呢？

在傍晚的时候，从外面回来。暮霭薄薄地罩在街面上，隔了十几步就看不清楚对面人的形象了。当我用了匆匆的脚步踏进弄堂门口时，不期为一个穿了夹大衣，歪戴了帽子的人阻着了路。惊疑而稍觉得可厌的目光从低低的帽檐下露出来，在打量着我这人了。当他知道了我是这一个弄堂里的居住者时，又好像带着了歉意似的让我走了过去。然而我从回头的一瞥里看出了那仍然犹疑的眼光在追随着，直到我进了门以后。这使我明白了为什么四周更加寂静的原因。

从此幽巷里少了行脚人的声音，可是也就多了个幽灵似的生息着的人物。从早晚的两次遇见上，渐渐对这人物多了观察的机会。

人的职业，尽有十分特别的。然而像这样来选择了打发他的长长的日子时，使旁观者的我，总不禁觉得有些可惜的了。人看来还是青年，自然有着一份热情，可是这份热情轮到这样排泄出去时，那心情不免是寂寞而且悲哀的罢。墙边的阴凉里，安置了条长凳子，人便坐在凳子上看着报纸，低了头，戴着低低的帽子，好像不要人看见面部因而发掘这心灵里的苦闷的样子。报纸是只有一张的样子，折来折去总不下五六次了。消磨去的时间，算起来该是几遍也早应该读过了的。然而还是反复着在看着。

这自然是早晨看了的情形。当正午回来时，远远望见关了的铁门时，心里想着这个应当看见坐在板凳上的人在耽读着别的什么东西了罢。果然是换过了，大概是从附近小摊上取来的“小人书”（连环图画）的东西。兴致似乎是比较起读报来活跃得多了，是因为书上的图画在变化着种种的场面罢？听见了声音缓缓扬起头来看了一下，没有以前那股劲了。大概是曾经熟识了的原故。不，从那缓缓的动作看来简直是消除了整个生命力的样子，像弛缓了的弹簧，再也不能紧张。就是要使他马上负起他的责任来的话，我看也将是没有力气的了。

日子一天天过去，这情形也看常了，并不觉得奇怪。像是应当如此的样子。这次稍微变了的是又添了一个在轮流着了。这个是比较年纪大了点的，黑黑的脸，带着北方人的特色，像是久历风尘的人，从脸上的皱纹，和闪闪的眼睛看来，像是世故颇深的。然而却并非狡猾的样子。仍旧是充满了忠实的表情的。那份经历丰富的表征，就建筑在这上面，是从忠厚里磨练出来的光辉。所以看来总是非常可亲的，虽然他的职业总使人觉得并非随便可以亲近的人物。外貌上的不同，也正像脾气上的差异。这带了北方气息的人是显见比较活泼了许多的。他缺乏了枯坐读报的耐性，总是急急地来回走着。时间长了，急急的步子变成缓缓的。终于立下来看街上的行人，等到又看厌了时，便又在狭的笼里踱着了。虽然是极度无聊，然而并没有厌烦的样子，慢慢地等着替换。看那样子是熟练了这种职业生活，并不觉得奇怪了的。

是一个下午，我从弄堂里走过时，为他所扯住闲谈了。从第一句话的口音里，我证实了我以前的猜测并不曾错，含了多量的生硬的舌尖音的，正是我久已不曾听到的方言了。那在这块土地的东北角上滋生着的话语，可亲昵的调子煽动了我的心上的欣喜。是久别的友人重逢时的欣喜呀，我又能重用了这种调子谈着话了。

“你是哪儿人？咱们别是老乡罢？”我为了使这人感到些不意的欢喜时，便应用这广义的“老乡”定义了。

“我是海城。怎么您也是北方人吗？”果然是惊异了。

“怎么来到这儿了呢？”

“还不是跟着东北沦陷，才上上海来的嘛。要不是鬼子占了老家，谁愿意离开那儿呢？‘土生土长’，‘牲畜不嫌地面苦’，咱还是爱咱的老家。什么上海，就是热闹死也抵不了咱那东北呀！您说是不是？”真浓厚的乡土感。接着他就叙着怎样由淞沪沦陷而失去了实践抗战的机会，而终于有了这颇为奇特的职业。

夜风渐渐凉了。我回到楼上坐在书桌前沉思着适才的谈话。忽然一阵急雨打在铁皮的屋顶上发出铮锹的响声，玻璃上也落着急急的雨滴。我想“老乡”该不能散步了罢？然而还听见皮鞋声在响着，不过因为避雨的地方太短所以来往脚步声也格外烦琐，好像心境不似平常的平和了。

（一九三九年《鲁迅风》，署名宛宛）

雾

雾。到处都塞满了这溟濛而迷惘的东西。带了萧瑟的冻凝了的墨绿色枝叶，都挂上了一抹轻绡。薄薄的，氤氲的，像暮春时节快变成蛹的蚕儿才从嘴里吐出来的丝，起初像一口口的白烟，经风一吹，就都变了实在的丝缕，拂拭不去了。

在楼头凭望。远处是高高低低罩在纱幕后面的一堆影子，飘渺迷离。小时从志异书上知道的海上神山的影子忽然一现。我想起了上元夜的灯。玲珑的骨架上罩着多角的薄绢，上面描着纤弱的笔触。往往就是这么一种为云雾包围了起来的境界。烛影摇摇，更多添上了一份迷离的情调。夜已将晓，玩灯的人们都倦了。被遗弃了的灯里还烧着剩下不到一寸的烛心，衰弱的火焰摇摇地闪着。等到她滴下了最后的一滴泪，火焰倒下，剩了一片白，一片蒙在浮白色的雾里的楼台。

马路上是一片湿，买菜的人渐渐多了起来。有穿了睡衣踏了拖鞋的人，脸上还不曾消失掉昨夜的疲倦，嘴角上挂了支燃烧得差不多的卷烟，菜篮懒懒地靠在手臂上。卖鱼的人从水缸里捉了活蹦乱跳的鱼向秤盘上一放，等后来交易做不成就不耐烦地把鱼掷回水缸里，泼剌地溅起来一溜水滴。

一条界路。过去似乎曾经有什么多情的人给一条河造了一个名字，“阴阳河”。于是一出旧戏的情景就倏然出现了。一个女人踩了木头做的高高的跷，肩上挑了一担水，摇摇地走来走去。她一只脚踩着一面，一边是阳间，一面就是阴曹。那故事是颇凄惨的，鬼魂也是凄厉而美丽的。这里，我就不禁对界路那边的一切觉得一些哀愁了。一间新造好的房子，外面涂了贱价的黄粉，很容易推想那是不久就会剥落的。房子是长长的一条，门口装了长圆形的玻璃灯。挂了粉红色的含着淫猥的颜色的绸子的门半掩着。从外边却也不容易看到里面去，是给一架屏风遮住了。里面暗暗的。房顶上有几盏圆形的灯，晕黄的光照着。门口贴了一张白纸：“奉谕未成年儿童，不许入本茶室娱乐。”

不知怎样，这间房子使我联想起在××医院后门看见过的太平间。那长长的黄色圆桶形的建筑物，实在是不吉祥的东西。门口就停了几部方形黑色柩车似的车子。在小菜场的骚音中，有几个人从里面走出来了。头发毛毛的脖子前的纽扣没有系好，眼睛红红的。一手围在一个女人的腰间。那女人的两颊擦得比鸡血还红。眼角旁的剩粉残脂还零乱地散布在蜡黄的脸上。砰的一声，黑色的车门关上了，一阵汽油的青烟里，卷着淫浪的笑声远去了。

旁边的一条弄堂里，一连挂了十来个玻璃灯匣子，上边是红红蓝蓝的广告：“××记大听筒”“××戒吸所”“××

春谈话室”，一些奇怪的名字。墙角是一个垃圾箱，旁边有几个人在小便，一面抬头看着“君子自重”和白粉象形的漫画。另外密密贴了一些性病院的广告。垃圾箱隔壁就是一个预备消夜点心的摊子。看样子生意十分兴隆。一碗碗的“云吞”和春卷正出锅。地下铺满了菱白皮子，一个“小把戏”一跤跌到墙角里悲哀地哭着。

一个从砖墙上挖开了的圆洞，里面坐了人在卖票。一百支烛的电灯在散放着毫光。墙上挂着的是一个穿蓝绸的古衣冠的人物，三绺长须，一双粉靴。是个明代的官儿。

两个女人离开了那堡垒的洞口。

“你买了多少？前天晚上我做梦梦见张三官。第二天糊油喷心只买了五角钱的。果然得了。今天连赢的钱加上当了棉袄的两块半一齐买上了。刚刚看见张三官朝我笑，看罢，这回准有门。”

“穷人穷命。小财担得起，大财就折了你的草料也不行。看这两天暖和，过几天西北风一起冻你这个小娼妇。”

似乎她们是用吵嘴结束了这个故事。

街上。一家食品店的橱窗里亮着红颜色的霓虹灯。盘子里是精致的点心，一块块黄颜色的奶油蛋糕上面有着紫白色的花样。刚从烤炉里拿出来的点心还喷着热气，在窗子上面凝成了一层雾，还夹了一行行的水滴。一个断了两条腿的人坐在装了四个小轮子的小车上，才从马路上撑到人行道上休息着。从那破了的帽檐下露出一对无力的眼光凝视着盛满了精致的食品的窗子。

转角地方是一群年轻的少女。像戏院里卖烟糖的在胸前挂起了个篮子，里面盛满了花边袜带一类的小东西在揽生意。一个印度巡捕走过来了，几个大一些的逃走了。年纪小的还赖着不肯走。印度巡捕举起了他的大黑手，在小女孩的头上碰了碰，像是可以把小女孩的头像皮球一样攫起来。印度巡捕去了，大家又都集拢来。不久一个中国巡捕走来，他还没有举起他的鞭子，小姑娘们早都逃到弄堂里去了。

公共汽车站上排着一行长长的队伍。像是溃败下来的一个杂乱的集合。有到学校去的学生，上小菜场的娘姨，到写字间去的先生，和提着叮叮当当的家伙、满身油泥的工匠。他们一来大家就自然地让开一条路。老爷们提起了他们的大衣，小姐做了一个漂亮的转身，回过头来颦着细细的描过的眉毛来看。

车子来了。人都向开车门的地方拥过去。车上的人一个个从门里吐出来。马达震动着，柴油的烟从底下喷上来，刺激得眼睛流泪了。“卖票”喝着要人们快些走下来，就像一个贩卖奴隶的人，用尽了他的力气在嚷。寻一些自以为得意的词儿讽刺着老太婆和女人们，可是人们仍旧走得很慢。人好不容易像卸货似的走净了。“卖票”就又嚷着要快些走上来。等到塞得差不多的时候，他就喊：“×娘×。又不是弗出铜钱格。”可是出了钱人还是拥上来。“卖票”虽然满腹牢骚，看样子倒不是不高兴的。

车动了。除了人的叹气声外，就只听见“卖票”在发表议论：“×那娘！车子又弗是橡皮个，有松紧。格票子哪能买法。松松来！”戴瓜皮帽子人对这稍带了猥亵的辞令感到满足了，笑了笑。

人也是真塞得太紧了，简直没有转身的余地。这给了“卖票”一个方便，他不必进来卖票了，只在人们挤下去的时候收了钱，说一声“对不起”，他一面收钱一面还注意着站上的查票的踪迹，就变为十分忙碌了。同时，嘴里轻轻地不住地骂着，不过全没有什么意义，只不过是一种习惯罢了。

在某一站跳上一个黑布制服、草黄裹腿的“警察”来，雄赳赳地不想买票，“卖票”也就让他去。

最后一站到了，不凑巧，一个“大鼻子”在下面等着收票，付过钱的人就都向“卖票”要票，他就扯下来一堆四分的票子分派开。“警士”是不屑于要一张的，下车以后就昂头向前走，没有把“大鼻子”放在眼里，对方收不到票就抓住“警士”的前胸，这一来在面子上是非常下不来台的。

“放开！你不知道咱坐车不买票吗?”“警士”的眼睛像铜铃。

“×路不买票可以，××路不可以。”

“你算是个什么东西！放手!”“警士”的嘴一咧，黄牙狞恶地露了出来，想挣扎离开“大鼻子”的纠缠。可是没有用。

“马马虎虎吧！让我走。”“警士”的眼睛露出了可怜的求饶的表情来。在软硬兼施都没有结果之后，一场武力的争斗开始了。这时照例有许多市民们围了上来，并且哄起了喊好的声音，有谁要尝试在这喊声里寻求一点公众的意向吗?

那就非失望不可。绽开在每一个喊好的人的面上的是好奇心得到满足后的笑容，和在马戏班上看到的并不两样。

天色愈沉晦了。乡土的怀念会提示这是一个落雪的天气，在那地方是早就飘过雪花了的，然而这是江南，这全非旧样子的江南，就是有雪也不会下来的罢。

（《宇宙风乙刊》，署名宛宛）

关于《蜕变》及其演出

好久以前有幸地得到一本《蜕变》来读（这书内地不卖，上海买不到），感动甚深，久思执笔写一介绍文字，而总是没有机会。现在《蜕变》已在上海演出，似乎正是个好机会，那么就来饶舌一下。

曹禺先生是不但会写剧本，而且演得非常出色的一个剧人。几年前在天津，我还是一个中学的学生，在学校里的一个新建立起来的礼堂里看了出《财狂》（即莫里哀之《悭吝人》），使我感动得流泪。我的神经随了曹禺先生（他演那个财狂）的微微打战的手指而抖动了。这是我平生所看到的最好的一出戏，可惜几年来不曾再有看这种戏的幸福了。我最近也看过《愁城记》里投机失败的一位在打战，然而那是做出来的，使我滑稽的要笑。可是曹禺不，他整个融化到戏里去了。他的情绪，他的举措已经完全和舞台下的他变成两个绝不相关的个体。看戏的人也似乎真接触到一片血肉的人生而不是在看戏。我觉得这样才可以算是演戏，什么时候能让我们再看到不觉得是在做的戏呢？

《蜕变》是一个宣传剧。作者为了表现、期待、歌颂我们民族在抗战中一种蜕旧变新的气象写了这个剧本。他采取了通俗的题材，通俗的事实，这些事实似乎已经为许多作家所利用在别的体裁（也包括戏剧）来写过了。然而我们的作者把这通常的题材处理得那么紧凑，高潮是那么激动，让我读了几次下泪。一些也不觉得它庸俗，繁冗。我爱它！

然而我在这个四幕剧中（演出成了三幕了），最喜欢的是第一幕。因为这是真实的。后边的几幕虽好，然而是想象中的，略等于梅特灵克的剧本如《青鸟》里的境界。许多善美的事实是凑到一起了，是目的，是未来，然而不是现在。可是第一幕却是活生生的现在。作者的写实手腕，已经达到相当的高峰，在一百页左右的一幕中烘出了活生生的一个腐败的衙门的面目来。这里边充满着人情物理，院长家的小少爷在办公室大战，与院长如夫人有远亲的听差的看不起好吹牛的录事“屁”，况西堂的贤妻送了包子来与大家同吃，办公室晾衣服……这都是活生生的现实，一些没有虚构的痕迹，而处处吐露着讽刺的毒针。这里，我不禁想起莫里哀的喜剧的根源。曹禺的戏比果戈理的讽刺剧还富于人情，也就是富于真实。我觉得这一幕是全剧里的一颗亮晶晶的宝石，一颗镶在王冠上的宝石。

作者用力描写着的那个“屁”，录事孔秋萍，是一个重要的线索。

一开场就是“屁”出现了，大声大气地喊听差，听差也不大理他。他找签到簿子，小少爷们不知道给弄到哪里去了。后来好容易找到，马登科（主任）却已经早在昨夜签好了。

他自夸在交通部时怎样怎样，嘲笑忠实的陈司药为“可怜儿”，为争面子，争着与马主任出相等的份子。最后他还扯穿了马主任秦院长的鬼蜮伎俩，没有他许多事提不起头来，而第一幕也不免太沉闷。他可以说是一个活动的脉络。

第一幕是那么仔细地描写着，刻画着。相形之下，我们不能不觉得第二幕的局促了。

也许是演出的草率，使我觉得第二幕非常轻，不像第一幕着笔那么沉重。第二幕的开头是写丁大夫和她的从战场回来的独子的一场对话，流露出亲子之爱来。可惜演丁昌的太“活泼”了，说话太快，没有充分表现出依恋的样子来。连累了丁大夫也不能发挥她的爱抚之情。一段极感人的人性的描摹，竟如浮云一般倏尔浮过，的确是大缺点。而在第三幕，演出时竟勇敢地删掉了近一百页左右的原书，这结果是把丁大夫这人，作者所深刻地描写着的一位伤兵之母，浅薄化了。浮光掠影地一闪，等后来兵士们喊“丁大夫万岁！”“伤兵之母万岁！”时观者不能感动，不能感到何以丁大夫值得士兵如此的爱戴。我看到我旁边有人在笑，记得我初读本剧至此是哭了的。这剧本是被阉割了，无疑地被阉割了。

也许这是个放在书桌上读的剧本，演出时要顾及时间的限制而剪裁了，真是这样么？我并不这样想。

现在我想回来看看作者何以能把一个写滥了的题材写得不庸俗？一个平常的题材写得那么激动？

这原因，在我看来，是真实救了它的。真实，被精炼得的真实，艺术地，美丽地表现出来的真实，救了平凡的题材。

丁大夫抚爱丁昌的一段，是最普通不过的母亲对儿子的情感的描写，然而在这样的一个局面之下处理，一个在医院服务的母亲送她十七岁的独子去山西作战，读者是被感动了。

丁大夫后来给她的儿子开刀，她起初是下不去手，一个母亲不忍给她的儿子开刀。后来在不得已的情况之下动手救活了，这是个激动的高潮，然而是那么自然地发展的。

李营长，一个被丁大夫从死神手里救回来的军官，当伤愈回队之前去看丁大夫。他看丁大夫太过劳了。他想要丁大夫到他家去休息。他说：

“那么铁川，铁川主张您该——”

这是多么活动的刻画。军人豪爽的性格活活地勾出了。然而李营长不是幻想的人物，我们能在军队里找出多少的例子来。

现在，我想看看作者所创造出来的几个人物了。

这里有英雄，也有平人。梁专员、丁大夫都是英雄。然而我不爱英雄只爱人，丁大夫是比梁专员人化得多了（可惜在演出里变成莫名其妙的神），作者的确花了不少力气。然而梁专员的确是太英雄了，虽然作者苦心加入的一段使他人化的描写，他的哥哥投奔他来而被他送回去的故事在演出里被删节了。我知道一定有许多人爱梁专员，然而这是过去公案小说中包公铡陈世美时老百姓喝彩的心理。因为他替大家出了气，改革了腐败的医院。这是一种大团圆型的英雄。

我以为作者所创造的最成功的一个人物，一个活人，是那五十一岁久经宦海沧桑的况西堂秘书。

这是一个饱尝世故的老人（他自称为“老衙门”），随医院从长江上游迁入内地，预备再干九年，积几个养老钱，退休林下，喝一碗稀粥。处处随和，劝暴躁的“屁”少发脾气，和马主任交涉说摊份子以“两元为度”。在落雨天的“办公室”里闷闷地吟“国破山河在，城春草木深”。和老妻亲热地开玩笑称呼为“贤妻”！还取笑那多年不戴的白头盔（可惜在演出里是挺新而白的一顶了）。在梁专员问时，世故地不肯多说破院长的隐私。这一切全是这老人的如实的描绘。况西堂的全身似乎都浸入在一个古旧而可爱的魂灵里了。像无限好的夕阳，多么真实的人情物理都十分通达的一个老人。就是他那些世故，也都非常天真可爱。这是一个典型，与华威先生、差半车麦秸同为战后文学作品中不朽的典型。我从衷心里爱他。愿他平安。如果在内地的机关里真有这样的况西堂们存在着，我给他们祝福！

小伤兵在后半部戏里，也是个线索。他曾赚过我初读时的热泪。可惜在演出里像神龙一般的见首不见尾，使我非常惆怅。

演出的人物，以马主任为最好。国语的纯熟（也有时平上混在一起），声音的清楚都好。虽然在回梁专员的话时，做作得太过火，成为恶劣的表演。

秦院长的说白，好像吃一碗热云吞一般，听不清。

梁公仰太老了。七十多岁的吴稚晖老先生怕也没有这么白发飘飘罢。演出平平，一些也看不出卖力来。

李铁川说话像背书，一些没有表达出军人醇厚的性格来。

丁大夫在最后一段的重要台词里，竟中断了几次。好像不太熟。也许是在表演感动得不能说话的表情，我不太清楚。

夏小姐声音像蚊子，动作像蚱蜢跳来跳去的。

陈秉中太年轻了，还应当老一些。照剧本上是三十四岁。

韩妈和田奶妈一些也听不清她们是在说些什么。舞台经验太差了。

暑假里去听黄佐临先生的演讲。他是主张“民主派”的导演的。让演员发挥自己的本能。但是性格的赋予，也应当确定些。上面随便地说了一遍，算是个人对这戏的了解。人物的性格也不见得说得准对。本来一个作品，一首诗，多少人念了会有多少种感兴的，我不过是把所感到的老实说出来罢了。本来只想对原作略加介绍，今竟拉拉扯扯，乱讲一通，真是连自己也想不到的。

一九四一年十月十二日夜

（一九四一年十一月十六日

《萧萧》第二期，署名秋远）

关于《扶箕迷信底研究》

商务印书馆的工潮延及两月，偶过门首，看见里边蛛网尘封的情景，每为之惘然。每次复业以后，第二天去静安寺分馆一看，有新书不少。关于学术上的书有几种，个人所喜欢的是郑振铎先生的《困学集》与许地山先生的《扶箕迷信底研究》。《困学集》多半是论词曲的长文，愧不能懂；后面所附读书小记颇有趣。郑先生正从事版画史之不朽伟著，其勤搜异本之个中甘苦，每可于此中见之。许地山先生是早年文学研究会中的重要人物，是小说家。近来精研梵文，曾去印度，现在执教港大。前年曾在《大公报》“文艺”上见先生的《女国士》剧本。后来的创作就少见了。大概是已经收拾铅华，走上了学人的道路；这本小书就是一个学术研究的好题目，也是先生给我们的第一个研究结果。

这本小书的封面是一幅紫姑神。采自叶德辉重刊元本《三教搜神大全》，这幅画在十多年前《小说月报》上已经郑振铎先生介绍过了（见插图之话）。虽是翻刻，然犹可见原图的丰神，非常浑厚，是宋元版画里的佳作。

全书分引论、本文三章、结论等几段。引论里提到占卜的起源和分类。举出：占梦、预告、身占、灵试、降僮、关亡、尸占、禽占、星占、地占、术数等十一类。这些都是民俗学上研究的好题目。这本小书里的扶箕也不过是属于“术数”里的一种。

许先生在这里运用的方法是从旧籍里搜集材料，非常丰富，足见用力之劬。不过民俗学的研究，除钩稽旧籍以外，实地的采访当尤为重要。我在本书里所感到遗憾的也就是这一点。扶箕虽然盛行一时，连上海也还有什么科学灵乩之类在街上出售，可惜大多数人全无福赏鉴。在研究的书里，我以为应当提到稍详的实际方法，附一些照片。这样就更能满足一般人的求知的欲望了。

箕神统称紫姑仙。后来降坛者日多，遂不一定是紫姑了。清黄仲则的《绮怀诗》中就有“朱雀窗前眉欲语，紫姑乩畔目将成”的诗。足见这在江南，是非常普通的风俗。可惜现在不常看见了。是一个刺史的妾为夫人妒杀于厕，就成了神。这种神祇很多。差不多凡有义烈的人，总有祠祭。反之，有不忠不孝的人，就沦为禽兽。如不孝妇就化作了姑恶鸟，“天使乏食，哀鸣见血”。总而言之，这一些还都是受了礼教思想的影响而推移的。至于秦桧丞相的死后化为豕则是所谓“千夫所指”的结果，当然不在此列。

扶箕的文献非常多，差不多在每种笔记小说里都会找到几则的。依我推测，作者所集的材料，一定不止这些（书中引用故事共一百卅二则），而材料的取舍，也是非常重要的。如作者引用故事每每有大同小异的，这里就未必没有创作出来的嫌疑。如作者常征引的纪昀《阅微草堂笔记》，恐怕有许多就是创造出来的。“姑妄言之姑听之，豆棚瓜架雨如丝”，谈狐说鬼，是自《聊斋志异》《子不语》以来，一脉相承的主要作风，演至《夜谈随录》更是不行了，盖较为普通的民间故事差不多已经为别人讲完了，于是不得不创作，人面蛇、美女蜘蛛之类就出来了。所引故事中有时诗文恶俗不似出名诗人之手一类的东西，大抵就是低能作者的创作。

全书中引起我的兴趣的地方是涉及人神爱的处所。如二十九则的“来鹤楼女仙”，就是说一群闲人在扶乩，降坛者是一个“金屋羁魂”，又提到“藏娇之所”，于是大家心动了，就求现色相，结果“乩奋书……词严义正，众益敬仰”。这里不独可以看出一般色情狂的读书人，还可以知道扶在一般人心目中并不若是之严重，只不过算作一种消遣。又《续子不语》所载乾隆丙午春，樵川杨荷锄与金陵徐沧浔扶乩，女仙王小筠降。坛友孟某见她的降坛词句颇涉艳丽，恐致邪祟，要烧退神符。乩斥他不应当如此，又说他与孟有夙缘，她前生是在大堤下淹死的。第二天她又降乩，末后写两字“珍重”就去了。

这一段更可以看出“人神爱”的发展来。前一例是扶乩者想追求女仙，结果招来一场教训。后者则是女仙想拉拢扶乩者了。这和宋玉的高唐神女的故事，“汉皋解佩”等很有相似之处（书中所引故事也有巫山神女的）。楚辞中最多这种故事，《九歌》中的一些尤显然可见。“河伯娶妇”是人神爱的例子，拿一个漂亮的女子，活活地艳妆了投入河中以殉神，或是为了祈福，或是为了免灾，总之都是满足人神爱。《西游记》中也有高老庄的一段，可以参证。

写到这里，我就想到沈从文先生的《湘西》，里边也提到过许多人神爱的例子，如《落洞》之类是。大概中国的偏僻地方的民族，每多有这种遗风留存。楚辞发源地的三楚不提了，凡是离汉族文化发源地（黄河流域）较远的地方，如两广、湖南，也都有古文化的遗存。沈从文先生的家乡湘西，就是那么一个充满了神话牧歌的可爱的地方。《湘西》中有一个故事，是一个秘密组织中的“大哥”的妻，爱上了“小兄弟”，而不得对方的允许，于是就加以诬蔑，结果表明心迹的法子是由“小兄弟”从几丈高的台上跳到掩了浮土的刀坑中，结果毫无损害。这就证明了“嫂子”的话是诬蔑，由“大哥”杀掉她。这就是属于上列的“灵试”之中的一种。

实地采访，在这种地方所得的材料，一定十分丰富，更能在研究上得许多益了。

第三章是“扶箕的心灵学上的解释”。从“幽灵信仰”上，探讨扶箕的心理上的根源，对读者是非常有益的。其实不只对于“扶箕”，对其他各种占卜，大抵也都可用同样方法去解释的。“扶箕”的潜势力并不小，虽然现在是廿世纪，一些阔人还都信仰着这把戏。如北方有人因箕仙所示，而不去做傀儡，南方的大员因箕而叛变。足见中国民智的一般。

作者在末章对中国一般人的崇信命运，在信仰上胡乱崇拜深致惋惜，所以这一本书的写作方法是处处揭发迷信的不可靠，可以说是非常积极的。不是一种完全的学院派的作品，也不完全是趣味化，如海上一班人所提倡的那么低劣。所以也还是值得赞许的。使读者知道，中国古来有着这么一些乌烟瘴气的东西，只要不只念念不忘于蜈蚣精人面蛇，看了总是有益的。

茫茫人海，要寻求逢时之作是很多的。只要到书店里去一下就可以抱一大包回来。结实点的书，就非常难得，大概现代的人很少有那许多时力来做像清代朴学者一样的功力了。所以看到这样一本书，也真令人色然以喜。拉杂写些读后感，其实是不能算作批评的。

上文写后看报，知道许地山先生已经在港病逝了。这真是个不幸的消息。正当学问的成熟期，将要有许多贡献的时候去世，对个人讲，对国家讲，全是损失。这本小书恐怕已经是先生最后的一本著作了。希望读者能把眼光放大，从研究示例的方面着眼，看作是一个做学问的方法。那么所得将更多。也足以作为先生的纪念。

（一九四一年十一月一日
《萧萧》第一期，署名秋远）

《记丁玲》及续集

沈从文先生的笔，是那么亲切而带一种朴实的泥土气息，在中国的文坛上，和老舍先生皆为特异的文体家。他这支笔最适宜写湘西的一角天地，那里的风土人情，本地人的山歌、野话，读过《湘行散记》的人，该不易忘记那一张张彩色山水，活灵活现的人物画。在这支笔下所写的湖南女孩子如“翠翠”“三三”，都那么可爱，为人所记忆，不易忘却，而丁玲女士则正为“一个圆脸长眉大眼睛”的出色的湖南女子，所以这本书使我读了，虽已隔几年，记忆犹新。旧书在炮火下毁去了，现在《记丁玲》出了新版，连当时因环境关系不能发表的后部也一齐出版，我便从书店带回了这两册书，一气读完了。

批评和研究一个作家，似乎应当由知道这作家生活状况较为详细的人去做，最为适宜。看了《记丁玲》，知道福楼拜的《波华荔夫人传》是跟丁玲女士早期发表在《小说月报》上的《莎菲女士的日记》等有怎样的关系。而当时北平的公寓情形，是怎样隐现在作者的作品中，而后来海军学生（胡也频）的失踪，给予这女作家怎样的打击，这和丁玲后来的转变，当然有直接关系。沈先生最重要的是揭发了女作家那份刚强的性格，怎样在极大打击下仍旧非常镇静，和平常女人完全两样的性格。但是丁玲并非超人，也有她忧伤的一面，这里展开了一个人性的分析，怎样由一个天真烂漫的女孩子，变成了个革命者，因为抒写真实，所以处处合理，成为一本极好的传记。虽然不曾使读者知道这女作家生活的一切，然而她是怎样一个情感丰富、脾气刚强又带着一点些微的愤懑的人物，则皆为每个读者所熟悉了。

书中写海军学生在龙华牢狱中，女作家去探视一段最动人。

“只听到有个戴金属脚镣的声音，从第二道小铁门处走过去，一眼望去，那正是海军学生的影子。我把海军学生走过的地方指给丁玲女士看，我们正说着，那个戴脚镣的他又走回来了，丁玲女士便叫着：‘频！频！’”

相隔那间牢房不过一丈两尺左右，只要一喊叫，那一边也注意到了，便停顿了一下，把戴着放光铁手铐的双手，很快乐地扬了一下，即刻又消失到门背后了。

“是他，是他，他很快乐，他，还是一匹豹子。”

可是从此以后海军学生就不知道消失在世界的另外一个什么大门后面去了，这里有着最神秘的一面，那一个默默地死去了，而留着未死的人心里的又是什么。

还有丁玲女士送孤雏到湖南的祖母处去时的描写，也极为凄厉动人，读完这册小书，我有着双重的满足。

这里，我记起鲁迅先生《写于深夜里》来。我觉得它们对读者有些相似的感应。一个是朋友间的情感。另一种又搀入了人生伴侣的关系，都是伟大的人间爱。在抗战期间，读了这些，如果想像默默殉国的义士，所留给人们的又将是怎样的悲愤的心情。

（抗战中作，署名宛宛）

读书日记

小序

日记之由来盖古矣。向来的选家，大概是从宋朝范成大的《吴船录》选起，不过那只是简单透顶的一两句记行程的话的集合而已。陆游的《入蜀记》很不坏，写景的地方很多，又多是很妙的小品。不过这全偏于游记一路。直到后来有《寻花日记》《出使日记》等出现，涉及的方面总算多了起来。等到清末李莼客专门作日记，预备将来传世，才算日记功利化的开始。听说李慈铭一死，樊樊山就把十几大本取去，死也不肯拿出来。原因是里面有骂他的话；后来是被他烧掉还是怎么，也就下落不明。由此可见日记的厉害了。王壬秋也是以日记出名的，里边常常有滑稽的话出现，如“大有林黛玉之感”之类的话头，简直是对我们女界莫大的侮辱。

这里要声明的是我的日记并无附庸风雅之意。其所以称为读书日记者，不过因为：（一）我正在读书；（二）里边常涉及看书的话；（三）颇多“学府零闻”的风味。虽然也不免涉及社会上一些事，那是因为人虽在读书，仍不能不与社会接触。和圣人也不免有吃饭睡觉的一些俗务的道理并不两样，我想大概都是明了的。

×月一日

我是有剪报的习惯的。每逢碰到意有不舍的妙文时，就剪下来保存。年来继续不断地剪着，翻翻小箱子，里边真也已经有了不少了。那精品，举例来说罢，是《申报》“游艺界”上的回风君所作：“百乐门情死案女主角贺蝶竟体白如雪——验尸时肩头发现啮伤痕迹”和某“教授”的“鄙人除任××大学××大学两校课务外，别无兼职，闭户著书，绝未与闻政治等等，特此郑重声明”的广告之属。这回用了“月下老人”祠下抽签的办法，闭了眼睛一摸，是一张“修养”给摸了出来。这是一首译诗，是“鼓舞人的”诗。作者有小序说，这是她一个死去的好友在临死前寄给她的。她考进了“以考试出名的大学”开始一天到晚和分数搏斗。“上学期很不幸的有三样功课不及格，今天问功课好的两个女同学借笔记预备补考，又碰了一个大钉子。晚上百感交集，不禁找出这诗来狂念。”我看到这里也不禁“百感交集”起来。作者碰了钉子的原因是什么自然不得而知。然而也颇可以看出一些功课好的同学的人间味的稀薄。不借的原因是怕弄坏了“朱字匀抄烈女篇”（郁达夫先生诗）的笔记呢，还是看不起不及格的人呢？我不知道。不过看了几个教授的捧了笔记狂念，笔记本忘了带来而停讲的事，她们的宝贵这几本笔记，也应当是非常自然的事。不传之秘怎么可以轻易给人呢？

市声远去，坐在“倍可亲”的灯火下面，我是不禁有些惘然了。末了我还替她庆幸，幸亏是三样，如果四样不及格，岂不殆哉乎。然而也不要紧，还有五样不及格的咧，什么事只要有院长帮忙，是总归不要紧的。

×月五日

从学校里回来以后，把疲乏的身子向床上一躺，随手就拿过一本书来翻翻。这就是《静静的顿河》的全译本。这书已经有过几个译本了，这一次是由原文直译的。所以更容易使人注意。直译和意译之争是开始于几年前鲁迅先生对主张意译的论争。直等到鲁迅先生译的《死魂灵》出版，使人认识了直译的面目。那保持了原作中语气和风貌的译笔，毕竟是比了但求易解不计错误的意译好得多的。所以这一次看《静静的顿河》也是先翻了后记里所谈关于译法的文章来看。却不料发现了这样的一段：“最后一次的修改，是由巴人石灵斯埙野风四兄分担的工作。他们为我顺语气，务期使它通俗易懂。”“及至巴人兄等的改订，更完全是求易懂。现在自己看看，的确和初稿时大不相同了。”以上四兄的懂不懂俄文，我不知道，看样子是只拿了译稿在“顺”，语气的合乎原文与否当然是莫名其妙的了。这倒让我想起了入学试验里的国文试题来了。原来那就是某“教授”在某古书里拉取了一段古文，段落不明标点不分的要学生译出白话来。殊不料一九四〇年的译界巨帙竟与大学生的试验殊途同归，在令我叹气之余，不禁要发出如下的请求：“但愿再谨严些！”

再想一想，这也原非新闻。正应了“日光之下并无新事”的话，远在十多年前就有人想到这种译法的了。鲁迅先生介绍了个安特莱夫的《红的笑》的译本在《小说月报》发表。却不料有人提出抗议，说他的译本在上海的书店里放了很多时候不见出版，后来退回来了，而这另一本《红的笑》却印了出来；校对之余风貌多有似处，大概是从他的译本偷梁换柱的转译去的。那时还不大明白怎样偷换，现在读了“后记”，方才恍然大悟，“原来如此”。拿了一本译文来“顺”一“顺”或“不顺”一“不顺”就成了。设想如此，岂不妙哉。

因此就另外想起了一件颇为有趣的故事。

耿济之先生翻译过屠格涅夫的《猎人日记》。这书是原来一段段译出发表在《小说月报》上的。后来收集单行本的时候，却单不见了载《活骸》一篇的旧报。只好另译一遍。所以现在单行本的《猎人日记》里的《活骸》是后来重译的一篇。我却有着这本旧的《小说月报》。同时在一本《俄国文学研究》里，又有着王统照先生译的一篇《活骸》。前者是从俄文译，后者是由英文转译。对读起来，真够得上“良多趣味”四个字。现在用了“归纳法”把一句话的三种译法对照一下看：

法兰西的谚语说道：“干燥的渔夫和潮湿的猎人同属悲惨的景象。”（耿旧译载《小说月报》十五卷第九期）

法国谚语有言：“干的渔夫与湿的猎人，具有最可悲

的形状。”（耿译《猎人日记》本）

法兰西有句成语是：“一个干燥的渔夫，和一个潮湿地方的猎者，这是很愁苦的光景。”（王译）

如果无论是单读哪一种译文都会顺口而下的罢？可是一比较，就马上看出了不同之处。耿先生的完全是外交官派头，满口是官话，王统照先生则不愧是诗人，头两句译得非常美。可是第三句却也像不大“顺”。甚矣哉，译事之难也。

研究版本的人是常被人认为横通的。可是古本也究竟有它的可贵之处。鲁迅先生就曾经利用过影宋本的《容斋五笔》拆穿了四库本的西洋镜。自然，对证古本是非常使人头痛的事。吴稚晖和章太炎的笔墨官司，打得十分热闹。弄到后来吴老先生拿出最后的武器是给章太炎编“集外文”。这些自然是不利于作者而后来删去的文章。鲁迅先生在《关于太炎先生二三事》里也主张编入章先生早期宣传革命的文章，发扬他的战士精神，不要留给后人单是一个朴学大师的印象，这意见是非常可宝贵的。

×月六日

一连几天都是好月色。躺在床上望着从玻璃窗的高处洒进来的月光，青青的，或者说是像淡蓝色的雾罢。总而言之是十分美丽的一个境界。也正是一个空想的好机会。如果我是诗人，该在吟什么“床前明月光”之类的诗了；或者有爱人的话，会做着粉红色的梦。可惜都不是，跑进脑子里的，全是听来看来的恶浊的世事，这不免有负清光，然而也是没有法子想。

因为是礼拜六，下午同了一位朋友在马路上遛。走过大世界，朋友说他将要在一个戏里说到关于大世界的炸弹的对白，想要得到点实感，所以问我当时的情形怎样。抱歉得很，当炸弹爆炸的当时，我正遥遥坐在西区的家里，只不过被炸声震得颠起来一下而已。现在看看车如流水马如龙的大世界，早已泯灭掉不论多么细微的一些痕迹了。朋友的失望自然是不言而喻的。再走过去经过一家舞厅，朋友提议让我见识一下。对这好意，最初我是曾经想了一想的。以大学生的身份是可以堂堂地走进舞场里去吗？后来一转念，这也是所谓观察哩，在一个学习着写些东西的人是需要多看看的。那么就进去了，拣了后排的一个黑暗的角落里坐下来，欣赏着舞池里的景色。这时灯光一暗，音乐台上奏起了 Waltz，舞池里的人们飘飘起舞。那音乐正是 Waterloo Bridge 里的 Farewell 的曲子。一位女士在扩音机畔曼声地唱着。一刹那间大家好像都沉醉于这缠绵的曲子中了。不知怎样，我的听觉有些两样，总觉得由扩音机放送出来的那位女士的歌声，是非人世的怪音。在这种歌声下还能够舞得下去，也总得有非常的修养功夫才行。然而歌毕灯亮之际，掌声不绝，算给了我无情的打击。在报上曾看见过某些剧场有《魂断蓝桥》的戏在上演，不曾赏鉴，现在却先欣赏了舞场里的歌声。而报上正还有“绝代名媛费雯丽将在××舞厅候教”哩！

出去以后，想转到文化街去看看。经过一条用大石块铺起来的路。这路上有不少家西服店，有一次在这里经过时曾经向窗里看了一下，马上就被两位“伙计”拥进去，半天才得脱身。所以这次是怀有戒心惴惴地走过去。到了转角处的最末一家，舒下一口气稍稍看时，才又发现了奇迹。红蓝两色的广告写着堂皇的大字：“着此新装，可以提高君之人格！”幸亏这最末的一看，如果像鲁迅先生似的“破帽遮颜过闹市”疾趋而过，岂不就要交臂失却这提高人格的捷径了吗？

×月十二日

冬日的朝阳，真如金圣叹所说，是苍苍凉凉的。长长的街道上，除了一两枚落叶在飞舞之外，也实在寂寞萧条得很。这时忽然有鼓乐的声音飘起于街角；声韵是那么苍凉，告诉我这是个送丧的行列。一辆黑色的柩车，载着死者的遗体。后面还跟了一群人，低了头，脸上涂满了戚容。

这是我几月前所看到的一个丧仪，记在手记里的。那是个冬天的早晨。我在一个四层高的楼窗上向下俯视着这仪式的进行；虽然死者是素不相识的，然而也不免有一种摇落的哀愁在心上浮起来。我想这应当是季节感和人类的同情所凝成的一种感情罢。

今天我却在同一个地方听见一位中学时的老同学告诉我

另一个朋友的死耗。

这太突然了。在前三天，我还在××路口看见他摇摇的身子走过，前一天还在楼上的图书馆里，看他在拣一本《光学》的外国书，现在他却已经在另外一个世界里了。

他是个沉默的人，却并不是个不可亲的人。综计在我们同学的两年中，和他谈话的机会至多有四五次。我努力地搜拣我的零落的记忆，关于最初会见时的印象，然而我不能得到什么。我只记得他是个长长的身材，长条脸，在苍白里泛着一些红色，一个常带了笑容的孩子的脸色。

他是聪明的。得了学校里的数学比赛的首奖。我和他的几次谈话，有些是问他算学题目的。他都是那么高兴地笑着教了我。

他也喜欢看影戏。有一两次我们在影戏院里遇见，也不过大家点头笑笑而已。

长长的一次交涉，大概是我为我们毕业纪念刊向他要文章的那一次了。我强塞了一些稿纸到他手里去，他虽然笑着推辞，然而终于接受了。两星期后我得到一份厚厚的论文稿子。是谈物理学里的一些新发现的定律的。

离开学校后就不遇见。有一次和许多人一齐走过逸园，又遇见了他，还是那一副孩子地笑着的脸色。笑着彼此搭讪了几句话就分开了。他总是那么一副落落的样子。在朋友面前不免局促，而单独一个时，倒觉得适然的神情。

最后就是听到的他的这一次突然的死，当日早晨还好好的，午饭也如常。饭后微微觉得不舒适，笑着和家里人说：

“我真会得心脏病吗?”一会儿心跳得激烈起来。神志不清，医生来了时已经太晚，他就带了他永远微笑着的酡颜去了。

正如另外一个朋友所说，他是寂寞地生着寂寞地死去的。好像与世间没有一些关涉的那么自然地来去。他的死不会引起朋友的下泪，顶多是惊叹，表示可惜，完了。然而他的寂寞的生却不曾留给任何人以憎恶，而留给朋友的是一些虽然轻微却美丽的感情，所以当朋友听见他的死耗时，都有惊叹惋惜的表示，然而这岂是可以容易得到的呢?

读陶潜的《拟挽歌辞》:“向来相送人，各自还其家。亲戚或余悲，他人亦已歌。”他的葬式，我也没有往送的机会，只是写这样空疏的日记算作哀悼。我愿意以我的摇落的哀愁纪念这个并不十分托熟的朋友!

×月十八日

“南朝人物晚唐诗”原是可爱的，而我尤其喜欢李义山。虽然“温李”并称，向来算是文章浓艳的代表；然而我的爱重却全不在这些。《锦瑟》一诗是几百年来聚讼之的。据《靖康缃素杂记》所载，在宋朝就连黄山谷也莫名其妙。《许彦周诗话》云:“适怨清和，一作感怨清和，令狐楚侍人能弹此曲。”这一来就又算是义山的罗曼史了。所以后来就有“锦瑟令狐楚青衣”的说法。这说法也并不见得就不可靠，因为李义山的一生，差不多就是为恋爱而生活着的。又有人解释作悼亡之作。元遗山的论诗绝句云:“望帝春心托杜鹃，佳人锦瑟怨华年。诗家总爱西昆好，独恨无人作郑笺。”这算是《锦瑟》的可爱的副产品。在天津时曾看过一出《少奶奶的扇子》，里面的一个人的名字就叫“华年”，心想这总是很好的名字吧！这是很可以看出中国诗里音节的重要。

诗人的衰飒的伤时感遇之作，是最能动人心曲的。《义山集》里也自然不少：“谁料苏卿老归国，茂陵松柏雨萧萧。”“中路因循我所长，古来才命两相妨。劝君莫强安蛇足，一盏芳醪不得尝。”（《有感》）“楼上黄昏欲望休，玉梯横绝月如钩。芭蕉不展丁香结，同向春风各自愁。”（《代赠》）之类大概可以算作“才如江海命如丝”的注脚。这“生命的哀歌”虽然颇为一般英雄们所不满，然而这也是没办法的事情。我是无论如何也不能欣赏躲在墨索里尼脚下高唱进攻阿比西尼亚的胜利之歌的“诗人”邓南遮之流的作品的。

小时看《红楼梦》，林黛玉曾经称赏过一句李义山的诗。那只是断句，当时见闻寡陋，无论在什么选本里边也寻不出这句东西的下落来。后来在学校里翻出“四部丛刊”的李义山诗集来看，总算找到了，珍重地抄在日记本里，那就是“竹坞无尘水槛清，相思迢递隔重城。秋阴不散霜飞晚，留得枯荷听雨声”的一首，题目是《宿骆氏亭寄怀崔雍崔衮》，寄怀朋友的诗而用相思之类的词句，正和别的一些用“芳草”“王孙”“美人”之类的辞藻一样，在那时看来，总觉得像有些不伦不类。其实这是受了佳人才子小说的毒，存了偏见在心里，以为所谓“相思”总是肉麻万状的话。其实仔细想想，原也平常的。

“文人无行”是一句老话了。然而观诸近事而益信，新近曾经赏鉴过“某先生”在大海舟中的一首感时诗。那句子真写得好，好像真是在缅怀国仇家难、民生困苦的样子。后世之人如果不管历史只取那诗来一读，大概总要上当不浅。上次提到过的“某教授”在黑板上抄过他的一首《寄孤桐》，中有句云：“金陵王气何时复，蜀相精诚此日同。”原也是音调铿锵的好句子。不料隔时未久，他也像《红楼梦》里的凤姐一样，“历劫返金陵”了。

《梅溪词》的作者是史达祖。据叶绍翁《四朝闻见录》说：“韩侂胄为平章，专倚省吏史达祖。韩败黥焉。”半塘老人王鹏运是专喜欢替古词人打抱不平的。在刻李易安的《漱玉词》时就认定了许多词是“污蔑之作”。这里就又替史邦卿辩护：“或遂谓邦卿即侂胄吏。并引词中陪节北行一钱不值等语实之。按陈氏（仪按系指陈振孙）去侂胄未远，邦卿果为其省吏，何必曲为之讳。猥云不详。即以词论，如《满江红》之‘好领青衫’，《齐天乐》之‘郎潜白发’皆非胥吏所能假托。且约斋为手刃侂胄之人，何至与其吏唱酬？复作序倾倒如此，殆不然矣。”（见四印斋本《梅溪词》跋）这里所说原也有些可疑的。

古来像这类的疑案实在正多。文人的身后，正如鲁迅先生所说：“一瞑之后，言行两亡；于是无聊之徒，谬托知己……”是非常值得悲哀的。但鲁迅所说似乎还是属于“与其为混蛋所称赞，不如战死在他的手里”的悲哀。至于像王幼遐的替古人洗刷，如果是真实性较大，也还是值得赞叹的业绩；我们于千载之下，觉得他的风义之深厚，正是未可多得的。

一次同一位老师谈话，看到关于民国以来政局纷争里党派的作用之大，就发生了点感触；以为如果有人从事于朋党史的写作，不是将要把正史里的一切大小事变的诱因、发展，都弄得脉络分明了么？他说这很难，尤其是到了古代的历史。然而也可以从正史里的一两句话里勾勒出大概的情形来。他就举了唐玄宗时安史之乱时的唐书里的记载做例子。

那一天回来想想关于唐代的朋党之祸，恐怕要算末季的牛李党争为最厉害的了。实在可以算是唐代覆亡的大原因。因这却正关涉到李商隐，并且关涉到他的“无行”的问题。

这里，得先稍谈一下牛李的党争。

唐文宗的时候，李德裕和李宗闵拥有着势不相容的两个大党派。太和五年，党争渐烈，李宗闵做吏部侍郎同中书门下平章事，李德裕正有机会从浙西回来做宰相，却不料先为近水楼台的李宗闵所乘，得秉政，援引了牛僧孺，驱除李党。后来武宗即位，李德裕又得势，牛僧孺等又都外贬了。宣宗即位，牛党又得势，令狐绹白敏中等相继为相。李德裕被贬于崖州。“翻手为云覆手为雨”，简直极尽变幻之能事。我们的诗人李义山，却是终身搅在这个政治漩涡中的。

孟心史（森）老先生有一段非常简要的话，关于义山的生平的：

> 义山娶王茂元女。王为李卫公党。而令狐为牛党。义山早受令狐知遇，且复赖以成名。四六之业，又传自

> 令狐楚。游扬登第，则得力于楚之子绹。甫得第而攀援贵家，婿于王氏，遂为绹所薄。绹方柄用，义山又不永年，遂流落以卒。(《李义山锦瑟诗考证》)

依我所推测，李义山当时未必有什么朋党之见存在心里。而当时王茂元是“泾原节度使”。那时的风气，大概是喜欢在新进士里面选女婿的。开成二年义山登第，和同年的韩瞻一同为王茂元所看中，“榜下订婚”。

自然，才得意就舍掉老朋友，去攀援异党的贵家，也一定要为人所薄了。

> 茂元虽读书为儒，然本将家子。李德裕党厚遇之。时德裕秉政，用为河阳帅。德裕与李宗闵杨嗣复令狐楚大相雠怨，商隐既为茂元从事，宗闵党大薄之。时令狐楚已卒，子绹为员外郎，以商隐背恩，尤恶其无行。俄而茂元卒，来游京师，久之不调。(《旧唐书·文苑传》)

以后就渐渐走上了崎岖的世途。宣宗大中五年，妻王氏卒。他的《悼伤后赴东蜀辟至散关遇雪》：“剑外从军远，无家与寄衣。散关三尺雪，回梦旧鸳机。”充满了一个中年人的哀感。流离之苦，悼亡之恸，使人读了为之怅然。

另有两句悼亡的诗，“更无人处帘垂地，欲拂尘时簟竟床”。简直近于近代心理小说里的白描。对于一个失偶的人的迷离惝恍的心情，充分地描出了。

然而，我觉得义山是缺乏了骨气的。这也就是他只配领袖“西昆”做晚唐诗坛的盟主的原因。

他在李党失败以后竟要干旧日已舍弃了的党人求官了。“求援于宰相绹，绹薄其无骨干，随波逐流，从小人之辟，遂谢绝之。后于重阳日重又趋谒，留题云：‘郎君官重施行马，东阁无因许再窥。’绹见之恻然，乃补太学博士。”（元辛文房《唐才子传》）

这简直是妾妇乞怜之状。还有一首寄《令狐郎中》：“嵩云秦树久离居，双鲤迢迢一纸书。休问梁园旧宾客，茂陵秋雨病相如。”诗是十分含蓄，然而逢迎的意思，是不言而喻的。这里就更好像“上山采蘼芜”里的弃妇，在苦苦哀怜了。

呜呼！身世之感，国家之悲，文人的身价！

×月廿日

傍晚从××路口走过，在街角的煤球店的阶沿下看见一个人。他躺在布满了黑灰的人行道上，身上圆圆地卷了一个卷席，头下是两块砖和一个倒立了的碗。我初看以为已经是“正寝”了的，因为他一动也不动。后来发现了他的两眼还在精瘦漆黑的面孔上转动，注视着对过三友实业社的大广告牌。“无吃过量之饭，无饮过量之酒。”酒饭看样子是绝不会过量的了，可惜没有吃三友补丸的余资，所以只配“一席卷天下”，睁着眼在喘气。

这就又联想到白天看过的一出京戏——《法门寺》。

明朝的太监“九千岁”刘瑾奉了太后到法门寺降香。外边有民女宋巧娇喊冤。刘瑾听见，不分清白就吩咐把喊冤者杀掉。后来是太后给救下了。着刘瑾审问，算是给宋巧娇“主持公道”。审问完毕还赏给大银一锭，作为安家费。宋巧娇回家以后和父亲相见，抱头痛哭，惊异着刘瑾的清明，不禁发出“这才是有王法的地方呢”的感喟来。看戏至此，照例是点头赞叹。并据北平故老相传，刘瑾生平只做了这一件好事，足见动人之深了。然而可惜宋巧娇并不知道事情发展的经过，如果由了刘瑾的意思，宋巧娇早就做了“公道”下的牺牲，想歌颂怕也难。

就连太后援救的理由，也够稀奇。她说：“佛殿之地，焉有杀人之理?”这天是拈香积福的好日子，岂可杀生。实在要算刘瑾的糊涂。小民的有罪无罪，自然非所计了，这一下连刘瑾平日的嗜杀成性，也给衬了出来。可惜金圣叹久已“痛快”地死掉了，如果经他一看，准得大大地称赞一番：“这是背面傅粉法。”

鲁迅先生称赞过绍兴戏，说是里边有许多寓言式的地方好。现在看看京戏，里面也的确有好的。凡是从道咸以来，历久不被淘汰，愈益精纯的东西，差不多全是好的，《法门寺》即是其中之一。记得在天津时，每逢周末的日戏十九是《法门寺》。听了总不下几十次了，上起名伶，下至三路角色，全都领略过，可是到现在还没有讨厌的意思。我觉得这是一个讽刺剧，实在不下于果戈里的短剧。那一种仔细剥露，深刻描写，强烈对照，实在不坏，略似《官场现形记》之类的暴露作品，然而是紧凑得多了。我所听过《法门寺》中扮刘瑾的有五六个人，最好的是侯喜瑞。他在《大审》时的台词，就是常常变化的。由这里也可以看出淘汰的痕迹来。京戏大概是由创作者先编出原剧的形式，慢慢由演出者加了增删，久而遂成精粹不可移易了。这条路几乎就是中国俗文学所走的路。《水浒》《三国》，都是如此。

《水浒》的故事，由说故事的人，说书者的口中复述了多少次后，才慢慢形成最后的一个阶段。他们的删存，全是靠听书的人们的好恶，而听者是人民，他们的趣味往往是最正确的。相传白居易写好一首诗，先念给老太婆听，亦此意也。

然而说来可怜，平剧的命运是落到两种人手里去了。

一种人是口喊保存，开口谭叫天，闭口程长庚的。这些叫喊者有的是真见过程谭的，有的是没有见过的。见过的自然要以他所见为“孤本”，肯说他们不好吗？没有见过的就以几十年前的剧评为根据，抄抄捧捧，十足的帮闲神气。另一种是维新志士，用着刘瑾的态度，不问皂白一概格杀勿论的。

元曲，杂剧，鼓子词，诸官调，大鼓，平戏，全都有人研究了，然而这种光荣，还不曾轮到京戏的身上。自然也有过一些的。然而还不能使人满足，除史料的搜集外，全差不多是复古派的信徒，流于空谈，所以也就无甚可观。

被冷落的原因不外两种。觉得太难，怕说话有错，为盛名之累。再有就是平剧本身的不争气，太新了。原料最

“高”的是内府抄本的戏词，并无明刻，更鲜旧本，巴黎伦敦的博物院中，又没有这些东西，当然是不会去弄的。

所以这工作就要留给年轻人来做了。

×月七日

近来天气是又热起来了。宋蔡君谟《暑热帖》云：

> 襄启。暑热不及能谒，所苦想已平复，日夕风日酷烦，无处可避。人生缰锁如此，可叹可叹。精茶数片不一一。

蔡襄是宋朝的大官。生活当然远较一般人为舒服。推想那时虽没有冷气，但是“水殿风来暗香满”那种清福一定是有的。然犹叫苦如此，也可见炎暑的可怕。

回忆七八年前住在北方的一个小城里。房子是平顶洋灰的瓦房，那传热的效率可知。然而我却是有处可避的。因为内战的原因，院子里有一个防空壕，用砖砌成墙洞，虽然是狭狭的一条，然而也可以放一条桌子。我就常下去“避暑”。才下去几步，就觉得凉气袭人。可是湿气也就格外大，常有蚰蜒之类的生物爬来爬去令人觉得不舒服。那时祖母还健爽，就时常呼叱不许常去。而且总不能一天到晚在下面逗留，等到房里去睡觉时，就要觉得四面墙壁都向自己散热，和上了蒸笼的“横行公子”颇有同感了。

大伯父对我这举动也不赞成。他是有修养的人，在书房外面立了个葫芦架，上面零落地挂了几个葫芦。说是当下雨的时候，可以领略“豆棚瓜架雨如丝”的风味。去问他避暑的法门，他说告诉我“心静自然凉”的秘诀，我也试过几次，却是愈想静愈发热，直到坐得有些吃不住了，就又逃下“防空洞”去。细想想，这恐怕非有多年功夫不行。道未成而妄想受用，一定是要碰壁的。《红楼梦》上的贾敬，不就是因为功力未到而想服用丹砂，弄得“腹中坚硬似铁”，升仙去了吗？后来看什么读画记之类的东西，说是某人于盛暑中展看宋人《关山雪霁图》而遍体清凉。心想，这也是好法子，可惜又没有这种名画。不得已而求其次，就向大伯父要书来看。他给我一本陈眉公的《消夏部》，是收在《宝颜堂秘笈》里的。

陈眉公是明朝的名人。也就是当时的“山人”之类的巨头。前几年小品风盛极一时之际，却不见有这部东西翻印出来，不免可惜。和《消夏部》配对的还有一部《偃曝谈余》。是冬天晒太阳时读书的笔录，内容并不是说什么“热呀！热呀！”的企图引起心理的驱寒作用。《消夏部》里却全是说着凉快的话。序云：

> 昔人避暑者曰，愿得泰岱之长松焉，潇湘之修竹焉，匡庐之飞瀑焉，太湖之明月焉，峨眉之古雪焉。又有渴思金茎之露，困忆石步之廊；又有饱风欲为蝉，泳水欲为鱼者，其苦已不胜与祝融敌矣。独一古老宿云：避暑向镬汤里去，此众热所不到。余深省斯语，而终不能举

似人，相与共享醍醐甘露之乐。惟当长夏候，转从山中，解箨冠，挂蕉服，展薤簟，卷筠帘，敞清风于北窗之下，钓秋水于南华之上，刺莲剥芡，战茗嚼水，蔗境弥甘，槐国非遥，而时于晒书之暇，随命大儿续记《消夏部》一卷以配辟寒。夫造化之凉燠，大寒暑也；疹疾之冷热，小寒暑也；人情之炎凉，外寒暑也；胸中之冰炭，内寒暑也。四者潜移密运，如循转辘轳，使人垂老颠倒而莫可解脱，非有道之士，其谁能出火坑而笑冰山者乎？如曰能之，则此集又为风雪中清凉扇子矣。

序文非常漂亮，可谓“山林文学”的正宗，不过也还有未能已于言的“牢骚”。末了说这在有道之士，却是用不着的了。我是无“道”的，也许还有些用罢？不过他提到的一个“古老宿”却更是厉害了，简直要人向滚汤里去避暑。说是众热所不到，好像“租界”一般。这的确难能，细想却也对的。如果用开水烫了手脚，起了泡，用万金油擦上去，不是格外觉得凉，而且凉得有些痛了吗？再想这也许是道家的机锋，凡人如我，还是不必深究罢。

可是陈继儒究竟是“山人”，自己过着那么适意的“山林”生活，却提倡跳火坑，这意思我是莫名其妙的。至于书中所记，一大半是海外奇谈，如冰蚕丝的锦被能使满座清凉，向壁大嘘，气尽成雪；某逸人能于大暑日曝坐，环以十炉火而不出汗之类。当作闲书来看，也蛮有趣的罢？

翻看全书，也真觉得遍体清凉。可是一放下，马上就发现自己是坐在电灯下面写日记，蚊子、臭虫不断袭击着。身上出着汗，可并不像杨贵妃那样的“红腻而多香”。像前面序里所引的各样的“山人消夏法”，我是做不到的，而且将来也未必能做到。

市声远去了。电车罢工，所以也听不到什么，只有远处不时传来乘凉人的语声，而且也就该消灭了的罢，因为戒严。我觉得无限的空虚！

×月八日

在一本什么《科学××》上看到一篇谈爱因斯坦的相对论的文章。

据文章里说，爱因斯坦曾经自己发过牢骚，说全世界能懂得他的相对论的，也不过有限的几个人。几个记不清了，总不到十，而且全是外国人。我们的作者，当然是没有经爱因斯坦批准为懂得相对论的了。然而他却在那里高谈而阔论着。

也许他是别有会心，像儒释道三教同源似的，经由某一捷径得到相同的结论的。大概是可能的罢。而且这也真无法决定。强盗判罪不服，要上诉高等法院；再不服还能上诉，到底能上诉几次，恕非法律专家，不大了了。这相对论一事就难办，全世界明了的才不过十个人以内，上哪儿去找判决他们的法官呢？

这里，我假定他是懂得“相对论”的，我也在这里听着。

因此又想起学校里的某大“教授”来。他是学者，秉承了韩退之的衣钵，据说是海内儒宗的了。可惜现在已经不在校内传法，无由受训。因而也就使我格外珍惜着过去一年所得的吉光片羽。而最使我不能忘记的，就是以下的一件事。

有一天早晨，他宣布了暂不上课，由他请来的一位“国学大家”讲演。

这人白白胖胖，五六十岁，光头秃顶，前脑发出闪闪的亮光来。夏布长衫，白袜青鞋，手执漆金扇子一柄，猛然看去，倒像是杂耍台上说相声的，和我心目中的大家完全相反。一开始他就用粉笔在黑板上画了几个八卦的形象，就讲起有无相生的一套东西来。看那熟悉的手法，滚烂的腔调，一定是“卖嘴”已久的朋友，绝非修道深山，久历年岁的人物。

八卦妙谛，已经不记得了，只留下一点别的印象。这正如什么人说的，“买椟还珠”。可惜我得到的一点知识，全是这样的椟。但请注意，这和学者们的“人弃我取”的方法是不同的。

他说：“西洋的微积分、相对论，全是易经里老早就有了的。而詹天佑所发明的火车的接连器，也是从太极图形里偷了去的。”

他还说这一切并非瞎说，他都有证据的，因为时间关系，不便多谈了。

对于第一点，我没有方法想。相对论不懂，不过将来学起来，似乎还有希望。《易经》是更不成了。据说孔子念《易经》的时候，连订书的皮条都断了三次。根据习惯，对

“生而知之”的圣人们还不易明了的东西，凡人是一开头就应当断念的了。所以这一切，我在这里想存而不论。有趣的是第二点。

詹天佑先生在中国，大概有不少人是知道了的罢。自然比起梅兰芳、胡蝶来，崇拜者还少得远，他是建设了外国工程师认为不可能的平绥路的工程师。那自动的列车连接器也是詹氏所发明，经全世界工程界承认，定名为“詹天佑”的。旧式的连接器，要工人来接，死于列车间的就不知有多少。“詹天佑”发明以后，只要两列车轻轻一撞，自然就会接起来，而永远不会有脱轨之类的毛病。即它的形状，互相交叉，就和太极图的样子差不多。

五年前的春假，我去平绥路旅行，在青龙桥的车站上瞻仰了詹先生的铜像。

车站位于两山之间，山几乎是八十多度地直立着，一条窄窄的长城蜿蜒地爬上去。山风像刀一样吹在皮肤上，虎虎地在山谷间引起了回声。詹先生就立在这虎虎的山风中。一只手向前举着，矮小而坚实的身材，肯定的目光，看着他自己艰难缔造的平绥路。

他是寂寞的，然而也是坚韧的斗士。平绥路在当局的不信任中，外国人的讥笑中，“国学家”的蔑视中建成了。穿出了蓟门锁钥的居庸关到迢迢的大西北去。这不但是世界工程界的伟迹，也是象征着中国人的坚实和才能的一面的。

中国的太史公提倡周游名山大川，为的是开阔胸襟，做出好文章来。

德国人的教育是着重了学生的旅行，使青年人看看祖国的伟大和美丽，激发起爱国心来。（德国人一向如此，并不是自希特勒来而始然）

我想这方法是聪明的、有实效的。那些缺乏爱国心的人们，大概是因为关在漂亮的洋房里太久，耳濡目染，全是姨太太的脂粉和笑声的原故。

×月十八日

《语丝》初出的时候，是薄薄的报纸小册，每份售铜元六枚，和前年在上海出版的《鲁迅风》，颇多相似。不过《语丝》的命运还较长些。那始末在《三闲集》里鲁迅先生的一篇《我和语丝的始终》里可以看出，因为是小册，而又是周刊，所以旧报实在很难寻找了。我还不时能在旧书店里得到几册来读。一读也真窃有开天遗事之感，当时的健将，如周氏兄弟、刘复、玄同，或归道山，或已转变，而竟有转了一百八十度的人。所以翻看旧报，也真教人“感慨无量”了。

手头有一本是第九十四期，一九三六年八月廿八日出版的，目录很有趣，就抄一点下来。既然民国初年的戏单，也有在杂志上影印一下的价值，那么，抄抄旧志的目录，看了就知道是什么人在那时里写文章，和看了谭鑫培、孙菊仙的戏目，有同样的意味，也未可知。

目录里有：岂明译的《希腊神话序》，培良的《记鲁迅先生的谈话》，刘复的《东束寨的民歌》，黄运初的《金枪》，周作人的《谢本师》，糞水、抒莫的《大家的闲话》，西谛的

《平鬼传与捉鬼传》。

这些文章有的是结集了的，有的是没有结集，或故意删除了。像《谈虎集》就有真假之分，“后甲寅的木铎里黄毛大虫”封面的真《谈虎集》，恐怕今后也未必有再出版的机会。而这篇《谢本师》也正就是“真《谈虎集》”里的一篇。

太炎先生逝世时，周氏兄弟都有文章纪念。而这较早的一篇反而湮没不彰。所以在保存史料和观人诸方面看去，都有稍加择引，阐幽发微的必要。文章首段记在东京时事云：

> 我在东京新小川町民报社听章太炎师讲学，已经是十八年前的事了。当时先生初从上海西牢放出来，避往日本，觉得光复一时不易成功，转而提倡国学，思假复古之事业，以寄革命之精神，其意甚可悲，亦复可感。国学讲习会既于神田大成中学校开讲，我们几个人又请先生特别在家讲“说文”，我便在那里初次见到先生。民报时代的先生的文章我都读过无遗，先生讲书时像弥勒佛似的趺坐的姿势，微笑的脸，常带诙谐的口调，我至今也还都记得。对于国学及革命事业我不能承了先生的教训有什么贡献，但我自己知道受了先生不少的影响，即使在思想与文章上没有明显的痕迹。虽然有些先哲做过我思想的导师，但真是授过业，启发过我的思想，可以称作我的师者，实在只有先生一人。

后来记民国后即与太炎先生不相见，与旧友谈起，得知近况后的不满意：

> 平常与同学旧友谈起，有两三个熟悉先生近状的人对于先生多表示不满，因为先生好做不大高明的政治活动。我也知道先生太轻学问而重经济（经济特科之经济，非 Economics 之谓），自己以为政治是其专长，学问文艺只是失意时的消遣；这种意见固然不对，但这是出于中国谬见之遗传，有好些学者都是如此，也不能单怪先生。总之先生回国以来不再讲学，这实在是很可惜的，因为先生倘若肯移了在上海发电报的工夫与心思来著书，一定可以完成一两部大著，嘉惠中国的后学。然而性情总是天生的，先生既然要出书斋而赴朝市，虽是旧弟子也没有力量止得他住，至于空口非难，那也可以不必了。

这里论断的是太炎先生的好“出书斋而赴朝市”，看来也有许多话是我们想说的。不过太炎先生是自动如此，如果是被迫出面，也就格外的可悲悯了。后又叙《谢本师》之近因：

> “讨赤”军兴，先生又强烈地做起政治的活动来了。我坐在萧斋里，不及尽见先生所发的函电，但是见到一个，见到两个，总不禁为我们的“老夫子”（这是我同疑古君私下称他的名字）惜，到得近日看见第三个电报，把“剿平发逆”的“曾文正”奉作人伦模范，我于是觉

得不能不来说一句话了。先生现在似乎已将四十余年来所主张的光复大义抛诸脑后了。我相信我的师不当这样，这样的也就不是我的师。先生昔日曾作《谢本师》一文，对于俞曲园先生表示脱离，不意我现今亦不得不谢先生，殊非始料所及。此后先生有何言论，本已与我无复相关，唯本临别赠言之义，敢进忠告，以尽寸心：先生老矣，来日无多，愿善自爱惜令名。

这篇文章发表的时候，距小川町民报社时代已十八年，而下距现在，也已十五年，是不能不令人感到光阴之快速耳。

×月二十日

近来看梁任公的《饮冰室文集》，有一篇《中国韵文里头所表现的情感》，可以说是梁自己的文学欣赏的说明。任公是晚清以来思想界的重镇，现在五十岁左右的人，大概都受过他的影响。政治上的地位也极重要。晚年执教清华，有一部《清代学术概论》不愧名著，他自己批评说为学驳杂不纯，学问上什么都做过一点，都不足名家。然而作为一个文人，他的情感是极丰富的。晚年丧偶以后，在一篇《苦痛中的小玩意》中说："我的夫人从灯节起，卧病半年，到中秋日奄然化去。她的病极人间未有之苦痛，自初发时，医生便已宣告不治，半年以后，耳所触的只有病人的呻吟，目所接的只有儿女的涕泪，丧事初了，爱子远行。中间还夹着群盗相噬，变乱如麻；风雪蔽天，生人道尽，块然独坐，几不知人间何世。”他也就在抑郁中得病入协和，被割去一只腰子，终于不起了。他曾有过极大胆的议论说无论是学、工、商、军事的人，都要读过至少几部中国文学名著，如《诗经》《楚辞》。否则便不足为中国人。

上次日记中曾提到李义山，梁任公对商隐和西昆体的批判是“唯美派”，他提出《锦瑟》《碧城》《圣女祠》《燕台》《河内》等篇，说是可与中国文学同其命运的。举例来说：

> 碧城十二曲栏干，犀辟尘埃玉辟寒。阆苑有书多附鹤，女床无树不栖鸾。星沉海底当窗见，雨遇河源隔座看。若使晓珠明又定，一生常对水晶盘。(《碧城》)

任公说：“这些诗，他讲的什么事，我理会不着；拆开一句一句的叫我解释，我连文意也解不出来。但我觉得他美，读起来令我精神上得一种新鲜的愉快。”这种自白，是非常坦白而实在的。别的人大概总不肯承认他不懂罢？

近来常常思索中国诗的好处究竟何在？如果一首名诗，译成英文，可以说半点好处也没有了。那要点，我想，第一是音响，第二是用字。音响已经有不少人谈过了，可以不必费辞；用字的一方面，倒还值得看一下。即如前诗中“碧城”“栏干”“间苑”“女床”之类的词儿，本身就含有一种美，不必会意，只要一上口，就有一种美感浮起来。我还有一个例子：

> 江雨霏霏江草齐，六朝如梦鸟空啼；无情最是台城

柳，依旧烟笼十里堤。

这诗美极了。然而仔细一看，除第一句是绝妙的素描外，其余不过是滥套。作怪的就是几个名词，尤其是历史上的名词，“六朝”“台城”“十里堤”。我最喜欢一句话，说是金陵的贩夫走卒都有六朝烟水气，这可以看出白下的古味。而那一首诗里的妙境，也正好在笼罩了一层烟水气，一层历史的遗痕。鲁迅先生有两首《无题》，中有句云“六代绮罗成旧梦，石头城上月如钩”，“雨花台边埋断戟，莫愁湖里余微波”，也都是用朝代、地名摄住了全诗的灵魂的。

中国方块字的文学，产生出许多特别的文字游戏来。梁任公的“小玩意儿”里，就有许多集前人词句的对联。有一副是：

燕子来时，更能消几番风雨；
夕阳无语，最可惜一片江山。

这的确美，也将中国文字的技巧发挥尽致了。这不过是“玩意儿”而已。

（原载《宇宙风》乙刊，署名赵令仪）

[来燕榭集外文钞] 之二

蠹鱼篇

《老残游记》里的老残，摇着串铃在山东半岛走来走去，到了聊城，想去柳家访书，不料却碰了个大钉子。原来柳家把书都锁在楠木书橱里，任何人都不许翻动。老残怅惘之余，就题一首诗：

沧苇遵王士礼居，艺芸精舍四家书。一齐归入东昌府，深锁琅嬛饱蠹鱼。

这里，老残很有些感慨。其实，这在中国，原是十分普通的事。“掩藏秘器，爱护家珍”，一向被视为美德。如拳师教徒，必留一手以自卫；药店里秘制的丸散膏丹，向来是传媳不传女的，因为女儿虽然住在自己家里，即已经算是别人家的人了，无论订了婚没有。古书是宝贝，其价值似乎并不在什么“天王补心丹”之下，所以老残的碰钉子，简直是当然的。

记得前几年《文学》上有巴金先生的一篇题作《书》的散文，里边很对国立北平图书馆发了几句不敬的牢骚。这座宫殿式的图书馆，我在几年前也曾经去瞻拜过。是春假里到北平旅行时去看的。沾了团体的光，被招待到楼上的善本室去“转”了一下，一册册的古书，都摆在玻璃橱里，上面贴着不许翻动的封条，其实，柜子是已经锁起来了的。那里边就放着外国人、大官、豪绅所拣剩下来的敦煌卷子。我轻轻地一望，看着那古色古香的纸色，浑厚的唐人笔迹，已觉得非常满意了。好像是见了只有大官和外国人才配看的东西，真是“三生有幸”。不过那部《金瓶梅词话》有没有摆出来，记不清了。也许是为了“风化”的关系不曾拿出来也不一定。总之，那时，我已经为敦煌卷子所震，有些“神智不清”了。

不过据常住在北平的朋友们说，他们市民是没有资格看这些古书的，除了教授及特认的学者以外。而杂志室所陈列的中西杂志都是三四月以前的。因为新到的画报之类，先要由馆长、主任的少爷小姐少奶奶……去看，是的，这也是当然的。

北平图书馆是始于“光绪季年，张文襄管理学部。乃奏请开馆于京师，设官定制……”的。继承了内阁大库的旧藏，不过“其中宋元秘籍，殆数百种，惜其年淹代远，缺失弘多”（傅增湘《国立北平图书馆善本书目序》）了。鲁迅先生曾经慨乎言之：“中国公共的东西，实在不容易保存。如果当局者是外行，他便要将东西糟完；倘是内行，他便将东西偷完。”而其实也并不单是对于书籍或古董，这里缺失的多半是偷去的。“典藏之吏”们也都往往藏着些宋版书。以前是还不敢明目张胆地拿出来，后来居然也向外夸扬，印了书影出来，那上面就往往有“乾隆御览之宝”“天禄继鉴”之类的图记，说明着它们的来源。

明朝的祁承㸁，著有《澹生堂藏书训约》，文章写得平易近人，是《颜氏家训》一流的作品。祁君就生恐辛苦搜来的书亡佚，手订了许多预防的法门：“今与尔辈约。及吾之身，则月益之。及尔辈之身，则岁益之。子孙能读者，则以一人尽居之，不能读则以众人递守之。入架者不复出，蠹损者必速补。子孙取读者就堂检阅，阅竟即入架，不得入私室。亲友借观者，有副本则以应，无副本则以辞。正本不得出密园外。书目视所益多寡，近以五年，远以十年一编次，勿分析，勿覆瓿，勿归商贾手，如此而已。”这些话在祁君说来，觉得十分诚实，所以好。不过后来想想，到底也是有些痴。不过还有更厉害的。如在明钱叔宝手抄陆氏南唐书的目录页上，就有这样的印文：

> 卖衣买书志亦迂，爱惜不异随侯珠。
> 有假不返遭神诛，子孙鬻之何其愚。

这里就充溢着横眉苦脸的神色，较之祁君，自然要逊一筹了，不过，虽然说得这么凶，身后也终于不免亡失。

不久以前曾经轰动一时的脉望馆抄校本《古今杂剧》，现在是已经由商务重排行世了。丁初我跋这部书有四首绝句，今举其二：

词山曲海等尘沙，散入黄汪又赵家。
莫向春风笺燕子，更谁解唱后庭花。
武康山下鬼声哀，也是园中历劫来。
何事明珠遗百一，不随沧海月明回。

这末一首说着一个故事。钱曾《读书敏求记》卷二“地理舆图门”有“杨衒之《洛阳伽蓝记》”一条，后云：“清常殁，其书尽归牧翁。武康山中，白昼鬼哭。嗜书之精爽若是。”这在无鬼论者看来，自然是笑谈。然而也正不妨援例称为佳话的。

其余像这种“佳话”正多。忘记从什么地方看见过有人以侍妾易宋版《汉书》。周栎园《书影》卷二有一条云：“兖州旧藏《汉书》，得之吴中陆太宰家，宋版宋楮，字画端重，是赵文敏故物……后复鬻于四明谢象三。虞山自云：‘此书去我之日，殊难为怀，李后主去国，听教坊杂曲，挥泪对宫娥一段凄凉景色，约略相似。’”以上所言，正可以归入读书兼藏书家一类中去。所以虽然有些傻话傻事，因为是出于本心，所以总还值得一看。近来买书者不尽是读书人，多半是富商巨贾于酒醉饭饱之余，买来插架，冒充风雅。也正因为书籍也是古物，所以一不高兴，大可卖掉，又可赚钱。与囤积六零六初无二致，或者利率反可过之，也不一定。在阿英的《夜航集》里收有一篇《版本小言》，里边就提到这些“藏书家”都聘有版本顾问，每天五十两银子。并且胡适之也就因为不肯出如此高价而遭拒绝过，这正可看出“藏书家”的丑态。如果因为想参考而买书，自然对书的本身有相当认识，加以比较，内容的优劣自可看出，聘顾问，拿头本去看看，目的是怕上当。换句话说也是怕赔本，此“藏书家”与读书者之区别也。

前边提到过的士礼居主人黄荛圃氏，在他的《藏书题跋记续》里的《近事会元》条下有云：

> 萧山李柯溪，侨居吴市，颇收古书。余友吴枚庵与之往还……
>
> 柯溪去官业贾，人本粗豪，余虽于枚庵座中一识其面，未敢与订交矣。其所收书，大概为转鬻计，盖萧山有陆姓，豪于财而喜收书。近日能收书者，大半能蓄财者，可慨也夫。

荛圃先生的波俏的词锋，把这种角色的脸皮一下扯开，简直弄得有些不像人样了。他们最初大抵是以古董掮客的身份出现，浸至末世，这种家伙就都挂了学者或教授的面型在市场间走来走去了。

有一天偶尔走过三马路一家旧书铺，看见里边的“老板”拿着一部明本王实甫的《北西厢》在那里开讲，如何十几年前他把同样的一部书用一百五十元的价钱卖给董康，董就影印出来算是元本《西厢记》，还附上一份别本的插图。（这一些郑振铎氏有辩证。）算是源源本本，好像目录版本学的教授的讲授。而我无意地看见了这值几千元的《元本西厢记》，真是有幸得很。

这种以学者出面的人物，还有另外的一种副业，就是为书店老板做广告。如果某书得到他们的一篇跋语，加以吹嘘；或者就是口头上的夸示也好，拿到图书馆或者只看名人题跋的“收藏家”处，就可以卖得善价，这里面的交相为用的精义也真非数语所能尽。

他们对书籍的评价，大概可以借用傅增湘氏的话来说明：“或谓宋元旧刊，藏家所尚，沿及近日，计页论钱，珍同球璧。因贵其探源之古，亦由于传世之稀。”这末二句是妙诣所在，最后一句是所谓主中主，实在可以说“藏书家”的精神，尽在是矣。

袁寒云是“洪宪皇帝”的第二“太子”，名克文。与“大太保”克定不相得，而又颇放情于诗酒，于是一般人颇有以曹家兄弟相比者。他对项城的帝制，非常反对，有“应愁高处多风雨，莫上琼楼最上层”之句，传诵一时。他也喜欢买些宋版书，那意思大抵与玩邮票相似罢，傅沅叔也就是为袁收书的人。在武进陶氏所影印的《涉园所见宋版书影》里，可以看到。

袁在中国的秘密结社的会党中，颇占了相当重要的地位。人是一位理想的“贵公子”。在天津，几乎随处可以看到他的字迹，他也会票戏，我还记得他在一个堂会里所演的《惨睹八阳》和《审头刺汤》中的汤勤。在他的门下，是有着满满的一群清客的，和孟尝君一般，而鉴赏书籍古玩的也自然是其中的一类。天津是富商巨贾汇集的处所，尤其著名的应当是一班盐商们，这情形在迁都以来是稍差一些了。然而曾经做了几百年的“帝京门户”，所以也不免有一般豪商兼“雅人”之流在七十二沽之间流连，其中也夹杂了落魄的文士，如方地山樊樊山之类，诗酒唱和，实在是有些雅得俗起来了。前边提到过的陶兰泉氏，就是以藏书有名的商人。他的确可以当得起“书淫”的称呼，对于书籍的喜好，可以说纯然是超乎“读”的意义的了。因此，他的收书是有名的了。还得了“陶开花”的雅号，因为他“所收以明本殿本清初之精刻为大宗，而尤喜官私初印开花纸之书。缘其纸洁如玉，墨凝如漆，怡目悦心，为有清一代所擅美”（傅增湘《涉园明本书目跋》）。开花纸是从清初以来才用起来的，是一种像洋纸似的洁白如羊脂的纸。印上了写刻的墨光如漆的书版，的确是好看得很的。古书的用纸，除掉宋版的白麻纸和牍背纸之外，普通总是竹纸。宣纸算是精品了，而演至近来的粉连，可以说是每况愈下了。美浓纸是日本货，而国人刻书在日本所印的，倒往往有用美浓纸的。梁启超所校印的《人境庐诗草》，黎庶昌所刻的“古逸丛书”的美浓纸本在现在已经可以算是非常的珍品了。而皮纸的明刻书，也多为一般人所艳称。旧高丽纸自然更为珍贵，只见前数年故宫曾用旧存的拿来印过一些书。

几年前在天津，曾买到罗纹纸的《双照楼所刻词》，是最初印的精品。而废物利用，足以与宋本牍背纸后先辉映的是一种明代的公文纸。往往见到嘉靖前的刻本于纸背有极细小的笔迹，颇似近来的油印讲义似的就是，极可珍贵，因为这往往可以保证印本的早，绝非后印所可比拟。涉园陶氏的收书，更有可记的：

> 其收书之法，一书辄兼数本。一本之中又选其纸幅之宽展，摹印之清朗，以及序目题跋，必选其完善无缺，签题封面，必求其旧式尚存。往往一书而再易三易，以蕲惬意而后快。入库之前，复躬自检理重付装潢过。被以磁青之笺，裹以靛布之函，包角用宣州之绫，订册用双丝之线。务为整齐华焕，新若未触。有时装订之钱，或过于购求之费，而毫不知吝。

这种收书，实在已经出乎读的意义之外了，只是着眼在有趣上。然而，也的确是有一些道理的，如上面所述，专求保存旧式的说法也不为无识。宋元本的蝴蝶装，不必论，明本的签题就往往有许多别致有趣的。如《杜氏通典》明本的封面页，多有小四方块的签，记明内容的提要。而《眉公秘笈》的原装本的蓝绸书衣，杏黄绫的书签，真溢满着道家的风趣。所以一得古书，必“重付装池”的办法，有时也未免要煞风景的。

武进陶氏的书，因为陶兰泉氏晚年的困厄，已经逐渐散出。而陶氏也已经过世，后此开花之嗜，大概要绝响于书林了。然而他也的确刻印过几部好书。他那部《涉园所见宋版书影》，用玻璃版精印，在书影中可推是最佳的本子。除了故宫书影差可比拟，比较《钵山书影》是要远胜之了。昔人曾经发明过有钱而无学，而还要传世的不二法门，是刻丛书。借别人著作来传。陶氏大概除了“开花”的“佳话”以外，也只能借书影而传罢。

写到这里，不禁要想到这些爱书者不得不卖去藏书时的心境，一定是非常苦的。他们自己所说出来的比喻，“李后主挥泪对宫娥”，大概有些相像，我想唯一的善法，应当是捐入图书馆做永久纪念的保存。如梁启超在北平图书馆里的纪念室是。不过也有弄得颇滑稽的，如近来望云草堂的藏书捐给某大学了，不过试去一翻那目录，简直全是剩下来的较废纸稍佳的货色。如果说前清相国的合肥李氏（李氏兄弟都入过军机）的藏书，不过如是，岂不可笑。实在是精品已经由横通的书贾们翻拣一通，捆载而去的了。“昔人已乘黄鹤去，此地空余黄鹤楼”，而某大学还大事夸扬，特立专室，挂上“合肥李氏望云草堂藏书”的匾额，那用意大概与“衣冠冢”相去不远罢？

那位因听信仙的签诗而终于坐失广州，被掳去国的叶名琛中堂，在广州也曾经留下过一些遗事。刘成禺氏的《广州杂咏》中，有一首云：“相父南来梦有神，三元宫观额长春；鄂京旧本飘零尽，信有方僮作替人。”注云：“叶名琛督两广，迎东卿先生就养督署，署中人尊为相父。虎坊汉上所收藏者，大半携行……当叶事败，东卿有书二十箱存某戈什家中。书贾知中有贵物，集六千金公购之。戈什与贾约，售三百金一箱，交价后方准开箱，各凭采运。开至第十七箱尚不及三千金之价，群贾愕然。开至第十八箱，皆元明本，则购价已偿。开至第十九箱，皆南北宋本，如价三倍，群贾大喜，相约如开至第二十箱如仍系宋元本，则案股均分；如系名人书画，金石碑帖，须大醵谢神。箱开，所储尽宋元明清名人画册法帖汉唐金石之属，所值不下三万余金。此翰墨缘主人骆浩泉眼见详说者。”这里所述群贾的神态，真是刻画入微，也足可代表捆载藏家旧储入市的景象。这种事大概每年总有几次，而书市可以大掀动一下，而使书贾掮客“藏书家”之流在市上走来走去，造成繁荣的景象。不过书贾所希望的，是使书流入藏家之手以便将来再做一次买卖，而大抵不高兴卖给图书馆。不过近来情形不同，每天打大包裹，寄往海外，毫无吝色。大概是也存了“世纪末”的预念，抱了“吃鸡而牺牲鸡蛋”主义的了。

前段所提及的骆浩泉，也是一位横通的专家。“书棚主人骆浩泉年七十余，幼从曾文正莫独山诸家贩卖旧籍。眼见北宋本二百余种。辑有版本格式二十本，盖账簿也。为江建霞携去，据撰宋元明本行格表。”江标的书收在“灵鹣阁丛书”中，为向来谈版本者必备之要籍，不料却系转贩于横通大家，近来图书馆学的书报里，行格表的发表时有新者，盖即师骆氏遗意耳。

历来的藏家，谈到书的劫数大抵总不外乎“水火兵虫”几种。其实，这些是太不够了。仔细想来，书所遭逢的困厄总不外乎自然和人为两种。而其中无疑以人为的祸患为最烈。其实，这也并非要抄袭圣人的“天作孽犹可违，自作孽不可活”的老话，实在的情形本是如此。“水火虫”三种，看来是自然的力量了，然而也各有避免的方法，更何况历来所传为神话的“天火”，往往是希图灭迹的把戏。虞山孙庆增氏著有《藏书纪要》一书，黄荛圃刊入“士礼居丛书”中。全书分购求，鉴别，抄录，校雠，装订，编目，收藏，曝书等八则。内容非常切实，文章也明净可喜。黄丕烈氏称之为“真知笃好者”，大概是不错的罢。书中前面几则是搜访者的责任，而后面几则则专讲保存了。谈到书的装订，真是研究得细致极了。如关于虫蛀的防止云：“书套不用为佳，用套必蛀。虽放于紫檀香楠匣内藏之，亦终难免，惟毛氏汲古阁用伏天糊裱厚衬料压平伏，裱面用洒金墨笺或石青石绿棕色紫笺俱妙。内用科举连裱里，糊用小粉川椒白矾百部草细末，庶可免蛀。而偶尔不检点，稍犯潮湿，亦即生虫，终非佳事。”这里，很可以看出一点科学的方法来，是很有趣的事情，《编目》里边所讲，大多与现代的图书馆学有相通处。《收藏》一则里讲到书柜应用什么木材，建筑要通风等点，关于防火一点有云：“古有石仓藏书最好，可无火患，而且坚久，今亦鲜能为之。惟造书楼藏书，四围石砌风墙，照徽州库楼式乃善，不能如此须另置一宅……小心火烛，不致遗失，亦可收藏。若来往多门，旷野之所，或近城市，又无空地。接连内堂厨灶衙署之地，则不可藏书，而卑湿之地，不待言矣。……柜顶用皂角炒为末，研细，铺一层，永无鼠耗，恐有白蚁，用炭屑石灰锅锈铺地则无蚁。”然而后面也不免有什么“供血经于中以辟火”之类的疯话，然而一想孙君出生当二百余年以前，也大可不必深责了。降至近代，那防火的法子是更完善了。用钢骨水泥做书库，钢铁做架，还有什么自动的防火装置，可以防避“天火”的来袭，似乎是“可策万全”的了。然而，炸弹之来，也究竟还不能不化为灰烬。每回念某氏捐给南大的“木斋图书馆”，终不能不为之痛惜，“道高一尺，魔高一丈”，这话是定命论式的阴暗的绝望之辞，然而我们也正可以从这话当中看出反抗的光芒来。

书籍的火灾，似乎应当推秦始皇为始作俑者，清初钱牧斋的绛云楼的一炬，更是著名。水灾则可以举个现在的例子。据说北平图书馆的善本书运往内地时，曾因沉船损失了不少。而推想就是捞起来的书，大概也都变成饼子状的纸砖，这大概不能不歌颂运送专员们的德政了。

关于古籍的毁灭，更有不少是有意或无意的摧残。如《江南别录》所载：“元宗后主皆妙于笔札，好求古迹。宫中图籍万卷，钟王墨迹尤多。城将陷，谓所幸保仪黄氏曰：此皆吾宝惜，城若不守，尔可焚之，无使散逸。及城陷，黄氏皆焚，时乙亥岁十一月也。”这种“全有或全无”的绝对精神，的确可惊。俗语云“曾经沧海难为水”，观乎此，则对于过去的故宫守吏的偷窃一二王氏小卷，也就大可不必号啕了。

而慨自“打倒迷信”之说流行以来，一般志士往往手执梃杖，打倒佛像，焚毁庙宇。其志尚可嘉，然而这办法则未免还有商榷的余地。

“又，当民国十七年间，某机关要提倡民众教育，而将德州某寺的一间密封之图书室——自明景泰左右封密到今——打开，将其中半成霉烂状态之图籍，在庭前生了一盆火，一册一册的烧毁掉。后来，发现其间有完好者；有人说，可卖钱；方才留下来，整堆的以贱值售给了书贾。”（郭源新《保卫民族文化运动》）这种举措，似乎除了金圣叹临刑时的“痛快”之说外，不能更赞一辞了。

这里，我想回到开头所引用的老残的一首诗来了。那诗里所提的柳家是影射杨家，也就是海源阁的主人。海源阁藏书的源流授受，在诗的首两句里已经说得很清楚了。清初有名的藏书家，如汲古阁，天一阁，绛云楼，都有极丰富的收藏。汲古阁颇似现在的商务，它最大的业务还是刻书，至于收集古书，不过是副业，像涵芬楼；稍不同者即汲古阁的古书秘本也都标价出售而已。季沧苇，钱遵王，士礼居黄丕烈氏，艺芸精舍的汪阆源氏，也都是继钱毛的藏书者。不过诗句因为谐韵关系，次序稍有倒置，这四人中遵王最早，季氏、黄氏、汪氏次之。道光间，聊城杨至堂河督得汪氏之书，载归东鲁。子协卿又在北京收得怡府乐善堂旧藏，藏书遂益臻美富。洪杨之役，至堂更得铁琴铜剑楼所散出，与鲍氏知不足斋，钱氏红豆山房，秦氏石研斋的书。“南瞿北杨”，成了鼎足之势。其他陆氏的皕宋楼，丁氏的八千卷楼都不足与比。而陆氏的书，也被日本静嘉堂文库以十万元购去，所以海源阁已经可以称为国内唯一的大藏家。不过，那种秘不使人见的情形，也真厉害。据傅沅叔所说，似乎只有柯凤荪曾去一看。而江建霞也曾经看了一下，发了些牢骚：“昔之连车而北者，安知不捆载而南。”这一下伤了主人的心，于是更要重楼深锁了。

在王幼遐刻《四印斋词》的时节，曾经和海源阁发生过一段渊源，也似乎是杨氏藏书与读书界发生的唯一的关系。那就是延佑云间本《东坡乐府》与大德广信本的《稼轩词》的借刻。王幼遐曾称赞说："余复从杨氏海源阁假刻以行，三百年来，合并如故，洵乎艺林佳话，而凤阿善与人同之量，亦良足多矣。"

这里所提起的凤阿，就是协卿之子名保彝的。在他的一生，藏书并无大增益，只是守成，不料传到他族子敬夫手里时，就来了空前的浩劫。

民国以来，山东匪患频仍，十八年夏，匪军王金发陷聊城。设司令部在海源阁内。王献唐君有所记载，已经是匪退后视察所得了：

> 见其书籍零落，积尘逾寸。宋本史记，残余一册。宋本咸淳临安志，残余二册。均散置地上，与乱纸相杂。字画碑帖，仅余轴木夹板，中心多被撕去。杨至堂图像一轴，撕裂如麻，投置几下，黄荛圃手校宋本蔡中郎集，竟以拭抹鸦片烟签，涂污满纸，其家人并谓匪徒每以阁上书籍炊火。旧书不易燃烧，竟愤言"谁谓宋板书可贵"！因此均以毛头纸印之，并不爇火也。

这种疯狂的举动，直无异于中古的黑暗时代。匪才退，至十九年春，又因政局突变，聊城遂又陷入匪手。这次旧地重游，自然更加意玩一下了，于是再往看时，则“杨宅已不见一人，院内室外，书籍满地，厕所马厩，亦无地无之。院内书籍，尽为大雨淋烂”了。（见刘阶平君文）

这种举措，出自土匪手中，自然毫无可怪，因为这多少还表示着一些蛮风之遗留。不过土匪本身并不懂版本，想劫掠，怎样办呢？只好借助于清客，这里似乎不能再称为帮闲或帮忙，援例称为“帮抢”罢，又似乎不大像，实在我也想不出什么好名字来了。

> 其间损失情形，在土匪占据聊城时，日常以杨氏书籍出售，购者随意予价，略不计较。有时割袭包物煮饭，或带出做枕头使用，但仍不及百分之一，以杨氏藏书过多故也，及王冠军以其新编之军队入城，素稔杨氏藏书美富，价值又昂，即从天津请一书籍古玩专家，号称“九爷”者来聊，尽拣善本及一切有价值之书籍碑帖字画，囊括而北。同时以窝匪名义，穷搜城内外居氏，凡私家书帖古玩，亦为之一网打尽。并闻杨氏宋本咸淳临安志八册半箧，为土匪带入民家枕头。后以王军搜查，恐遭连累，即将临安志火焚，并将书箧劈碎煮饭。余前往勘查，仅见临安志二册，书箧尚存；此次忽又增出四册，颇不可解。……所谓“九爷”者，居聊城月余，始终不露姓名，但知为天津籍，身长清癯，唇有黑须而已。

这种叙述，倒很可以拿来作为传奇小说读，很有神秘诙诡的韵味。这里，我又要想到现在，据说有人就聘请了两位九爷式的人物，月薪数百元，另支车马费，专门在各处搜书，如果买到善本他们还要照市价收进；也有地位相当高，口呼保存，而实际上却是为美国人收书，赚取利润者。茫茫天壤，处处皆是“九爷”的化身。返顾中国的古旧文化，这将涸的源泉，正好像为一个大大的黑影子在暗中吮吸，殊不胜其危惧之感。

然而真正的“九爷”，在海源阁内，不露姓名，只管收书，想来总不曾发过什么议论，倒还直爽可佩。只是这些变相的“九爷”，如鲁迅先生所说的蚊子，在吸血之前还要嗡嗡发一大篇讲论，也真使人不舒服。

这虽然是匪乱，也大可归入兵灾里去。因为在中国，这界限是一向分不大清楚。不见王冠军一入聊城，就要向四乡搜查民居有无窝“匪”了吗？是兵是匪，老百姓哪里还弄得清楚。

再有，古书的灾难，据我看，要推清朝的文网了。因为是无声的，寓禁于改，用的是老聃的策略，所以也更厉害，所谓“积毁可销骨”者就是，那含义，在鲁迅先生以次，已经有不少人谈过了，所以这里姑略之。

这里，另外一个在我认为是古书沦亡的原因的，就是所谓粗制滥造的坊本了。这在前几年的中国，就有一批一折八扣的书和什么珍本丛书，充斥于市场，吸引了大众的注意。近来是变为五彩封面的出品来独霸大众读物的市场了。如果以为这些不过是近来的产物，那就大错而特错，原来这是“古已有之”的了。《红楼梦》里宝玉忽然觉得不自在了，茗烟就买了些飞燕合德武则天外传之类来给他。这就是那时的一折八扣书，茗烟绝不会走进那时的商务印书馆去买什么景宋本的。在明朝，这种东西就更多，戏曲小说，五彩春画，盛极一时。流传至今，《金瓶梅词话》高登北平图书馆之宝座，《风流绝畅图》则仅见日本翻印本，变成了宝。在当时一定是一折八扣书，不然何以藏家都不收！这原因只要看现在的藏书家何以不收一折八扣的《三笑姻缘》就可以知道的，如果谁大批买进这些书，藏之名山，五百年后，一定涨价有如今日之明版小说。不过这计划又太纡缓了，投机家大概是不屑采用的。

再上推至宋元，那时的一折八扣书就是所谓“麻沙”本。查初白有诗云：

> 江西估客建阳来，不载兰花与药材；
> 妆点溪山真不俗，麻沙坊里贩书回。

朱竹垞亦有句云：

> 得观云谷山头水，恣读麻沙坊里书。

那时的麻沙，群肆丛集，有如今日之文化街。因为福建的木材质不坚韧，所以利用了来马马虎虎地开板，求速售而不求久远，所以一般投考指南之类的东西，多在麻沙产出，成为学子的必需品，同时也有一批诗文集的廉价本在出售。宋朝的高等刊书处在蜀中，是因为蜀地的木材非常好的原故。黄庭坚《云夫帖》云：

> 庞老伤寒论，无日不在几案间，亦时时择默识者传本与之，此奇书也，颇校正其差误矣。但未下笔作序，序成先送成都开大字板也。

蜀大字本的史书，至今犹为人所艳称。是宋椠中的精本。麻沙本则不行。宋朱彧的《萍洲可谈》里记有笑话一则：元符初，杭州府学的姚佑教授考试学子的《易经》义，题曰："乾为金，坤又为金，何耶!"题目出，学生大哗，挟了当时教育部审定的监本《易经》去质问说："恐怕先生所看是麻沙本罢?"监本上是"坤为釜"。

这纪事说明了麻沙本在当时的地位。试想，现在的考试院长如果用一折八扣本的《四书》为根据来出题，学生大概也早就闹反了。

日前曾和友人谈起这点，他要对我这个论点提出保留。说是不可轻视了"坊本"。我自然也不反对。不过我们要求更加谨严些。那天，我在友人案头拿起本《诗人玉屑》来翻翻，不料遇到了这样的妙文："五绝如二十个贤人，着一个屠沽，不得……"这位标点先生大概是个自由主义者，硬要拖这位屠沽先生与贤人共坐，想来他一定有些受不了。于是闹得我也有些糊涂。再看封面，这正是“国学基本丛书”之一，是专为我辈“束发小生”预备的，呜呼，是亦如何得了乎？

再说那久为士林所“赞叹”的《四部丛刊》罢，也的确有些不行。《李商隐诗集》是采用了江安傅氏双鉴楼的明嘉靖本，一看那无序无跋无目的神气，就可以断定是当时一折八扣本之一。而误字更不知多少。“一春梦雨常飘瓦”错成了“一春猛雨”，看到这最喜欢的一句诗时，真不知是何感想？其余如“嵩云秦树”误为“高云”，“谁省”误为“谁雀”。“青雀西飞”一首《汉宫词》两见，是非常坏的一个本子。李诗宋版不可得见，别的较佳的本子不能一定就没有，现在采用傅沅叔这个本子，可说是大大的失策。冯浩注本最便读者，如查古本必不可得，也应取较善的本子罢？

还有一句颇普通也颇实在的话，是“明人好刻古书而古书亡”，那就是说明朝人最喜欢改头换面地把古书乱刻一通。最可怪的是毛氏汲古阁中多藏秘笈，而所刻者多不取所有最精之本作为底本。这也是为了保持他的藏书的“秘性”，是一种占有欲的流露。

《红楼梦》的作者曹雪芹的祖父曹寅也是喜藏书而又喜刻书的。所刻的《楝亭十二种》，非常罕秘，号为精刊，而且也有过影印本的了。不过经人校对之下，就发现错误之多不可想象。真是莫名其妙的事情。

然而这些还究竟是较小之点，虽然也足以使古籍逐渐沦亡，但比起遭逢国难的损失来是小得多了。历史上所记，每逢异族来侵，那国人的颠沛流离之状，真有非人间的况味。为患最烈的不能不推那赵宋的一幕了。金人薄河而南，河北的居民的逃难的苦况，在李易安的《金石录》后序里有详细的叙述。李清照与丈夫赵明诚是一对文学夫妻——如果可以这样说的话——他们在青州时，喜收书画，相与赏玩，自以为“乐在声色狗马之上”。“靖康二年春，明诚奔母丧于金陵，半弃所藏。其年十二月，金人陷青州，火其书十余屋。”（《癸巳类稿·易安居士事辑》）又引易安《金石录后序》云：“靖康丙午岁，侯守淄川，闻金寇犯京师，四顾茫然，书画溢箱箧，且恋恋，且怅怅。知其必不为己物矣。建炎丁未春三月，奔太夫人丧南来，既长物不能尽载，乃先去书之重大印本者，又去画之多幅者，又去古器之无款识者，后又去书之监本者，画之平常者，器之重大者。凡屡减去，尚载书十五车。至东海，连舻渡淮，又渡江至建康，时青州故第尚锁书册什物用屋十余间，期明年春再具舟载之。十二月金人陷青州，遂为灰烬。”后又述转徙流离，不能不再去书物。“必不得已先去辎重，次衣被，次书册卷轴，次古器，独所谓宗器者，可自抱负与身俱存亡，勿忘之。”

乃奔至明诚所，明诚已病革，遂死。易安无所之，后又传江当禁渡，乃急奔至洪州。“金人陷洪州，遂尽委弃（言行李），独余少轻小卷轴书帖，写本李杜韩柳集、《世说》《盐铁论》、汉唐石刻副本数十轴，三代鼎彝十数事，南唐写本书数箧，偶病中把玩在卧内者独存。”

后又因虏势叵测，转奔行在，随帝舟以转徙，终至杭州。

又为人妄言有颂金之语。易安大怖。“不敢留家中，并写本书寄剡。后官军收叛卒取去，闻尽入故李将军家……惟有书画研墨六七簏，常在卧榻下，手自开合。在会稽时居土民钟氏舍，忽一夕穿壁负五簏去。余悲痛不已，重立赏收购。后二日，邻人钟复皓出十八轴求赏，故知其盗不远，万计求之，其余遂牢不可出。今尽为吴说运使贱价得之。所余一二残零，不成部帙书册三数种，平平书帖，犹复爱惜，如护头目，何愚也耶！今日忽阅此书，如见故人。因忆侯在东莱静治堂，装卷初就，芸签缥带，束十卷作一帙。每日晚吏散，辄校勘二卷，题跋一卷。此二千卷有题跋者五百二卷耳。今手泽如新，而墓木已拱，悲夫！”易安的身世的飘零，遭时之多故，在这篇后序里细细写来，委婉动人。吾辈生当衰世，自然更能有同感，我之所以不惮烦，缕缕抄述此文，盖亦欲使读者有所警惕，不只是看看旧闻掌故就便了事耳。

（《古今》第一期，署名楮冠）

《红楼梦》的语言及风格

我自幼爱读《红楼梦》，久而弥笃。近十年来努力搜求《红楼梦》的诸异本并谈“红梦”的书，颇有所获。可惜辛苦得来的，全在几年前失去。因而搜集的心思淡了下来，现在朝夕自随的只是一部家藏的铅活字本而已。

关于红楼的书可以说是多极了。编成曲子，衍为论赞，图成谱录，大大小小总有几十百种，不过这似乎全没有什么大意思。“五四”前后俞平伯先生的《红楼梦辨》和胡适之先生的《红楼梦考证》出，“红学”于是乎大盛。而这两部东西，也的确可以说是空前杰作，使我们不单以看故事为满足的人们大大高兴。胡先生的考证使我们知道曹雪芹最初创作《红楼梦》的时候是一段段写成的，有时后面的事实反而先写成，而前面的反而还没有补进。这可以使我们推测出曹雪芹是先拟定了一个条理清晰的大纲——或者把回目都先拟定也不一定。然后才一块一块向上填，这时候就已经有人向他借了去以快先睹，以致原稿有遗落，使正文八十回里有所缺失，和前后两回不相连属的地方，而且还有未写成的地方，因为曹氏逝世而变成残稿。最可惜的是有几大段文字都已遗失了。如卫若兰的射圃，小红、茜雪在狱神庙的一段，“误窃玉”“花袭人有始有终”诸文。因为这种写作的情形，所以颇令我疑惑一向认为是高鹗所补的后四十回中，也有些是雪芹的原稿。如“感秋声抚琴悲往事，坐禅寂走火入邪魔”，和宝蟾送酒的几回。尤其是宝蟾送酒的一段（证据在后面），这在高鹗自己的话里似乎也可以找出线索来。如“引言”中说：“是书沿传既久，坊间善本及诸家秘稿繁简歧出，前后错见。”这里高鹗所说的“前后错见”的话，更可以证明我假设后四十回中有曹雪芹的原稿的事。

现在我想回过来先看看《红楼梦》的本子，根据胡说，现存的本子大别之有三，即程甲本、程乙本与有正书局的戚（蓼生）本是也。戚本颇近于原稿，是当时的一个传抄本。程甲本即高鹗续补成书后一次木活字印本，程乙本是高鹗取甲本重新改正再排的一个本子。通行各本皆自程甲本出。亚东图书馆的本子本是据通行本校印，后来又据程乙本改排，有汪原放的校读后记，盛称其佳。但我却看出其极不行处。盖汪君以生意眼为重，当然要称赞其书，这在普天下的读者，是应当了解而原谅的。不过我们站在纯文艺的立场上来看，自然不敢附议，即无论高鹗擅改原稿，如塾师之批课卷，在态度与道德上均无可取。只要拿两种本子对校一下，看看他的所改的地方，是那样不高明，也就可以知道程乙本之不佳与高鹗的不行了。

《红楼梦》数百年来，几于妇孺皆知，而且也已成为标准的官话教科书，如想学吴语必看《九尾龟》与《海上花》

然，不只是海内如此，而且已经是国际的了。我最近得到一本，就是曾用了来当作教科书的。在某几回中有详细的批注，如第九回“贴的好烧饼”上注云：“彼此交换男色。”本来这些双关语是文学上极重要的素材，如不明了，简直是要使作品大为减色的。烧饼这名词，在上海就没有，其实在北方老乡的油条摊上，也还是有的。不过已经改称为“大饼”，晋封为平民标准食品了。至于如何贴烤，一般人士不会到摊上实地考察，难免茫然，因而这里的批注也似乎是必要的了。

我买这亚东本，全是为了要看看这程乙本的本来面目。因为原本流传，极为罕少。除了胡氏外，据说只有容庚先生有一部抄本，那么，亚东本的流传，似乎也不为无益。不过这只可给对红楼有兴趣的人做“备此一格”之用，如果用作普通阅读，我以为还是不好的。

买来之后，就颇想发高鹗之覆，所以就拿我曾有的一本活字本（据程甲本）来校了一下。也许有人会发笑的罢，为《红楼梦》作校字记，然而也实在是三个有闲之余，闲不过了。不为无益之事，何以遣有涯之生？仁人君子，其各鉴诸！

话又说回来，从头校起，也实在没有那么许多余裕，这里只是取出我素所喜读的几部分来校一下，而且特别注意的是“言语”，即对话的部分。这两回就是第二十六回“潇湘馆春困发幽情”和第二十三回“西厢记妙辞通戏语”里“那日正当三月中浣”以下的一段。

普遍的看来，高氏的拿手好戏是把“儿”字加上去。这本来是蓝青官话的特征。如“花瓣”，在北平方言中读作花班（清吟小班的班）而作去声，根本不用加上儿字。如果以南方小学生国语课上的拉长而读之者为准，则岂不“天鹅绒”也乎哉？“倒在水里”改为“撂在水里”，这里是没有深切明了语气轻重之分。用“倒”，是表示宝玉很有些花瓣在兜里之故。撂字太轻，如“撂袍端带”“撂开不管”，不用作及物动词，只可施之于薄薄的一张纸或几片花，若是那么大的一斗桃花，则颇有些不量轻重了。

以上是一个字的删易。还有“精彩”的整句删改，如“好好！来把这个花归起来，倒在那水里去罢”一句，改为“来得正好，你把这些花瓣儿都归起来，撂在那水里去罢”。活动的气氛完全失去。“来把……”多亲热，多爽快；“你把这些……”简直变为少爷对丫头发号施令。这种地方，实在不能不说是点金成铁了。

“慌的藏之不迭”改为“慌的藏了”，这里是不知道“不迭”这个“词”在北平是怎么活泼地被运用着，如“不迭当的”表示来不及……

下面的一个例子，如果用了“文学史”的眼光去看，倒好像颇有趣。原文的“不顿饭时，将十六出俱已看完”，在曹雪芹原来是用了“浪漫主义”的手法把林黛玉的聪明表示出来，不料高鹗看了有些不可能，于是改为“看了好几出了”。这里，高鹗好像是用了“写实主义”或“自然主义”的手法改文章。不过和后来的“余香满口”地默默记诵的情况有些不合了。如果是只看了几出，根据“且听下回分解”的引诱，还要看下去才是，不应就记诵起来的。

“林黛玉道果然有趣”改为“黛玉笑着点头儿”。这里我有个推测，宝黛二人，平常总是喜欢斗口的。如宝玉说东黛玉每每撒娇的说是西。对于《西厢》的文字，两人都感到好了。然而还不肯痛快赞成，只淡淡敷衍了一句“果然有趣”，这句话有多么“娇”？点头儿，表示心悦诚服，意境不同。这个例子好似贾岛的推敲的问题；我们其实应该尊重作者的情感与想象，不宜煞有介事地径为删易也。

“瞪了两只似睁非睁的眼”，改“两只”为“一双”，只令人感到庸俗。“你这该死的胡说！”改为“胡说了！”校至此处实在不能不有把一个吹满了的气球用针来刺破之感。

“宝玉着了忙”改为“宝玉急了”，当时的环境，想来必不若是严重，这个例子正与上例相反，一是将重改轻，一是将轻改重，顺笔涂乙，全无标的，真令人莫名其妙也。

到后来宝玉反诘：“你说的是什么呢?”想曹雪芹原意，宝玉只不过白说一句而已，所以轻描淡写一说即过，以表示对这位娇小姐毫无办法之意，高氏变为“你说，你这个呢！”大有气急败坏，急于报复之势，当日宝玉必不若是。

下一个例是高氏擅加了一个“了”字，结果弄得句意全殊，实在是比较严重的。

袭人说的“那里没找到，摸到这里来！”高氏轻轻加一“了”字于句末，成为“……这里来了！”原句是袭人自述，含有抱怨之意。改后则意指宝玉：“哈哈！你摸到这里来了！”轻易一添，主词变动，这实在不应出诸通人之手的。

另外在“潇湘馆春困发幽情”一回中，也有不少改动。

“只见黛玉的奶娘，并两个婆子都跟了进来”改为“都跟进来了”。这很像《封神演义》上的“定身法”，把活生生的一句句子定得死板了。我常想在写文章时除非必要，最好避免置“了”字于句末，以免造出死样活气的句子来。

下面的一个改动是宝玉叫紫鹃沏茶的一段：

> 宝玉笑道：“紫鹃，把你们的好茶倒碗我吃。”紫鹃道：“我们那里有好的呢？要好的只好等袭人来。”黛玉道：“别理他。你先给我舀水去罢。”紫鹃道：“他是客，自然先倒了茶来，再舀水去。”

高鹗的程乙本把倒茶的两个“倒”字全改成了“沏”字。揣高鹗之意似乎以为潇湘馆中平素并不预备茶，或只吃开水。等到有客来了，才现沏去的样子。这似乎是对潇湘馆的一大侮辱罢！或曰：是去沏“新的好的茶”也，殆亦不然，观后文可知。又“吃”字改为“喝”字，不免俚俗。

其次的一改，情节比较重大了。这是在宝玉背出了那两句《西厢》上的话以后：

> 黛玉登时撩下脸来，说道：“二哥哥，你说什么？”宝玉笑道：“我何尝说什么？”黛玉便哭道：“如今新兴的外头听了村话来，也说给我听；看了混账书，也拿我取笑儿；我成了替爷们解闷儿的了！”一面哭一面下床来，往外就走。宝玉不知要怎样，心下慌了，忙赶上来

> 说："好妹妹，我一时该死，你别告诉去。我再敢说这样话，嘴上就长个疔，烂了舌头！"

高鹗在第一句"登时"下面，加了"急了"二字。高鹗真不知是怎么一回事，总不能把握到黛玉的性格，以为她一来就要揎拳卷袖地打上一架的样子。他似乎全没有过小儿女斗口的经验，如果高鹗年轻时，家庭环境是如此，那只好"无怪"了；因而下面黛玉所说的话中，开头的"二哥哥"三字，就为高鹗抹去。根据曹雪芹后面描写过黛玉嘲笑湘云把"二哥哥林姐姐"念成"爱哥哥"的一看，我们大概可以想象出这三个字出诸小儿女的声口，是如何的娇嫩，而高鹗一笔抹杀，点染出十足的战争状态，我觉得这一种"忍心害理"，实在是莫此为甚。

还有"宝玉心下慌了"一句，把"不知要怎样"五字删去，粗心得可恶。"你别告诉去"，改成"你好歹别告诉去"。这和前边所说的理由相同，高鹗是把宝黛两人间的时常发生的小纠纷，看得太严重之故。

我为什么要费了这许多事来校勘这些文字，对高鹗的文法加以讨论呢？那理由除了有闲之外，还有就是实在太看不过高鹗的横行无忌。依我的推测，高鹗的国语程度，只不过四十分左右，而妄想弄巧，其成拙也当然。不料这些工夫不太空费，在后四十回里的几段比较好的文字中对校了一下，再和普通甚至于下劣的一些文字比较，看哪一些文字改动多些，结论是那些下劣的文字，几乎没有改动，而精彩的文字中，高鹗却曾经大大“润色”了一下的。这在“宝蟾送酒”的一段里看得最明显。

第九十一回“纵淫心宝蟾工设计，布疑阵宝玉妄谈禅”中（亚东本第五册）第二页：“只听外面一个人说道：‘二爷为什么不吃酒吃果子就睡了?’”“吃酒”的“吃”字改成“喝”字了。这正与前面潇湘馆一回中改“吃茶”为“喝茶”相同。高鹗既然心里有了一个定义，凡是液体的东西，非用“喝”字不可，那么在他自己续书时，似乎不大应该忽然用上了“吃”字，等到再版时才改正过来，只能说他是任笔的批改曹氏的原文如此的。

又下面一段“怎么这样早就起来了?”“样”字改为“么”字。“这也罢了！倒是他们恼了，索性死了心，也省得来缠!”（按汪原放原来的标点，在“恼了”下面加一个惊叹号，作一句读，大误；应该是个分句，联了直读，才有力。）“省得来缠”改为“省了来缠”，这两处的改动，全是对话里的不十分重要的地方，不过一经改动，语气即因之而易，观乎高鹗之喜欢掉京腔，也应该是删动了原文的。

下面同回第四页末一行，只见金桂问道：“你拿东西去，有人碰见么?”宝蟾道：“没有。”“二爷也没问你什么?”宝蟾道：“也没有。”

亚东本在“二爷也没问你什么”句上添“金桂道”三字。推想此处实应有此三字，而原本无，或许是雪芹本来用了省略法，因为这儿是金桂之问，很是显然。活字本在此句之旁，有夹批云“此句金桂问也”六字，这可以证明程甲本是原来没有的。如果是高鹗原作，不该如此疏忽，这更可以证明这一回的传抄之迹。

又下面一大段中改动的也颇多（此节系亚东本原形）：

金桂因一夜不曾睡，也想不出个法子来。只得回想道："若做此事，别人可瞒，宝蟾如何能瞒？不如分惠于他，他自然没的说了。况我又不能自去，少不得要他作脚，索性和他商量个稳便主意。"因带笑说道："你看二爷到底是个怎么样的个人？"宝蟾道："倒像是个糊涂人。"原来"不如分惠……"句在"如"下有"我"字。"他自然没的说了"原文作"他自然没有不尽心的"。"索性和他……"原本作"倒不如和他"，"倒像是个糊涂人"原本无"是"字。这些改动于原来句意都有移动，除非是高鹗觉得曹雪芹的原文不通，所以改上一下之外，似乎不能解释作他自己在再版时忽然意见变动。紧接有一句"你如何说起爷们来了？"改为"你怎么糟蹋起爷们来了？"原句是有些"不通俗"的，一经改动，就变成京话，而且语气也重了。下面有一句"你这些话向我说"改"向"字作"和"字，也是改通常字为方言字。在小小一段之中，有这么许多改动，而且都是高鹗在施展他"蓝青官话"的拿手好戏，所以不能不使我疑心这一段文字的原文，实在是曹雪芹当日零碎的一段残稿，为高鹗所剪裁改动而插入了后四十回的。如果是他自己的原作，他绝不会花工夫再加删改，因为他觉得自己的语言技术，实在已经可以说是好极了。这些不是空话，看后四十回中其他凡劣部分的毫无若是的删动可知。

《红楼梦》二百年来成为家喻户晓的作品，无间南北，当然是因为它的情节的好。但是另外一方面语言的漂亮，似乎是非道地北方人无从领略。这在看小说专重故事的人们听来，自然要以为是迂阔之谈，其实大有不然，这些读者不免有些如入宝山空手回，大大有些失算的。如果真真想做文艺的鉴赏，或研究语言，如黎锦熙先生的从事“巴谩解”那样的工作，这一部大书是应该仔细玩味的。而且即如自命写北平话专家的高兰墅，也不免看拗了句法，闹出前后大相反的笑话来。这里更可看出这并不是一种细事，可以一笔抹杀者也。而同时我的对《红楼梦》的反复吟味，有若老先生们摇头晃脑地在读韩退之的古文，也可以得到很好的辩解了。

《胡适论学近著》中，《跋乾隆庚辰本脂砚斋重评石头记抄本》一文的末尾有几句话：“我盼望将来有人肯费点功夫，用石印戚本做底子，把这本的异文完全校记出来。”我觉得这是很应该做的工作。在文学鉴赏上，考证上，语言学上都有不小的意义的。

（《古今》第二期，署名华皎）

四库琐话

《四库全书》是清代文化政策上一大表现。在当时自然是众口同声的称道不已，这声势一直不衰者总有数十百年。一直到清末，才渐渐听到别人不满的微词，直到最近，骂者辈出，对证祖本，校出破绽，真相总算大白于天下了。然而我们所看见的，不过是一鳞一爪，绝少缜密的叙述。我深信这题目值得一赋，如果钩稽史事，旁及遗文，再看那些工作人员的作风，乾隆皇帝的手腕，实在有趣得很，而且也并非无益的。

数年前曾读过一篇《关于命运》的文章，有几句话，使我非常佩服："好几年前我就劝人关门读史，觉得比读经还有用，因为经至多不过是一套准提咒罢了，史却是一座孽镜台，他能给我们照出前因后果来也。"

我自己是个非常"浪漫"的人，对于天下古今一切经典全都望望然去之，不想触手。史呢，也不曾读过多少。兴趣倒是有一些儿的。说起来不敬得很，我读史是抱了读小说的态度的。对于那来龙去脉，人物衣冠很有兴趣，并无想在这中间发现什么大道理的野心。不过有一点很令我肃然，就是前面那孽镜台之说。往往有多少事，看来看去总像真事，再也保持不住读小说的闲情逸致，实在是大悲哀的事。

话说“纷纷五代乱离间，一旦云开复见天。草木百年新雨露，车书万里旧江山。寻常巷陌陈罗绮，几处楼台奏管弦。天下太平无事日，莺花无限日高眠”。每逢干戈扰攘，群雄竞起，弄得民不聊生，大家连做一头太平之犬都不可得，哪里还有吟诗作赋的兴致？所以无疑的，人才辈出，而且都是马上的英雄，一旦这些英雄之间分出了高下，一个无赖一朝得志，做了皇帝，天下大定。然而他心里到底放心不下，因为他出身于草泽之间，十分明白这种地方情形是多么不稳；无已，只好想法子把他们引上正途，不要再做亡命的勾当。然而，不为无益之事，何以遣有涯之生呢？于是苦心焦思，想出了一种无上法宝来，那就是文绉绉的书本儿。

语云：“皓首穷经。”而且这不过是一经而已。如果收集了全国的纯正典籍，使一般无知小子们去穷起来，岂不大妙？试想，古往今来可有读了《金瓶梅》要解放，看了《红楼梦》要革命的人？那么，这策略之妙极当可无疑义耳。

且说这种事业，是古已有之的。宋版的《文苑英华》，我们还可以看到三两本，荣宝斋并且把它复刻为笺纸。宋亡以后，马端临隐居不仕，成《文献通考》。这后者还不过是社会史文化史的著作，至多在目录学上稍有规制而已。直至明代，朱棣靖难以后，想修文治了，召解缙等作《永乐大典》，上承《太平御览》《太平广记》《文苑英华》之遗规，把古今的典籍，分拆零散，依韵排列，化整为零，实在是极伟大的工作。《四库全书》的办法则正相反，有许多书反而是从大典的零零碎碎之中辑成全本。不过，它的受了《永乐大典》的影响，是不可否认的事。

乾隆皇帝的诏修《四库全书》的起因，另一个极重要的是由文字狱所引起的。他看见明亡以后竟有如许不法之辈眷怀故国，时时露诸笔墨，得到了一个极刺激的启示。于是想彻底地来一次清除。第一步就是向民间征求遗书。

在雍正八年（一七三〇）吕留良晚村的文字狱后之十一年，乾隆六年（一七四一）已经出过这样的上谕："从古右文之治，务访遗编。目下内库藏书，已称大备。但近世以来，著述日繁。如元明诸贤，以及国朝儒学，研究六经，阐明性理，潜心正学，纯粹无疵者当不乏人。虽业在名山而未登天府。着直省督抚学政，留心采访。不拘刻本钞本，随时进呈，以广石渠天禄之储。"

如果要明了十全老人为什么对这些事忽然如此热心，清初的几个文字狱的始末，似乎应当稍微知道一些。这些文字狱，比较重要的当然是易代之际的历史案件。至于其余的小小的事件不知凡几。而大半倒是莫须有的罪过，尤可痛心的是这已经成为当时人的告讦的目标，为报私仇，就不惜摘了别人文字间的一二不相干处所，横加附会，弄得别人家破人亡而后已。这种手段，大概也真是禽兽间之所无者。这些小事件，为大家所熟悉的如"清风不识字，何事乱翻书"，在性灵文学家看来，真是十足的天籁的流露，不料作者却因此而身首异处了。

乾隆二十六年胡宝瑔奏余腾蛟诗语狂悖，请即正法。这事倒还是乾隆稍稍细心，一加检阅原诗，不过是蹈袭前人，十足的恶诗。结果意在拍马的胡宝瑔，是碰了一鼻灰而去了。

后来又有人批评王尔扬在墓志上用了“皇考”字样，罪当大逆。也被乾隆置之不问。

庄廷珑是有钱的人，明相国乌程朱国桢所作明史稿本，因后人乏食，质于庄氏。庄氏就另招集名士，补上了崇祯一朝的史事，刻为《明书》。结果为破家县令吴之荣告发了。

那罪名是奉隆武永历为正朔而不书清代年号，和一二悖逆文句。结果除庄廷珑因已死只戮尸外，其余子孙朋友刻工贩者校对的人一共杀掉二百廿一人之多，真是洋洋大观。妇女则给边人为奴。现在只录一段小事算是画龙点睛罢：“凡刻书送板钉书者，一应俱斩。一刻字匠临刑哭曰：‘上有八十之母，下有十八之妻。我死妻必嫁，母其谁养！’言毕就刑。首滚至门忽然自竖，盖行刑之所，去家不远也。”

这一下禁得十分彻底，直至现在虽在易代之后，庄氏的《明史》还是不得看见。只有商务印书馆的《四部丛刊续编》里，印行了两册零落的抄本，翻了一过，了无生气，也真看不出有什么值得那么大举杀戮的地方。

这样雷厉风行的查办，自然在产生两个结果：第一个是人家家里藏有这种书的，不是私行销毁，就是深藏密锁，不敢令人看见了；第二，当然是禁书的效果，只不过刺激起别人的好奇心，反而都想看看也不一定。

这又使皇帝的心里大大不安，不得已，只能在本来的面目上加了一层假面：康熙四年八月谕礼部云："前于顺治五年九月内，有旨纂修明史。因缺少天启甲子丁卯两年实录，及戊辰年以后事迹。令内外衙门，速查开送，至今尚未查送。……其官民之家，如有开载明季时事之书，虽有忌讳之语，亦不治罪。尔部即从速传谕行。"这显然有些发急了。可是成绩也终于不大佳，因为很少有人敢做这没有好处的投机生意的了。

从这以后直到前引的乾隆六年的上谕，征书的工作始终不曾终止。而在前也早有人提出应当修《四库全书》的暗示，谢在杭《五杂俎》云："余尝获观中秘之藏，其不及外人藏书家者远甚。但有宋刻五十余种，精工完美，而日月不及，日就浥腐。恐百年之外，尽成乌有矣。胡元瑞欲以三年之功，尽括四海之藏，而后大出秘书，分命儒臣编摩论次。噫！谈何容易！不惟右文之主不可得，即知重文史者，在朝之臣，能有几人？而欲成万世之不刊之典乎？"

这就很有代表民意资格的了。而乾隆中历城周永年提倡"儒藏"，与"释藏""道藏"鼎足而三，也是这一派的意思。而康熙年间所修的那一部杂乱无章的大杂拌儿——《图书集成》，更是这事的先声。直至乾隆三十七年大兴朱笥河（筠）上条陈开馆校书，这事才算是有了相当的眉目。

至于皇帝的心理，倒也有研究的必要。他看穿了人性，如果你说某书不好，不许看，那结果是偷看的人反而更多。倒不如经过一番审定之后说："这些全是纯正无瑕的好书，大家快来看呀！"这样一来，大家或者不想看也不一定。就是看，也已经经过检定，毫无妨碍的了。

朱筠是当时大大有名的爱好风雅的大官，门下士多如过江之鲫。如洪稚存、黄仲则都曾经做过他的座上客。当时他正做安徽学政，因为看高宗征书的结果不大佳妙，竟至“迄今几近匝岁，曾未见一人将书名录奏”。只剩下高宗一个人在上面吹胡瞪眼，大发雷霆，有些看不下去。觉得这是自己的造化来了，于是条陈说：“窃维载籍重于左史，目录著于历代，典至巨也，制至详也。我皇上念典勤求，访求遗书，不惮再三。凡在鼓箧怀椠之伦，莫不蒸蒸然思奋，勉献一得。矧臣蒙恩，职厕文学？敢竭闻见知识一二，为我皇上陈之。”

他也真不愧为文学侍从之臣，深知个中秘妙，所以出起主意来非常周密。当时他就有四点条陈：

一、旧本抄本尤当急搜也。

二、中秘书籍当标举现有者以补其余也。

三、著录校雠当并重也。

四、金石之学图谱之学在所必录也。

封事一上，高宗就要“原议大臣议奏”。大学士刘延清说这“非政之要而徒为烦”，欲议寝之，幸得于敏中的力争，覆奏了：

> 伏查《永乐大典》一书，成自前明，但夸捃拾之繁，未协编摩之式，虽善本之流存不少，而遗编之丛杂尤多。仰蒙论断精微，折衷至当，钦承训谕，获奉准绳。窃维采录固在无遗，而别择尤宜加审……再查翰林院衙门内，现有迤西房屋一区，从前修辑《皇清文颖》及

> 《功臣传》各书，皆在此纂办，今奉旨校核《永乐大典》，应请即将此项房屋作为办事之所，于检查较为近便。惟是此项书籍，几及万本，篇帙浩大，头绪纷繁，所有查校人员，必须多为派出，分头赶办，方能迅速排纂，克期集事。臣等谨遵旨于翰林等官内，择其堪预分校之任者，酌选三十员，专司查办，仍即令办事翰林院。并酌派军机司员一二员，作为提调；典簿厅等官，作为收掌，常川在署，经理催趱，毋致稍有作辍。

这一个奏折颇关重要，可以说是《四库全书》的一块基石。而全书规制的宏大，动员臣工的众多，也都可以在这个奏折里看出。从此翰林院迤西一带房屋里正式成立了“四库全书馆”，自总裁总纂以次三百多名文化人就开始了伟大的工作，在乾隆的指挥之下，把数千年来所遗留下来的古籍实行阉割变质的手术了。

前边曾经略略提起开始征书以后的成绩不大佳妙，这就使乾隆皇帝大为着急，下了一个软硬兼施的上谕：

> 前曾降旨令各该督抚等访求遗书，汇登册府……乃各省奏到书单，寥寥无几，且不过近人解经论学，诗文私集数种，聊以塞白。其实唐宋以来名家著作，或旧板仅存，或副稿略具，卓然可传者，竟不概见。当此文治光明之日，名山藏弆，何可使之隐而弗彰？此必督抚等视为具文，地方官亦第奉行故习，所谓上以实求，而下

以名应，殊未体朕殷殷咨访之意，且此事并非难办，尚尔率略若此，其他尚可问乎？

这里先来一下恫吓，使该督抚等心里惴惴，然后就来了较为和缓的转圜的话：

必系督抚等因遗编著述非出一人，疑其中或有违背面在，恐涉乎干碍，预存宁缺勿滥之见；藏书家因而窥其意旨，一切秘而不宣，甚无谓也。文人著书立说，各抒所长，或传闻互异，或纪载失实，固所不免，果其略有可观，原不妨兼收并蓄；即或字义触碍，如南北史之互相诋毁，此乃前人偏见，与近时无涉，又何必过于畏首畏尾耶？朕办事光明正大，可以共信于天下，岂有下诏访求遗籍，顾于书中寻摘瑕疵，罪及藏书之人乎？若此番明切宣谕后，仍似从前疑畏，不肯将所藏书名开报，听地方官购借，将来或别有破露违碍之处，则是其人有意隐匿收存，其取戾转不小矣！

宽严交施，恩威并用，正是“英主”驾驭臣下的唯一妙诀，结果是宽了半年的限期，并且令地方官不必检阅，凡有所得，即送呈进京。假使还是那样麻木不仁，就“惟该督抚是问”！

高宗不但熟悉江南藏书家流传授受之原委，并且对于书贾的贩卖情形也了若指掌。我们推想他深居官中，怎样会知道这些事呢？那时皇帝在江宁有一个亲信的奴才，就是江宁织造，他的职务是替皇帝打探一应民间的风俗，官吏的动静，收成的良窳。总之，织造是有一切“情报处”职责和权力，为皇帝引为左右手的。《红楼梦》作者曹雪芹的祖父曹寅就以藏书著名，家多宋元秘本，而且还刻过奇秘的《楝亭十二种》。并且在北京的怡府乐善堂，也正因何义门的介绍，买得徐乾学季沧苇两家的藏书。由这些地方，大可以使我们明了乾隆的对于藏书事迹的熟悉，正是并非偶然的了。他的诏书上说：

> 闻东南从前藏书最富之家，如昆山徐氏之传是楼，常熟钱氏之述古堂，嘉兴项氏之天籁阁，朱氏之曝书亭，杭州赵氏之小山堂，宁波范氏之天一阁皆其著名者，余亦指不胜屈。并有原藏书目，至今尚为人传录者。即其子孙不能保守，而辗转流播，仍为他姓所有，第须寻源竟委，自不至湮没人间；纵或散落他方，为之随处踪求，亦不难于荟萃。又闻苏州有一种贾客，惟事收买旧书，如山塘开铺之金姓者，乃专门世业。于古书存佚原委颇能谙悉。又湖州向多贾客书船，平时在各处州县兑买书籍，与藏书家往来最熟，其于某氏旧有某书，曾购某本，问之无不深知。如能向此等人善为咨询，详加物色，因而四处借抄，仍将原书迅速发还，谅无不踊跃从事。

这不但是指挥，而且是策划。果然成绩大佳。两淮盐政李质颖（与江宁织造负有同等使命的）就在淮扬（当时的上海）商借了马裕家的书。其余的藏家，如鲍士恭范懋柱汪启淑等也都陆续进呈，高宗也就凑趣，拟定了奖励的规则：

> 一、奖书　进书在五百种以上者，赏《古今图书集成》一部。在一百种以上者，赏《佩文韵府》一部。
>
> 二、题咏　进书中有精醇之本，高宗亲为评咏，题识简端。并令书馆录副后，尽先发还。
>
> 三、记名　私人进书在百种以上者，其姓名附载于各书提要之末。各省采进本在百种以下者，亦将由某省督抚某人采访所得，附载于后。

这种办法果然甚妙。尤佳者在好书善本反而尽先发还，使藏书家毋庸担心。不过既经高宗题识，那读书者不免大大可念。照当时的习惯，该书是要供之香案，净手焚香，三跪九叩而读之。这种姿势，不免令人见而生畏，殊非风雅之道耳。

编纂《四库全书》的主要目的，就是在收集了自古迄今的“违禁”书籍后来一个大检阅和大毁灭。上文所说大抵是征书的情形和附带而来的文字狱事件。这里就紧接着来谈一谈删剪的手段和改易的伎俩。那手续是相当周密的。大概先由各省地方官搜集的书籍，陆续交与布政使，由他来汇齐，申详到督抚处去，再交到专门的局里去。在这个局里，再由督抚会同藩臬两司，率同司员详加校阅，他们所做的工作，是订定何者应当全毁，何者应当抽毁，来一个详细的统计，做成报告，奏进中枢，然后再将这些赃物，包封运京，送到军机处。

然而这种汇齐以后再呈进的办法也是有例外的。如果是发现了特别有违碍的书籍，那么该督抚等就要神志昏迷，或者大喜逾望，等不及汇齐，先把它送进去了。

> 前据高晋奏缴违碍书籍内，有《九十九筹》一书，计四本，系明人颜季亨所撰，其中诋毁之处甚多，较寻常违禁各书，更为狂悖不法，随即销毁。但此书既已流传，必不止此一部，着传谕萨载杨魁于江省再行切实搜查，如有续行查出者，即封固送京，不必俟汇同他书奏缴。并应查此书有无刊刻板片，一并起出解京。并恐各省亦有传布收藏者，著传谕各督抚，一体严查，尽数解京销毁，勿使片纸只字存留。

这是十全老人在乾隆四十三年十二月初九日下的上谕。

这种违碍的书籍，自然以明末清初所有的为最多。当那个天翻地覆的时代，身为读书种子，自然口中笔下会有不少不快活的话发出来，这种不中听的话，不是痛骂就是酸得十分的议论，在“明主”的眼里当然是“大不谓然”的。再溯上去，宋末元初之际，这些东西也不少。虽然清朝与女真的金，并无任何血统上的关系，可是看在“同志”的面上，也不得不勉为尽力。而且“对了和尚骂秃驴”，凡在“人类”，如何可漠不相关呢？这里就有过一个好例，在张元济先生跋宋晁说之《嵩山文集》中，在《且介亭杂文》中，也有所说及。至于再上去就比较保险，到了上古，虽然也有黄帝蚩尤事件，究竟太古了，比较可以安心。虽然蚩君是否赤化之尤，如吴子玉大帅所说，还没有由考古家考证出来，那么上古的书籍，是否也会有违碍，在这里也只好加以保留。

《嵩山文集》中的《负薪对》，用旧抄本和四库本对校之余，就有不少妙处。我们不多重抄，只撷取一二，加以点染，也就够有趣了。

旧抄本有句云：“金贼以我疆场之贼无状，斥堠不明，遂豕突河北，蛇结河东。”四库本则作：“金人扰我疆场之地，边城斥堠不明，遂长驱河北，盘结河东。”加以对勘，就知道“贼”字改为“人”字，“豕突”改为“长驱”，“蛇结”改为“盘结”了。当然，说别人是贼，豕，蛇，自然非“君子”所宜有，大有阿Q气息，这是中国人一向的脾气，也本难怪，可是易贼为人，这种着眼不高的办法，也不免陷于阿Q的作风。殊非初入中原的一个年轻的民族所宜有。我想这些事一定是儒臣们的业绩，如果照了主子的意志，爽爽快快，全部烧毁完事，虽然是同一摧残，那作风之不同就如此！

可是儒臣们也究竟怕烦，遇到了繁复的处所，一一改正，哪里有这样的闲情，于是整段删去了。准以上所云，这也并非是什么豪爽，不过是属于根性的帮闲的偷懒而已。

至于主子所要全毁的东西呢，那就是明末的贰臣，其最触霉头者，则钱谦益也。

> 明末诸人书集，词意抵触本朝者，自当在销毁之列。……如钱谦益在明已居大位，又复身仕本朝，而金堡屈大均则又遁迹缁流，均以不能死节，觍颜苟活，乃托名胜国，妄肆狂狺，其人实不足齿，其书岂可复存！自应逐细查明，概行毁弃，以励臣节而正人心。……又汇选各家诗文内，有钱谦益屈大均辈所作，自当删去，其余原可留存，不必因一二匪人，致累及众。（乾隆四十一年十一月十七日上谕）

这里有个微幸者，则是吴梅村，他是明朝遗臣，入仕清朝，而常作些缅怀故国的诗文，与钱谦益齐名，又是复社的巨子，结果却并无关系。我有一部原刻的《吴诗集览》，在布函的里面就贴了小小的一张纸头，有如前几年《子夜》后边的锌版的“检查证”一般，文云：

> 江宁布政使奉督抚二宪饬发四库馆查办违碍书籍条款一：吴伟业《梅村集》首奉，有御题其《绥寇纪略》等书，亦并无违碍字句，现在外省一律拟毁。盖缘与钱谦益并称江左三家，曾有合选诗集，是以牵连并及。此类应核定声明，毋庸毁销。其《江左三家诗》《岭南三

家诗》内如吴伟业梁佩兰等诗选，亦并抽出存留。（直隶省于乾隆四十六年四月十七日准咨。）

这种文献在我看来是颇足珍贵的。有如马匹屁股上的一块块烙印。历时既久，渐易忘却，但又可常抚旧创也。

还有一种删除的借口，则是摆出了卫道的架子来了。十全老人要管文人吊膀子的诗文闲账，真可谓雅兴不浅。《东华续录》载有谕旨，是针对了清朱存孝的《回文类聚补遗》内所载美人八咏者："自《玉台新咏》以后，唐人韩偓辈务作绮丽之词，号为'香奁体'。渐入浮靡，尤而效之者，诗格更为卑下。今美人八咏内所列丽华发等诗，毫无寄托，辄取俗传鄙亵之语，曲为描写。无论诗固不工，即其编造题目，不知何所证据？朕辑《四库全书》，当采诗文之有关世道人心者。若此等诗句，岂可以体近香奁，概行采录，所有美人八咏诗，着即行撤出。至此外各种诗集内有似此者，亦着该总裁督同总校分校等，详细检查一并撤去。"这里皇帝面孔上又加上了一个道学家的面具，遂益觉其可厌耳。

当日删书胜事，盖犹不止此也。高宗在痛斥钱牧斋之余，又要奖励忠义，敦励臣节。最著名的一事，则当推其大捧关云长之谕旨："关羽在当时，力扶炎汉，志节凛然，而史书所谥，并非嘉名。爰改其谥为忠义，所有《三国志》抄本，刻本，一律照改。"这里硬作主张，毫不尊重著作法权，是其道德更出今日编辑先生之下矣。

他这样做，在编例上就有过"酌量改易"的话，乾隆四十一年十一月十七日谕云：

彼时直臣如杨涟左光斗李应升周宗建缪昌期赵南星倪元璐等，所有书籍……即有一二句伤触本朝，本属各为其主，亦只须酌改一二语。近复阅江苏应毁书籍内，有朱东观编辑崇祯年间诸臣奏疏一卷，其中多指言明季秕政，渐至瓦解而不可救，亦足取为殷鉴。虽诸疏中多有乖触字，彼皆忠于所事，实不足罪。惟当酌改数字，存其原书。

四十六年十月又谕云：

历代名臣奏疏向有流传选刻之本，四库全书内，亦经馆臣编次进呈。其中危言谠论，关系前代得失者，固可援为法戒。因思胜国，去今尤近，三百年中，荩臣节士，风节伟著者，实不乏人。迹其规陈治乱，抗疏批鳞，当亦不亚汉唐宋元诸臣。而奏疏未有专本，使当年绳愆纠缪，忠君爱国之忱，后世无由想见，诚阙典也……则诸人奏疏，不可不亟为辑录，除明史本传外，所有钞入四库全书诸人文集，均当广为搜采，裒集为编。即有违碍字句，只须略为节润，仍将全文录入，不可删改。此事关系明季之所以亡，与我朝之所以兴，敬怠之分，天人之际，不可不深思远虑，触目警心。

这说得是多么冠冕堂皇，然而实际岂堪问乎？

至于毛奇龄诗话中有“清师下浙”之语。奇龄系康熙鸿博翰林，并非身事前明，未仕本朝者，不应书清师，当改称“大兵”“主帅”字样，这些小地方看似琐细，然可以见到仔细得很。

前些日子香港的出版物上盛行着一种东西，或谥之曰“开天窗”，总而言之就是那些×××之类的花样，也有用□□□的，倒颇与古书为近。在高宗雷厉风行的大兴文字狱之际，著作家与刻书者真是“苦矣”，疑神疑鬼，惶惶若不可终日，于是版片中挖去一些的就数见不鲜了。或者用同音的字来代替违禁字样，高宗看了就大不高兴，他说：“前日披览四库全书馆所进宗泽集，内将夷字改写为彝字，狄字改写为敌字，昨阅杨继盛集内，改写亦然。而此两集中，又有不改者，殊不可解。‘夷狄’两字，屡见于经书，若有心改避，转为非礼，如论语夷狄之有君，孟子东夷西夷，又岂能改易？亦何必改易？且宗泽集所指系金人，杨继盛所指系谙达，更何所用其避讳耶？因命取原本阅之，则已改者皆系原本妄易，而不改者，原本皆空格加圈。二书刻于康熙年间，其谬误本毋庸追究，今办理四库全书应抄之本，理应斟酌妥善，在誊录等草野无知，照本抄誊，不足深责，而空格则系分校所填，既知填从原文，何不将其原改者悉为更正？……除此二书改正外，他书有似此书，并着一体查明改正。”前人言明人好刻古书而古书亡，以其好改易行款，分割卷帙也，乾隆却要“代古人立言”，古人有知，宁不痛哭流涕！

经过如此大规模的工作以后，总统计一下，全毁书目有二千四百五十三种之多；抽毁书目四百零二种；销毁书版目五十种；销毁石刻目二十四种。至于每毁一书，可不止几部，有多至数十百部者，销毁总数当在十万部左右。这全是先民的遗迹，而且是一块块刻成版片，一张张付印成页，再一本本订起来的。言念及此，真不禁痛心，其为害之烈，实较秦火蠹鱼为猛烈矣。

如果拿一本旧书店的目录来翻一下，在书名上边如果发见了“禁书”字样，价钱就会吓杀人。在战前，动辄百数十元，现在则动辄数千元了。前些日子在某肆见到一部明刻《眉公秘笈》蓝绫黄封，还是明代原装，价两千元。这就因为它是禁书，不然像那样一种“杂烩”，也实在没有什么大不得了。更有许多明清之际的野史，更多半是禁书，谢刚主著《晚明史籍考》，洋洋数十万言，然而也还不过是一部分，而这些东西，也多是孤本秘笈，还有不少是归诸存目的。其实拿了原书一看，其版刻之劣，书品之糟，甚至内容之蹩脚，大有一言难尽之概。而一登禁目，遂尔身价百倍。现在的旧书店老板，其实大可供起清高宗的长生禄位来，有如梨园行之于李三郎，实在并非玩笑之谈。

像我们这些买不起禁书而又看不到禁书的人们，最大的悦乐，也不过是弄一本禁书目录来翻翻。我有一册《丛书集成》本的“全毁抽毁书目”“禁书总目”“违碍书目”，小小一册，正是旧书店主人的枕中鸿秘。一看那内容，明人集部，几乎无所不包，有多少名称，在我们几乎是没有听到过的样子。在《梅村诗文集》下面，注云："此种系国子监祭酒吴伟业撰，伟业诗才俊逸，卓然成家。曾蒙皇上御题褒咏，外省只以其与钱谦益并称江左三大家，因而牵连并毁，实无干碍，应请毋庸销毁，惟卷首有钱谦益序一首，书一首，仍应抽毁。"

这儿就说得非常明白。所以有时有同样的两部梅村集，如果有一部是钱序未抽去的，那么价就大贵，非另外一部所可及了。这些道理，真是非书店老板之流不能精通的。

四库馆中的职官也颇多知名之士。除去正总裁官多由皇子充任及勋臣之外，其余像纪昀的总纂官，《永乐大典》纂修分校官的戴震，邵晋涵；校办各省送到遗书纂修官的翁方纲与朱筠；篆隶分校官的王念孙，也都知名一时。戴震还利用他的纂修官资格，有独入中秘观《永乐大典》的权利，在学术工作上大玩花样。窃取赵一清《水经注》的校记，由他的弟子段玉裁揭开了一幕大论战。直至最近大典《水经注》已经影印行世，事实才得大明。而且有某君在《燕京学报》上做了一个总批判，判决戴震的抄袭是实，真让这位名震一时的朴学大师丢尽了面子。这也算是四库馆中一件逸闻。

还有一件事值得一述的，则是四库馆的正总裁官于敏中与清高宗的关系，于《四库全书》有奠基之功。乾隆廿五年以户部侍郎入军机，官至太子太保，文华殿大学士兼户部尚书，为军机大臣者二十年，后数年且为枢臣领袖。然李岳端《春冰室野乘》记云：

金坛于文襄，在高宗朝为汉首揆，执政最久，恩礼优渥。辅臣不由军功而锡世爵者，桐城张文和廷玉而外，文襄一人而已（新疆底定时，文襄以帷幄赞襄之劳，锡一等轻骑都尉世职）。然世颇传其非考终者，云文襄晚年偶有小疾，请假数日，上遽赐以陀罗经被，文襄悟旨，即饮鸩死。往者闻萍乡文道希学士谈此，方以为传闻之辞，绝无依据。比者读武进管缄若侍御韫山堂集，有代九卿祭文襄文，中四语云："欲其速愈，载锡之参；欲其目睹，载帽之衾。"乃知陀罗经被之赏，固当时实录也。经被之为物，凡一二品大员卒于京邸者，例皆有之，并非殊恩异数，以文襄眷膺之隆，身后奚虑不能得此，而必及其未死以前，冒豫凶事之戒，使其目睹以为快耶？此中殆必别有不可宣布之隐，故特藉两汉灾异策免三公故事，以曲全恩礼，如孝成之于翟方进耳。国朝雍正以前，汉大臣居政地者，虽无赫赫之功，然大抵硁硁自守，不肯以权势自肆。洎张文和当国，风气始一变，而文襄实承其衣钵，士大夫之浮薄者，纷纷趋其门下，权势赫弈，炙手可热，国初诸老刚正谨厚之风，至是乃如阙文乘马矣。裕陵之聪察，岂有不烛其隐者？文襄之祸实由自取。昔文和晚年，以致仕归里，陛辞日要请宣布配享世宗庙廷之旨，致触圣怒，下诏谴责，撤其配享。及其薨也，以配享为先朝所许，复下诏还之。其用意殆与此举同，英主之驾驭臣工，真有非常情所能测度者矣。

李君这里说得很是幽默，其实由我看来，十全老人的为人也的确十分小气，有许多恩遇，常常是给了人家，又复收回，大有七擒七纵之势。乾隆三十九年因为内监高云从泄漏记名人员朱批记载事，牵及敏中，上谕谓："自川省用兵以来，于敏中书旨查办，始终是其经手，大功告竣在即，朕正欲加恩优叙，如大学士张廷玉之例，给以世职，乃事属垂成，而于敏中适有此事，实伊福泽有限，不能承受朕恩，于敏中宁不知痛自愧悔耶？因有此事相抵，于敏中着从宽免其治罪，仍交部严加议处。"

高宗拿了一些恩遇，与臣下斤斤论价，其态可掬，后来又赏他轻骑都尉世袭，死后使入贤良祠。后来就又因原籍财产发生争执一案，借题骂之。然而还说"今既完名而没，朕亦惟始终保全，以存大体，本毋庸治其生前之罪"。到了五十一年三月就撤出贤良祠，降谕历数其罪，末了有一段妙文：

> 若贤良祠，为国家风励有位，昭示来兹，盛典攸关，岂可以不慎廉隅之人，滥行列入，朕久有此心，兹因览严嵩传，触动鉴戒，恐无知之人，将以嘉靖为比，朕不受也。于敏中著撤出贤良祠，以昭儆戒。朕用人行政，一秉至正大公，从不稍涉偏私，亦岂可意存回护。前明严嵩之营私植党，嘉靖非无闻见，第已用于前，不免回护，遂以酿成其恶。朕宁受乏知人之鉴，断不使天下后世谓朕有为于敏中始终蒙蔽之名！刑赏黜陟，彰瘅所系，赏一人而天下知劝，罚一人而天下知惩，是以不得不明

白训谕，传天下后世，咸知朕意，将此通谕知之。

这可以做皇帝文的标本来看。指桑骂槐地骂人，还要给自己留一些地步。后来又夺其轻车都尉，五十二年因陆费墀的校对《四库全书》不力，迁怒于原奏保人的于敏中，降旨大骂。就连生前所荐的人所校的《四库全书》，也要由他来负责。因此一端，附记于敏中氏遗事数则，亦可见十全老人之不可测也。

四库余话

谈中国书的版本的，于抄本和刻本之外，更有活字本一种。说起来这种活字本的源流或许最早也不一定，因为历代的刻印实在即是活字的先声，不过数量较小而已。北京大学曾经印过《封泥存真》。这种运用于公文书缄上的“封泥”，实在就是活字的先导者。近代长沙叶氏观古堂曾藏有北宋胶泥活字印本书。沈括《梦溪笔谈》记其法云：

> 庆历中，有布衣毕升又为活板。其法用胶泥刻字，薄如钱唇。每字为一印，火烧令坚。先设一铁板，其上以松脂、蜡和纸灰之类冒之。欲印，则以一铁范置铁板上，乃密布字印满铁范为一板，持就火炀之。药稍熔，则以一平板按其面，则字平如砥。若只印一二本，未为简易。若印数十百千本，则极为神速。

沈存中的确不愧为中国的科学家，他所记的这种北宋胶泥字法，详确而扼要，那种办法直与近代的铅印法不谋而同，是不得不令洋鬼子黯然失色矣。不过这种印本流传至今，简直是绝无而仅有，即前述的那一部叶德辉的藏书，后来归了周越然君，据说不过明刻而已。以非目睹，未敢臆断。不过大内的《天禄琳琅》曾记："宋本毛诗唐风内，'自'字横置，可证其为活字板。"

这自然是最明显的证据。

元王桢有《活字印书法》，附于武英殿聚珍版《农书》后。说得更为详尽，不过元代的活字本，更未见过，所以这里姑且略之。

陶兰泉虽然以多藏明版书著名，其实他的买书，不过是为了"转鬻"而已。听与陶氏相熟的友人说起，他曾说过这样的话："我买书多年，并不曾亏了本。"观此可知其意向矣。晚年藏书尽出，曾有一部明会通馆活字本《诸臣奏议》卖掉，当时陶氏曾挥泪向友人说："可惜南方没有人能识这书的。"这并不是惜书，盖惜不能得善价耳。果然，识者北方是有的。郑振铎记云：

> 初，有明会通馆活字本诸臣奏议者，由传薪书店售予平贾，得九百金。而平贾载之北去，得利几三数倍。以是南来者日众，日搜括市上。

这会通馆是什么人呢？邵宝《容春堂集 · 会通君传》记云：

> 会通君姓华氏，讳燧，字文辉，无锡人。少于经史

多涉猎。中岁好校阅同异，辄为辩证，手录成帙。遇老儒先生，即持以质焉。既而为铜字板以继之。曰：“吾能会而通之矣。”乃名其所居曰会通馆。人遂以会通称。或丈之，或君之，或伯仲之，皆曰会通云。

这也不免有趣。商务《四部丛刊》三编中有一部精彩的书，即洪氏《容斋五笔》是也。这书凑自宋刊及会通馆活字本，可谓天壤间《容斋五笔》最善本矣。华燧有子埕、坚等，更继先人遗业，创为兰雪堂，所印活字版书有《白氏长庆集》《天禄琳琅》著录，《蔡中郎集》（叶昌炽所见）等，皆为世所珍重。

明代其他有名的活字印者有桂坡馆安氏，吴郡孙凤，五云溪馆，金兰馆，建业张氏等。据孙毓修氏说：“按安氏（作者按：系安桂坡）所印颜鲁公集，又有雕本，盖先摆后雕也。”

这就很令我想起为周越然君所断为明刻的那部书来了。明初复刻宋本之风极盛，而且那时的视宋本，并不若今日之珍异。往往有拿了一部宋本，拆成散页，贴在版上，从而刻之的。如此一来，和原本往往就会“不差累黍”。周君得了一部后印本，加上明人序，就断定那一部也是明刻，由书贾作伪去序而充北宋胶泥字本的，否定了叶氏的定论。其实除此以外，用纸，墨色，装订的风气，是都可以帮助我们鉴定的。周氏断定其非宋本，这自然是有他的眼光。在吾辈无缘目睹原本的人们，只好“承认”他的“定说”了。

以上既然稍为提到了宋元明的活字本，清代的活字本的推行，则不能不推《四库全书》编纂的功劳了。

最初提起要办活字版的金简，他是特蒙圣旨，“所有武英殿承办纸绢装潢饭食及监刻各事，宜着添派金简一同经管”的人物。他的奏折里说：

> 但将来发刊，不惟所用板片浩繁，且逐步刊刻，亦需时日。臣详细思维，莫若刻做枣木活字套板一份，刷印各种书籍，比较刊板工料省简悬殊。臣谨案钦定佩文诗韵，详加选择，除生僻字不常见于经传者不均集外，计应刊刻者约六千数百余字；此内虚字以及常用之熟字，每一字加至十字或百字不等，约共需十万余字。……遇有发刻一切书籍，只须将槽板照底本一摆，即可刷印成卷。

这里所说是初创的大略情形。结果奉到御批：“甚好，照此办理!”后来因为“活字版”的名字不大雅驯，就改称“武英殿聚珍版”。这种聚珍版书籍，现在也已经成为古董了。不过由我看来，实在并不好看，扁体的字形，有如后来在讣闻上面所用的那一种样子，看起来疾首蹙额，非常之不愉快。清代木活字版不少，我有一册《香叶草堂诗》，是画《鬼趣图》的那一位罗两峰所著，似即木活字印，清疏而别具风致，实在是颇妙的版子。这一种聚珍版大概一共印行了一百四十八种。被董康讥为“谬甚”的那一位缪艺风，曾竭毕生之力，搜到了一百三十八种。人各有癖，缪君所搜集的这武英殿聚珍版书，比了陶兰泉的专搜初印殿本开花纸书来是要相差一筹的了。

《四库全书》缮成七部分置大内之文渊阁，奉天之文溯阁，圆明园之文源阁，热河之文津阁，江苏扬州大观堂之文汇阁，镇江金山寺之文宗阁，杭州圣因寺之文澜阁，这几阁的建筑形式，大概全仿天一阁。实在不能说不是一段因缘。

宁波范氏天一阁是明范东明司马所手创，直至现在，犹能“世守勿失”。在中国的藏书家中，可以称得一声“奇迹”。虽然现在如何，是不得而知了。就是我上面所用的那一句套头话“世守勿失”，也大有问题。因为天一阁虽然有着“不准子孙无故开门入内，罚不与祭”的戒条，到底还是没有用，阁书在范氏子孙缺少钱用的时候，往往就会拿来派了用场。这不过是最易料到的一个因素，整个分析起来，真够得上一句“一言难尽”的话了。民国二十二年赵斐云（万里）先生曾去天一阁访书，作有《重整范氏天一阁藏书记略》。他曾经记过天一阁书籍亡失的原因，第一个就是因四库征书的关系所诱导而成的：

乾隆三十八年浙江巡抚三宝，从范懋柱手里，提去了不少的书。据四库提要及浙江采集遗书总录计算起来，共有六百三十八部。这一类的书上，有一个客观的标识。封皮下方正中，有一长方形朱记，文曰：“乾隆三十八年十一月，浙江巡抚三宝，送到范懋柱家藏书某某书一部，计书几本。”开卷又有翰林院大方印。封皮上的朱记，有时为妄人割去，至大方印，则时时遇到。四库全书完成后，库本所据之底本，并未发还范氏，仍旧藏在翰林院里。日久为翰林学士拿还家去的，为数不少。前有法梧门，后有钱希庵，都是不告而取的健者。辗转流入厂肆，为公私藏家收得，我见过的此类天一阁书，约有五十余种。

《四库琐话》中提到的征进遗书，尽先发还的话，在这里算是露了马脚。范家损失了这一批书，只不过得到一部御赐毛装的《图书集成》，可是现在也已经残缺不全了，不过却还摆在正中的五个柜子里。

赵先生还提出阁书散出的两个原因：

由于乾隆后当地散落出去的。阁书在乾隆以后，虽有阮芸台学使出来编目，替他捧场。然同时阁书颇有流落阁外者。卢氏抱经楼，为前清一代四明藏书家后起之秀。他的藏书里最著名的一批抄本明实录，就是天一阁的旧物。此外宁波二三等的藏书家，如徐时栋，姚梅伯之流，以及到过宁波做过官的，如吴引孙有福读书堂，沈德寿抱经楼，都有天一阁的细胞在他们的藏书里称霸着。就是现在几位宁波本地的藏书家，也都有少数天一阁的种子分布着。我可以说凡是宁波旧书肆里遇着皙白干净的明刻白绵纸书，十之八九，都是天一阁的遗产。

> 天一阁的书，很少有印记的。但是无论它改了装，我也能认得这本书是不是天一阁的故物。……
>
> 由于民国初年为巨盗薛某窃去的。这一次是天一阁空前的损失，至少总有一千种书散落到阁外。阁中集部书，无论宋元明，损失最多。即明季杂史一项，所失亦不在少。登科录和地方志，去了约有一百余部。辗转的由上海几个旧书店，陆续售归南方藏书家。当时以吴兴蒋氏收得最多，号称孤本的明抄宋刑统，就在里头。现在蒋氏书散，整批明别集，流归北平图书馆。……在“一·二八”沪战起时，做了牺牲品。此外我所认识的上海苏州几位藏书家，也都有少数天一阁的遗藏分布看。在我日记簿里载下来的，此类书已经超过了五百种。

四明范氏在海内藏家中，总算能保持最久的了。然而也究竟不无可歌可泣的流散。《蠹鱼篇》中曾谈到海源阁的浩劫，现在这里因谈四库之便，顺手提及，亦所以留存此书林一段掌故耳。

天一阁的藏书与别家独异的是不大收宋元本书，而广搜明本。做一个譬喻，有如现在的藏书家，不致力于明清版刻而专求商务中华的东西一般。等到明取暗偷的劫后，现在却以明代方志，登科乡试录之类称雄了。这完全因为十多年前这些东西还不受欢迎之故。在旧书店老板的心目中，“经”是最最可贵的东西，“史”和“子”次之，“集”部已经不大看得起了。所以偷起来，当然也是经部先偷光。我曾见杭州某肆的旧书目录（约民国十三四年间），明版白绵（皮）纸的志书，虽然是大部头的，每部也不过三四十元而已。到了现在，屡经东西各国的搜求，这些东西就成了最香的货色。而天一阁的这一点“劫余”，也就要使大家震惊了。

在中国，无论什么东西，只要一古起来，就会使人另眼相看的。天一阁的长久的历史，就是乾隆皇帝也觉得颇可艳羡的了。在乾隆三十九年，有上谕云：

> 浙江宁波府范懋柱家，所进之书最多，因加恩赏古今图书集成一部，以示嘉奖。闻其家藏书处曰天一阁，纯用砖瓦，不畏火烛。自前明相传至今，并无损坏，其法甚精。著传谕寅著亲往该处，看其房间制造之法若何。是否专用砖石，不用木植。并其书架款式若何，详细讯查，烫成准样，开明文丈尺呈览。

下面并且嘱咐寅著前去查看之时，宣明旨意，就是《四库全书》的藏书，要向该阁学样。“使其晓然，勿稍惊疑”。寅著在查明以后，有详细的复奏，对天一阁的建筑说明颇详（《东华续录·乾隆七十九》）：

> 天一阁在范氏宅东，坐北向南。左右砖瓦为垣，前后檐。上下俱设窗门。其梁柱俱用松杉等木。共六间：西偏一间安设楼梯，东偏一间，以近墙壁，恐受湿气，并不贮书。惟居中三间，排列大橱十口；内六橱，前后

有门，两面贮书，取其透风。后列中橱二口，小橱二口。又西一间，排列中橱十二口。橱下各置英石一块，以收潮湿。阁前凿池。其东北隅又为曲池。传闻凿池之始，土中隐有字形，如“天一”二字，因悟“天一生水”之义，即以名阁。阁用六间，取“地六成之”之义，是以高下深广及书橱数目尺寸俱含六数。特绘图具奏。

这种一百六十年前的实地探察记录，颇为有趣。而建造书室，也要利用青乌术来防灾，也是大有意思的事。高宗觉得这种“厌胜之术”是“其式可法”的了。于是内廷四阁（文津文源文渊文溯）的建造，完全模仿了天一阁式。

不过一百六十年后，沧桑愈更，天一阁早已非原式了。

赵斐云记云：

细查阁的建筑方式，和其他的宁波住宅，并无多少不同之点。所用材料，简陋非凡。消防设备，简直等于零。和藏四库全书的文渊阁规模相比，真有天渊之别了。我不信文渊阁是模仿着天一阁盖的。

至于那些英石呢，更成了笑话：

我们发现好几个柜子里都有蠹虫，因此对于传统的保存阁书的秘诀，发生疑问。故老相传阁里的书全都夹着芸草，可以防蠹；柜子下锁着浮石，可以吸收水分。

这完全是神话。其实天一阁所谓芸草，乃是白花除虫菊的别名，是一种菊科植物，早已失去了它的除虫的作用。浮石不知从郭外哪个山里搬来的一种水成岩的碎块，并无什么吸收空中水分的能力。

这真是多么好玩而又可悲的事！

经过了几次的检查，删改销毁以后所缮成的四阁书，应该是毫无遗憾的了。然而在高宗几次抽查之后，竟而屡有违碍之处发现。实是所谓“校书如扫落叶”，在这种严刑峻法、人手众多的条件之下，居然也还是不能满意。最初出了毛病的书是李清的《诸史同异录》，那罪名是：

因书内妄称世祖章皇帝，有与明崇祯相同四事，悖诞不经。续办三分书缮进之一分内，未照底本删去，当蒙指示，前经奉旨，将全书销毁，并将李清所撰各书，概行查毁。此系文渊阁缮进之本，其悖妄语句，已经原办之总校删去，全书应毁！

这在我们看来，不过是腐儒的一种无聊的拉扯而已，丝毫不奇怪的。然而悖逆不道了。从这里可以悟出，就是多么恭敬的奉承，也还是不行，即使说崇祯的面孔有如世祖章皇帝的御臀！

撤毁的书还不止此。如《千顷堂书目》因为还载有许多已禁毁的书，为灭迹起见，一律删削。《国史考异》与《元明事类考》《杜诗详注》都因为曾引钱谦益之说而未著其名，所以也一律撤毁。最可怜的是朱鹤龄，他在《书元好问集后》一文中痛诋钱谦益，理应为官方所嘉奖了，却不料在他未与谦益绝交之先，曾有过诗文往来，如《赠某先生之诗》等，在他的李义山诗笺注序内的红豆庄主人也就是钱谦益，所以也一律删削。

王贻上著名的《秋柳诗》中，用了些“白门”“梁园”“琅琊”“洛阳”“灵和殿”“永丰坊”的典故，不料也为人所指摘，幸亏后来查得这些全是“咏柳习用故典，似无所指，仍应拟存了”。究竟在集中剔去了“赠一灵道人绝句”，因为该道人即作《广东新语》的屈大均也。

也还有因为维护风化而剔去的。如吴其贞的《书画记》，因为“书内所载春宵秘戏图，语涉猥亵，奏明应毁”。如此说来，《见只编》中曾著录《宋太宗强幸小周后图》，是也应当禁毁的了。周亮工因所撰《读画录》中有两句诗，“人皆汉魏上，花亦义熙余”，被文源阁详校签出了。结果是连《印人传》《因树屋书影》与专谈饮食男女的《闽小记》一律毁掉。天下莫须有的事件，岂尚有逾于此者乎？

四库七阁修成迄今不过百五十年，可是已经亡佚大半了。文渊阁书早已迁出北平。文源阁在圆明园内，也一炬于英法联军之役，至今只高宗御制文渊阁记碣在北平图书馆内，为遗迹之仅存者。热河文津阁本民国四年移平，转交北平图书馆保存。文溯阁书则不复可睹。文汇文宗则毁于太平军之役。文澜阁也因太平军而受损，后经“八千卷楼”丁氏补抄完竣。市上时时可见四库抄本，小册而抄工亦劣，远不及内庭四阁之壮观，则是杭州流来之丁氏补抄本也。

《四库全书》虽名为“全”，其实所收的书比起存目中的书来还要少，而古逸书及故意漏列的还不在内。当然是不为人所满意的了。嘉道间阮元曾进四库未收书一百七十三种，赐名“宛委别藏”。光绪中翰林院编修王懿荣又倡续修之议。时在光绪十五年：

> 时经百载，开通日广，文物日新。厥有市舶泛来前代流传海外之书；又有乾隆以后通材硕学，网罗散失，采集逸佚，复古再成之书：说经补史，重注重疏，精校精勘之书；以及天文算学与地方志，政书，奏议，私家撰著，卓然经世之书，层见叠出，或先得者残而重收者足，或沿称者伪而改题者真，考据一门，后来居上，艺术之流，晚出愈精。若此之类，上溯旧例，应行著录者，其为粹美，庶几前编！

这自然可以代表一般人士的见解。可是因为在修“会典”，搁下来了。后来朝廷只有请大师兄的心思，哪里还顾到这些“不急之务”，这位王先生也终于在庚子的拳乱中被杀了。

光绪三十四年，翰林院检讨章梫又上“拟请增辑四库全书折”。那要点在于荟萃中外的书籍，翻译外国的法政书籍，“续编《四库全书》，以昌宪治之文明”。可以算是非常时髦的建议。而反对者也大有人在。翰林喻长霖上《敬陈管见疏》云：

> 乾隆时钦定四库全书，网罗古今一切载籍，洵足以嘉惠艺林。今海宇大通，群言庞乱，后生小子，震于泰西富强之说，卮言日出，大道当歧。非续编书目，易定宗旨，排斥邪说，不足以清群议之嚣嚣，而齐天下之耳目。

虽然同为提倡续修四库，喻君则是极右派的主张者，与章君针锋相对。这在出使外国即被认为二毛子的时代，正是不足怪者也。然而议论虽然大发了一通，究竟还是按了旧习惯，格于吏议而不果行。

民国以来也先后有邵端彭的“征求续编四库全书意见启”，李盛铎更主张将反清的涵有民族思想而被摈的书籍编进去，谒见段祺瑞执政。段氏则想等日本退还庚款商妥后再谈，结果都只是发了几篇空论。

民国十四年，吕思勉更主张改造《四库全书》为《民国全书》，由人民组织一搜集，校理，庋藏，流布书籍的机关，完全由人民负责筹积款项，其意固美矣，可惜国人皆不好古，结果又是废话。

较为具体的倒还是商务印书馆的影印计划。民国八年，金息侯请印《四库全书》，叶玉虎自欧洲归来，也主张此议。九年法总理班乐卫来华，声明将以庚子赔款印书。办法是照原式大小影印百部，需款二三百万元，需时廿载，而本国产纸，更不敷应用。商务印书馆知难而退，一切停顿。民十三年商务三十周年纪念，又想影印，已经由高梦旦向清室内务府商妥借运办法，交通部也特予便利，而且在文渊阁查点装箱了。不料曹锟的嬖人李彦青索贿六万元不遂，用总统府一纸公文，借故制止了。

章孤桐主教部，又要影印，本想用移存京师图书馆的文津阁本做底本，不过因为馆中舍不得外界委托抄录孤本的生意，暗中力加反对。遂又改定影印文渊阁本。一切预备得差不多以后，又出了花样。这次是清室善后委员会的遗老们在反对了。当时虽然是民国，遗老们也还有一部分势力，结果是不成功。

后来又有奉天地方政府影印文溯阁书之议，由张学良杨宇霆等主持，这不过是卖卖野人头，当然是没有成功之希望的。

综计以上的简述，影印之举，一厄于贿选总统之嬖人，再厄于图书馆，三厄于清室遗老；观此可以知在中国办文化事业之困难矣。

二十二年顷，教育部又要影印了。朱家骅呈请先影印珍本八九百种。先由中央图书馆筹备处拟出《影印四库全书未刊本草目》来，有三百六十六种书。不料最初就挨了一下棒喝。这就是傅增湘董康叶恭绰的批驳：

中央馆拟目中所收宋元人著述，如经部之石鼓论语问答，四书管窥；史部之太平治迹统类，大金德运图说，熬波图；子部之资政要览；集部之茗溪集，山房集，本堂集等，皆有同光后单刊本或丛书本，何以悉行列入，殊难索解。应即日延聘通儒，从长考量，否则徒令外人齿冷也。

北平图书馆馆长袁同礼与蔡元培联名具呈教部，主张苟有旧本善本可得，则应用以代替四库本。结果是官商利于速印而省事，本之善否，非所计也。结果印成的就是这现在的《四库珍本》。已经变成古董，同时也是囤积的标的了。

（《古今》第十期，署名庾持）

龙堆杂拾

前些日子，做了一件颇为可笑的事。就是想把中国历史上历代的亡国帝后的事迹搜辑一下。虽然孤陋寡闻，又鲜藏书，然而稍稍动手，居然得到不少，同时又发现一件颇为有趣的事，就是中国过去的文人，对于这事的兴趣之大，远非我初料所及。他们其实并不是研究什么历史上存亡兴废的大道理，其实不过是摭取旧闻，发诸吟咏，做一些演义小说上“有诗为证”的事。而这种兴趣又往往是对了女人而发的，因为沧海横流之际，杀戮之惨，当然是不少的了。这种事偶有一二，当然也颇可使麻木已久的神经刺激震动一下，然而花样终于不能多翻，正如吃鸦片找快乐，用春药图补救，屡屡为之所得的结果是更益麻木。然而在这单调之中，也有一样是颇不“枯燥的”，而且无论怎样多来，也不会厌倦，那就是女人在刀下的“娇啼宛转”的表演。只要一翻《×国宫词》《咏史诗》之类，就可以知道其量之多，虽不足以汗牛，汗狗总是可以的了。在这里，似乎是又可以得到颇为可以乐观的结论，那就是：屡经先哲所言的人性嗜杀之说大有动摇之势，还是嗜“男女之事”，来得长久而热烈。“饮食男女，人生之大欲存焉”原来是圣人的老话，读经卫道的朋友如闻鄙说似乎是也大可乐观者也。

话说回来，我怎么也对这事留神起来了的呢？这完全是受了对于南唐二主的感情的影响。二主的词是不必说了，就是他们的一生遭际，似乎也大可作一篇上乘的小说读。因为这个，所以就搜集了渭南县伯的《南唐书》来读，而且用了钱叔宝手抄的陆氏《南唐书》来校一下，因为我的秘册汇函本是不大靠得住的。陆氏《南唐书》传世最通行而较好的大概就是毛氏汲古阁的刊本，然而毛氏所刊，原来也就是翻秘册汇函，而《津逮秘书》里的不少种，原来就是利用了胡氏的原版的，《南唐书》世有二本，即陆游与马令两家书。马书在先，因为南唐初为宋灭，而马令是宋人，所以对南唐诸朝，大说坏话。而且对于中主后主诸传，题“书”而不称“纪”，实在小器得要命。陆游生当南宋，见解比较宽大一些了。说的话比较公允宽和，所以后来的人都推为良史。虽然不论怎样，《南唐书》在“廿四史”中是没有位置的。而在《五代史》中，南唐也不被认为正统。关于这事的当否，我们外行人，不必妄加判断。不过李慈铭在《越缦堂日记》里曾经替南唐大抱不平，要给李升争回正统来。看日记时，是在所谓享福的姿态之下卧读的，懒于摘记，已经忘记了他是怎么说的了。大概总替李升仔细排了一下家谱，证明他确是唐代龙孙。这种事在我们现代人看来不免要觉得无聊，因为南唐世系自李升以上，是靠不住的。因为这大都是李氏有国以后，造出来用以装潢门面的结果，其实这种事所在多有，正不必大惊小怪，即唐初李渊，自称是老子李耳的后代，也正是一件无头公案，虽然请来了现代的考据大家，是大概也没有什么办法的。

现在为了免去线索零乱，想就来说说几个亡国的帝后，因不愿占篇幅过多起见，现在只提出几个大大有名的一说，即“花蕊夫人”“冯小怜”和“张丽华”三人。

花蕊夫人世传有二，第一个验明正身的工作，就曾经使昔人纷纭有异说。这里据《诗词杂俎》里毛子晋的按语说：“按蜀主王建，纳徐耕二女。姊为淑妃，妹为贵妃。俱善为诗有藻思。妹生衍，衍即位，册贵妃为顺圣太后。淑妃为翊圣太妃。或即以顺圣为花蕊夫人，如诗话所称小徐妃者是也。及唐庄宗平蜀后，孟知祥再有蜀。传孟昶纳青城女费氏，幼能属文，尤长于诗，以才貌事昶得幸。赐号花蕊夫人。然则花蕊夫人果有二邪，但徐妃以污乱失国，孟昶继之，宠溺后宫而犹袭亡国夫人之号，岂大惑者固不知其不祥也。乃陶宗仪以孟昶纳徐匡璋女拜为贵妃，别号花蕊夫人而以费氏为误，盖未详王建之有徐妃，孟昶之有费妃也，意蜀主有前后之异，而世传夫人为蜀主妃，不及考其为王为孟为徐为费为顺圣为花蕊耶？今宫词百首实孟昶妃费氏作，不闻小徐妃云。”这里，到底是怎样，实在也弄不清楚，不过在世上大大有名的，却是为宋太祖平蜀后俘虏入汴的那一位。她曾口占一绝云：“君王城上竖降旗，妾在深宫哪得知？四十万人齐解甲，更无一个是男儿。”实在对她的丈夫不大客气。后来据说又有一首《题葭萌驿壁》云：“初离蜀道心将碎，离恨绵绵，春日如年，马上时时闻杜鹃。”据说当日不曾写完，就为军骑所催，不得毕词，实在也可怜得很，大有“宛转哀啼”之势了。不料后之君子，还不满意，到底替她续成了。其词云：“三千宫女如花貌，妾最婵娟，此去朝天，只恐君王宠爱偏。”我在这里也不能加什么按语，只能证明我前边所说的孔子所云的那句话是千准万确而已。明初靖难之役，铁铉被活活炸死以后，他的女儿还给下了教坊司去转营，结果就有过一首自叹红颜命薄的诗。据考证是曾经后人“润色”过的。总之，中国的君子，是不大看得上平衍无奇的事的。一定弄得它“文采烂然”而后已。说中国人缺乏浪漫性质的人，其难免“有目无珠”之诮乎？

至于花蕊夫人这次一去以后，下文是不得而知的了。不过记得某笔记上说她在宫中私挂蜀后主像，每日供养，为宋太祖所见，问她是什么人，她答说是张仙的像，妇人奉之可以多子云云。足见她到汴以后，实在还不曾忘记了后主的。

冯小怜的有名，大概是因为唐代的几个诗人都颇喜欢用她来做吟咏的对象的原因。记不起是哪一位说过这样的话：“妇人与酒之为好诗料，胜圣君多矣。”（大意）因而一笔评定了李杜的优劣。我向来十分佩服这位先生的绝大手眼。外国人常常以 Wine Women and Waltz 并举，中国古时可惜不大重视音乐，至于其余的两种，大概是无间古今中外一体同风的罢？

唐人诗中咏及冯小怜的，最有名的有以下几首：

李贺有《冯小怜》一首云：“湾头见小怜，请上琵琶弦。

破得春风恨，今朝值几钱？裙垂竹叶带，鬓湿杏花烟，玉冷红丝重，齐官妾驾鞍。”

这些诗里当然是说着一些故事的，至于小怜的事迹，存于《北齐书》中的远不如《北史》中来得多。丁福保辑《全汉魏晋三国南北朝诗》中有小怜之作一首，即从原史中辑出者也。诗题是《感琵琶弦》：

“虽蒙今日宠，犹忆昔时怜，欲知心断绝，应看膝上弦。”原有注云：“淑妃侍代王达，弹琵琶，因弦断作诗。”丁氏在冯淑妃下更有小注云：“名小怜，后主大穆后从婢也，穆后爱衰，以五月五日进之，号曰续命。慧黠工歌舞，后主惑之，立为左皇后。周师取平阳，后主以淑妃奔洪洞戍，复奔青州，为周武所获，以赐代王达，达甚嬖之。”前边所作的诗盖即入代王达府中所写也。

在《北史·列传二》里，所叙淑妃事比较详尽。述后主惑之之状云：“坐则同席，出则并马，愿得生死一处。命淑妃处隆基堂，淑妃恶曹昭仪所常居也，悉令反换其地。”

淑妃的事迹，最有名的，当为李义山诗中所歌咏者：“巧笑知堪敌万机，倾城最在着戎衣。晋阳已陷休回顾，更请君王猎一围。”这诗之有名，至于在数年前由马君武先生活剥一首以赠某将军。本事风流逸宕，更殊不同于南唐史事，颇带了些大漠风光。到底是北方之强，名马美人，虽然闹到亡国，也还不能不称赞一声是风流得好也。《北史》中记其事云：“周师之取平阳，帝猎于三堆，晋州亟告急，帝将还，淑妃请更杀一围。帝从其言。识者以为后主名纬，杀围言非吉征。”

下面还记有一事，更可以显出满不在乎的神情来。陶元亮作自挽歌辞，其坦然之怀抱为人所称。王景文将饮宋明帝所赐鸩酒，说此酒不宜相劝，风神不异，世所同钦。这不过是在个人的生死之际，出以恢宏的度量，所以难得。至于帝王行辈中之以天下做孤注一掷而毫无吝色者，实在不很多见。幽王之于褒姒纣王之于妲己因为是古史了，单靠了《东周列国》《封神演义》之流，不大十分有把握。至于隋炀帝的结末似乎有点豪气，不过还有些怅恨的话与恋恋之态。一派天真，真是满不在乎的，还到底不能不推北齐后主也。《北史》有云："及帝至晋州，城已欲没矣，作地道攻之。城陷十余步，将士乘势欲入。帝敕且止。召淑妃共观之。淑妃妆点，不获时至。周人以木柜塞城，遂不下。"这实在可以说是中国人的浪漫性的别一表征。

南北史号称繁巨而难读，实在是因为世系过于纷繁的原故。不过我觉得中国人的确应当一读，不独可以得到历史知识，而且大可以明了在这一个混乱时代里，有多少特性和习俗是传播到中国来了。这尤其是《北史》，宫闱的淫风之盛，对中国礼俗之不以为法，处处可以看出不同民族糅合的形象来。如果只读史汉三国，就想谈中国文化固然是妄人，即断代取史而读以后的诸史，虽然民族性也有转变，然而经过融化以后是不大看得清楚的了。如果读《北史》而条记其值得注意之点，再在后代的史事中掘发它们的根源，应当是非常好的方法。

《北史》的文字也是很好的。如记后主与冯淑妃的另一事云："旧俗相传，晋州城西石上有圣人迹，淑妃欲往观之。帝恐弩矢及桥，故抽攻城木造远桥。监作舍人以不速成受罚。帝与淑妃渡桥，桥坏，至夜乃还，称妃有功勋，将立为右皇后，即令使驰取袆翟等皇后服御，仍与之并骑观战。东偏少却，淑妃怖曰：'军败矣！'帝遂与淑妃奔还。至洪洞戍，淑妃方以粉镜自玩，后乱声唱贼至，于是复走。内参自晋阳以皇后衣至，帝为按辔命淑妃著之。然后去，帝奔邺，太后后至，帝不出迎，淑妃将至，凿城北门出十里迎之。"这里记淑妃之娇揉好弄，实在是很出色的描写文字。

前面曾引淑妃所作诗，系她在代王达府中所作。殊不知北齐亡后，淑妃并未一直就入代王府，其间还是有一些曲折的。《北史》云："后主至长安，请周武帝请淑妃，帝曰：朕视天下如脱屣，一老妪岂与公惜也，仍以赐之。及帝遇害，以淑妃赐代王达，甚嬖之。"这里所述妃之入代王府前，盖仍送归后主一次，及其死后始尔。周武帝的慷慨辞色，《北史》所记极妙。推想淑妃年事正轻，此老妪一语，盖以俗语入词，固无怪其文辞之流利而美富也。

后来淑妃到代王府中，还是不改故态。骄而善谮，至为屏退，有如清代香妃故事云。

李商隐诗还有一首，也曾为千古艳称："一笑倾城国便亡，何劳荆棘始堪伤；小怜玉体横陈夜，已报周师入晋阳。"又《齐宫词》云："永寿兵来夜不扃，金莲无复印中庭；梁台歌管三更罢，犹自风摇九子铃。"都是为齐宫而咏者。

清元和顾宗泰（景岳）有《月满楼诗别集》八卷，前六卷皆咏史之作，有《读画斋丛书》本，卷三为《北齐咏史诗》，末一首云："宫婢新妆媚绮纨，平阳军里并雕鞍。一围更杀大家乐，十步方攻妃子观。入邺劳师犹掩笑，奔陈逼骑自遭残。那肱卖主提婆叛，第一当军宠要官。"归纳事实入律，如果和前面所说的对照来看，可以不用笺注了。

如果冯小怜的行迹可以代表北国的亡国乱后，那么南国的代表，应当以张丽华为最合适。胡曾咏史诗中有《陈宫》一首云：

"陈国机权未可涯，如何后主恣骄奢，不知即入宫前井，犹自听吹玉树花。"下面引《南史》作注云："后主名叔宝，常耽内宠不治国政。隋开皇九年隋文帝遣高颎等将兵南伐，后主乃命萧摩诃任蛮奴等拒之，战于蒋山之下。陈军大败。后主犹醉于后庭玉树花，侍臣奏云隋军至，君欲何计？后主云：'我当入井避之。'及高颎等兵至金陵，不获后主云。下先锋将韩擒虎乃登楼，望见一妇人戴盘入后园，隋将乃云，此必是陈主在彼。乃令搜获之。果有一大井，后主在中，隋人呼之不出，即欲投石，后主乃叫，隋人遂牵绳引之。乃曰：何太重乎？乃出。有三人同束一处，后主及张丽华赵贵人，皆后主爱妃也。"（咏史诗据景印景宋抄本，与百衲本《南史》容有不合，非误写也。）

这一段最得要领而写当时情事，逼真如画。因为是在正史里，所以大抵是不会靠不住的。这使我们知道陈后主是这么一位"公子哥"，比南唐李主，恐怕还"不更事"，与何不食肉糜的那一位晋惠帝，似乎很有些相似了。国亡以后，犹视园井如租界，与爱妃俱入其中，输送饮食，大有终老之意，真不能不叹服他的宅心仁厚，殊非常人可比矣。

长沙叶氏观古堂刊宋曾极（景建）《金陵百咏》有《胭脂井》一则，下注云："陈末后主与张丽华孔贵嫔投景阳井以避隋兵。旧传云栏有石脉，以泉拭之作胭脂痕，一名胭脂井，又名辱井，在法华井或云白莲阁下，有小池而方丈余，或云在保宁寺觉辉阁侧。"诗云："寒泉玉甃没春芜，不染胭脂润不枯。杏怨桃羞娇欲坠，犹将红泪洒黄奴。"

这里所记一同入井的三个人，赵贵人变成孔贵嫔。而井的所在在宋时即已如此传说纷纭，更不必说现在了。至于说井栏有胭脂痕因名胭脂井云，恐过于附会。这井应当是后宫遗弃剩水残脂的地方。

后庭花的诗句，应当是无人不知的了。不过也只是口头唱唱，在秦淮河上念起来，格外觉得有些飘飘然而已。李商隐有《隋宫》一诗，末二句云："地下若逢陈后主，岂宜重问后庭花。"而更有《景阳井》一首云："景阳宫井剩堪悲，不尽龙鸾誓死期。肠断吴王宫外水，浊泥犹得葬西施。"盖于张丽华之入井而终于复出之事，深致惋怅也。

查百衲本《陈书》"纪六"，记当时情景甚悉："是时韩擒虎率众自新林至于石子冈，任忠出降于擒虎。仍引擒虎经朱雀航趣宫城。自南掖门而入，于是城内文武百司皆遁出。唯尚书仆射袁宪在殿内……后主闻兵至，从宫人十余出后堂景阳殿，将自投于井，袁宪侍侧，苦谏不从，后阁舍人夏侯公韵又以身蔽井，后主与争久之方得入焉，及夜为隋军所执。”

亡国之际，大臣散尽，只随宫人十余出，可谓极尽悲凉矣。而犹有袁宪谏之，试思后主不入井，将有何种作为，恐未可乐观，倒不如一同下井，留得此一段好题目，使后人多作些怀古诗发挥鸟气也。

魏征于是在这后边，大作骈骊的文章批评后主：“危亡弗恤，上下相蒙；众叛亲离，临机不寤；自投于井，冀以苟生。视其以此求全，抑亦民斯下矣。”魏征是唐朝的元勋，对于两代前的亡国君王，痛加贬斥，大说其风凉话，原是当然的。不过这儿又令我想起一件事，就是亡国帝王，如果是天下断送在前代手中，而由他来食恶果，如明末的崇祯帝，是大可哀的。至于自作孽的一群，则往往有一段故事，可以使后人赞叹于他们的浪漫。至多也不过说一句这种人应当去做诗人，错投胎到帝王家去而已。像魏征那样的愤愤，大有得色，我觉得是大可不必的。至于开国的君王，则往往没有不是穷凶极恶，如明太祖和燕王棣（成祖）即是非常好的例子。周武王伐纣，虽然经后代圣贤辩护说是什么伐无道，总也不免有些强夺的气氛，远没有坐在摘星楼上自焚的纣王有人情味了。小时候读熟了《封神演义》，看到纣王自焚的一段，总觉得他是活该。后来细想实在是受了演义小说的影响，不免可笑了。而京戏上把纣王妆成奇怪的花面，戴了短髭，实在更不佳。我觉得纣王应当是非常漂亮，至少风流得很，不下于后代的隋炀帝的。结末的自焚尤其有骨气，而非炀帝所可及了。偶翻《看云集》中《金鱼》一篇有云：“因为皇帝压根儿就非俗恶粗暴不可，假如他有点儿懂得风趣，那就得亡国完事。”李后主、殷纣王是都可以归入这一派里去的。

关于张丽华个人的传记，是附在《陈书》“传一（皇后）”，后主沈皇后下边的，题“张贵妃”：“后主张贵妃名丽华，兵家女也。家贫，父兄以织席为事，后主为太子，以选入宫。是时龚贵嫔为良娣，贵妃年十岁为之给使，后主见而说焉。因得幸，遂有娠，生太子深。后主即位，拜为贵妃，性聪慧，甚被宠遇。后主每引贵妃与宾客游宴，贵妃荐诸宫女预焉。后宫等咸德之。竞言贵妃之善，由是爱倾后宫。又好厌魅之术，假鬼道以惑后主，置淫祀于宫中。聚诸妖巫使之鼓舞，因参访外事，人间有一言一事，妃必先知之，以白后主，由是益重妃，内外宗族，多被引用。及隋军陷台城，妃与后主俱入于井，隋军出之。晋王广命斩贵妃，榜于青溪中桥。”

观所记，张丽华似乎不专是以色动后主，而且也颇用权术，能倾后宫，如果不是韩擒虎来得太快，也许还有什么好戏演出也不一定。魏征在按语中也颇有纪事，其关于贵妃者有：“其曲有《玉树后庭花》《临春乐》等，大旨所归皆美张贵妃孔贵嫔之容色也。其略曰：‘璧月夜夜满，琼林朝朝新。’而张贵妃发长七尺，鬒黑如漆，其光可鉴，特聪慧，有神采，进止闲暇，容色端丽，每瞻视盼睐，光彩溢目，照映左右。常于阁上靓妆，临于轩栏。宫中遥望，飘若神仙。才辩强记，善候人主颜色。是时后主怠于政事，百司启奏，并因宦者蔡脱儿、李善度进请，后主置张贵妃于膝上共决之。

李蔡所不能记者贵妃并为条疏无所遗脱，由是益加宠异，冠绝后庭。而后宫之家，不遵法度有诖于理者，但求哀于贵妃，贵妃则令李蔡先启其事，而后从容为言之。大臣有不从者亦因而谮之，所言无不听，于是张孔之势，熏灼四方，大臣执政，亦从风而靡，阉宦便佞之徒，内外交结，转相引进，贿赂公行，赏罚更常，纲纪瞀乱矣。”如果陈不是那么快就亡掉，谁能说不会再有一个武曌出来呢？

五代十国之际，一般归降的君主，多半被宋太祖养在一处，好像在集中营里一般。无事时就请来开开玩笑，其中也正有工于吹拍的人物，如南汉的后主刘鋹即是。吴任臣《十国春秋》云：

> 一日宋太祖乘肩舆从数十骑幸讲武池，从官未集。后主先至，赐以卮酒，后主疑有毒，泣曰：“臣承祖父基业，违拒朝廷，劳王师致讨，罪固当诛。陛下既待臣以不死，愿为大梁布衣，观太学之盛，臣未敢饮此酒。”太祖曰：“朕推赤心于人腹中，安有此事。”命取其酒自饮。而别酌以赐后主，后主大惭，顿首谢。太宗将讨晋阳，召近臣宴，后主预之。自言朝廷威灵及远，四方僭窃之主，今日尽在坐中，旦夕平太原，刘继元又至。臣率先来朝，愿得执斑为诸国降王长。太宗大笑，赏赐甚厚。其诙谐皆类此也。

观此可以见刘鋹之为人，而他在未归降以前是怎样的呢？

《十国春秋》记有有名的一事，即为后世所艳称的“大体双”是也：“波斯女，失其名氏，黑腯而慧，光艳绝人。性善淫，后主甚嬖之，赐名‘媚猪’。后主荒纵无度，益求方士媚药，为淫亵之戏。又选恶少年配以官婢，使褫衣露偶，扶波斯女遍览为乐，号大体双，卒以此亡国。”

前引“金鱼”中后面又有两句话，“至于那些俗恶的朋友也会亡国？那是另一回事”，刘铱的行事，或可为一例乎？

（《古今》第三期，署名鲁昔达）

龙堆再拾

我写《龙堆杂拾》，在半年以前，那时不过是一时兴到，便尔涉笔。换一句术语说，即“为艺术而艺术”的写法是也。虽然这种不成样的东西，难得称为“艺术”。不料时至今日，人事已非，因而执笔的心情也就改变。虽然所写的东西，仍旧是那样的物事，不过这心情大有不同了。也许文字之中，渐渐减去了浮躁之气，而多添了些苍凉的情调罢。辛稼轩词有云：“少年不识愁滋味，爱上层楼，爱上层楼，为赋新词强说愁。”这恐怕也算是少年文人的一般的心情。现在怎样呢，哀乐渐逼于中年，历经忧患，匪可言说。“而今识尽愁滋味，欲说还休，欲说还休，却道天凉好个秋。”这“欲说还休”的滋味，我真是非常痛切地感到了。我绝不愿效法古来多少文人，遇见一些小事，就大发牢骚，好像上下古今中外的委屈都丛集一身，非说出来令普天下才子同声一哭不可。不过今天执笔来草这一篇东西，在我个人的确是一个永远的纪念，值得一记者也。

上次曾说到李后主是个懂得风雅的皇帝，我实在很喜欢他的为人。然而这并不是全部的原因。因为，丁此衰世，提到风雅来，往往不禁令人痛心。他还另有一点可爱的地方，就是天性的特别丰富。这里所谓天性，是指忠厚、善良……一些特点。晋惠帝于荒年之际，教人何不食肉糜，大为后世所讪笑。我对这事素来颇为不平。其实这正是他的老实之处，肯说实话，而富于同情心。比起一般饱饫肥甘而对在饥饿线上挣扎的朋友大说风凉话的东西来，实在不知要高明了多少倍。而世人不察，拿来作为笑料，实在是大可悲哀的事。

后主天性宽恕仁孝，陆氏《南唐书》记云："嗣位初，属保大军兴之后，国削势弱，帑庾空竭。专以爱民为急，蠲赋息役，以裕民力。……宪司章疏有绳纠过讦者皆寝不下。论决死刑，多从末减。有司固争，乃得少正，犹垂涕而后许之。"这些事在"法家"看来，不过是妇人之仁，没有什么道理。不过我却很重视它，因为这是为"人"的一个非常重要的要素。缺少了这个，不论其余有何殊胜，便亦无足观耳。"殂闻至江南，父老有巷哭者"，正是当然的结果。王静安论词别具只眼，他说："词至李后主而眼界始大，感慨遂深。"这是要用深厚的感情做底子的。其他的词人，或者会作绮语，或者说些俏皮话，其不能伟大，亦正是当然。

后主善书画，记载散见于古今各种书画史的记录中。他写的字是豪放一路。据《砚北杂志》记云："南唐李后主谓善书法者各得右军之一体，若虞世南得其美韵而失其俊迈，欧阳询得其力而失其温秀……"后面略去者多批评名书家之语，观此可知后主颇知书法。他自己的字现在似乎还有真迹流传，往日曾见影印本，大草类岳武穆草奏。至于《邵氏闻见后录》所引后主所写“撮襟书”官人庆奴扇云：“风情渐老见春羞，到处销魂感旧游；多谢长条似相识，强垂烟穗拂人头。”

这一首诗我非常喜欢。可以见后主的深厚的人情味。而一种缠绵之致，尤可爱玩。

苏东坡《仇池笔记》批评后主的书法云：“仆尝论蔡君谟书为本朝第一，议者多以为不然。或谓君谟书为弱，殊非知书者。若江南李主外险而中实无有，此真所谓弱者。以李主为劲，宜以君谟为弱。”看这里所说后主的书法外表总是很奔放而雄劲的了。南唐去晋唐未远，所以内府所藏的钟王墨迹最多，令保仪掌之，国破之日，尽焚无余，为文献一大劫。

他所自制的文具，更是名重一时，尤其有名的是“澄心堂纸”。《稗史类编》云：“建业澄心堂，即今内桥中兵马司遗址也。李后主时，制纸极光润滑腻，往往书画多藉之。”《七修类稿》云：“陈后山以为肤如卵膜，坚洁如玉。”梅圣俞咏之云：“李主用以藏秘府，外人取次不得窥。城破犹存数千幅，致入百朝谁谓奇。漫堆闲屋任尘土，七十年来人不知。”可见宋时尚存澄心堂旧纸。苏东坡诗云：“诗老囊空一不留，一番曾作百金收。”则已视为奇货。故宫多存旧高丽纸，以之影印书画，于此差近。

后主知音律，曾自撰《念家山》一曲，既而又广之为《念家山破》，未几国除，当时人以为谶。吴梅村咏董小宛有一句诗，“念家山破定风波”。郁达夫《青岛杂事》诗云：“唱破家山饰太平”皆用此也。

南唐三世只有艺祖算是开国的英主，中主也是有名的词人，已经不是守城的人才了。虽然几次想扩充地盘，结果往往是弄了个大败而回，不但没有结果，反而丧失了国民的自信心，以致裨将也有反叛的了，弄得旧地尽失。后来又开罪于后周，保大十四年正月周世宗亲征南唐，破滁州，中主求和，愿以兄事周，结果不理，甚至削去帝号请为外臣都不许，还是努力打了一仗，把周世宗赶回去。不料明年周师又来，南唐还是不行，降将甚多，那原因当然是因为中主根本不是治军的人，后来纳贡称臣，失尽了体面。现在先抄一段降表里的话来看一下："八月辛丑（中兴元年），太府卿冯延鲁、卫尉少卿钟谟自江南使回李璟手表来上。手表者盖李璟亲书，以表其虔恳也。表云：皇帝陛下赐异常之顾，垂不世之私，外虽君臣，内若父子，然天地之功厚，实父母之恩深，然而子不谢恩于父，人且何报于天。"（周世宗实录）这实在已经很不像样子了，这里有一段非常有趣的故事：

> 陶穀学士（周兵部侍郎）奉使，恃上国势，下视江左，辞色毅然，不可犯。韩熙载命妓秦弱兰作为驿卒女，每日敝衣持帚扫地，陶悦之，与狎，因赠一词名《风光好》云云。明日，后主设宴，陶辞色如前。乃命弱兰歌此词劝酒。陶大沮，即日北归。（《南唐近事》）

这可以说是外交上的新手腕，为别国人所不曾运用过的也。

建隆二年中主迁都洪州。那理由是："建康与敌隔江而已，又在下流，敌兵若至，闭门自守。借使外诸侯能救国难，即为刘裕陈霸先尔，今吾徙豫章，据上流而制根本，上策也。"其实还是畏敌势逼而出此。这种举动在一般有识的国人，却并不赞成。《江南野史》记："嗣主击南昌，既至星子渚，复召（史虚白）至问曰：处士隐居，必有所得乎？对曰：近得渔父一联。乃命诵之，虚白曰：风雨揭却屋，浑家醉不知。嗣主闻之为之变色。赐粟帛遣还。"中主自己也常郁郁不乐。《江表志》引中主诗二断句云："灵槎思浩渺，老鹤忆空同"，盖即表示此一种意思也。结果还没有来得及迁回，即已病死。

这时宋太祖的事业已经很成功了，差不多中原已经鼎定，只差四边的一些小国还来不及收拾罢了。后主即位以后，对宋是执臣子礼的。不过自己却还是关起门来做皇帝。宋太祖在鞭长莫及之际，也只好眼开眼闭地假作看不见。《五国故事》记有笑话一则：

> 初，煜建隆二年七月廿九日袭伪位于金陵，因登楼建金鸡以肆赦。太祖闻之大怒，因问其进奏使陆昭符。符素辩给，上颇怜之，是日对曰：此非金鸡，乃怪鸟耳。上大笑，因而不问。

后主见宋使穿紫袍，等到回来以后，还是穿他的皇帝衣服，这许多掩耳盗铃的办法，实在不免可笑。

后主的风流韵事，多见于所作小词中。他与小周后幽会调情诸作，都异常有趣，知者尚多，所以这里不多引用。他描写少女的姿态，真是活生生地呼之欲出。如“眼色暗相钩，娇波横欲流”。“铲袜步香阶，手提金缕鞋”。这些都是白描的好句子。而他的另外一首《玉楼春》，是写他少年行乐的光景的。末两句是“归时休放烛花红，待踏马蹄清夜月”，我读了颇得到了一种感兴，和徐志摩作的那一篇记康桥的文字颇为相近。

大周后是懂音乐的。于是与后主每天在红梅花丛中的小亭子里面行乐。唐时杨玉环的那有名的一曲《霓裳羽衣曲》，自从天宝乱后，就已经散佚不传了，后主得到了原谱，不过还未尽善：“后辄变易讹谬，颇去洼淫，繁手新声，清越可听。……中书舍人徐铉闻霓裳羽衣曰：法曲终慢，而此声太急何耶？曹生曰：其本实慢，而宫中有人易之，然非吉征也。”

乾德二年，因为国用匮乏，所以铸铁钱，实行通货膨胀，结果物价大高，民不聊生。

小周后在大周后寝疾之时，就已经入官了。陆氏《南唐书》记云：“初后（大周后也）寝疾，小周后已入宫。后偶褰幔见之，惊曰：汝何日来？小周后尚幼，未知嫌疑，对曰：既数日矣。后恚，至死面不外向。后主过哀以掩其迹云。”这事的真确与否，不可得知，然陆放翁作《南唐书》在南宋，相去未远，足见当时传说之盛。而前所引的两首词，后人皆指为小周后作，当亦不为无因。

南唐当时对宋的态度，一方面是畏惧，而另一方面却是看不起。自己以为是文化高的所在，而居于黄河流域的宋朝，则是野蛮的人种。所以常想在文词上占些小便宜，卖弄一下，阿Q的神气十足。这里有两件事可引：

陆游《入蜀记》："戒坛寺古谓之瓦棺寺……南唐后主时，朝廷遣武人魏丕来使。南唐意其不能文，即宴于是阁，因求赋诗。丕揽笔成篇，末句云：莫教雷雨损基扃。后主君臣皆失色。"

这一段事颇可信。因为那令人失色的一句诗，的确作得声势异常雄浑，无怪后主君臣吃吓也。这种取笑反得辱的做法，恐怕比那要显弄女婿的文才而要求作滕王阁序的某公更要不及了。

另一事见岳珂的《桯史》：

> 二徐名著江左，皆以博洽闻中朝，而骑省铉又其白眉也。会修述职之贡，骑省实来。未及境，例差官押伴，朝臣皆以辞令不及为惮，宰相亦艰其选。请于艺祖，玉音曰：姑退朝，朕自择之。有顷，左珰传宣殿前司，具殿侍中不识字者十人以名入，宸笔点其中一人曰：此人可。在廷皆惊，中书不敢请，趣使行。殿侍者慌不知所由，不获已，径往渡江。始宴，骑省词锋如云，旁观骇愕。其人不能答，徒唯唯。骑省叵测，强聒而与之言。居数日，既无与之酬，骑省亦倦且默矣。其不战而屈人之上策欤。

这个做法颇似武侠小说中所称赏的那一套软功的形意拳，无论对方用了怎样大的力气，却不过是打在运了气的肚皮上面，结果是白费，太祖盖亦深知此中奥秘者乎？

南京是中国的古代名都，也可以说是佛教的胜地。自梁武帝饿死台城，而犹诵佛号不绝以来，盖已久矣。南唐后主亡国的原因，一部分也就是吃了佞佛的亏，因留下了不少惨痛的遗迹。最著名的自然是“小长老”。陆书《浮屠传》记云：

> 开宝初，有北僧号小长老者，自言募化而至，多持珍宝怪物，赂贵要为奥助，朝夕入论天宫地狱果报之说。后主大悦，谓之一佛出世。服饰皆缕金绛罗，后主疑其非法，答曰，陛下不读《华严经》，安知佛富贵？因说后主多造塔像，以耗其帑庾。又请于牛头山造寺千余间，聚徒千人，日给盛馔。有食不尽者，明旦再具，谓之折倒。盖欲造不祥语以摇人心。及宋师渡江，即其寺为营。又有北僧立石塔于采石矶，草衣藿食，后主及国人施遗之，皆拒不取。及宋师下池州，系浮桥于石塔，然后知其为间者？

这种利用和尚做第五纵队的战略，也已经是古已有之的了。战前曾有外国异僧来华挂单，惹起国际警界的注意。观此当益信其有来由矣。

据《江南野史》所说，这小长老还是与出卖李后主的樊若水勾通了的。“李煜有国日，樊若水与江氏子共谋，江年少而黠，时李后主重佛法，即削发投法眼禅师为弟子，随逐出入禁苑，因遂得幸。法眼示寂，代其住持建康清凉寺，号曰小长老，眷渥无间，凡国中虚实尽得之。先令若水走阙下献下江南之策，江为内应。”

至于兵临城下以后，后主请小长老发挥法力，则更令人忆起清末庚子时之求救于大师兄来。

金陵受围，后主召小长老求助。对曰：“北兵虽强，岂能当我佛力?”登城一麾，围城之师为之小却。后主真以为佛力，合掌叹异，厚赐之。这里小长老与北兵之有联系，似乎已经十分明白的了，然而后主并不了悟，还“下令军民，皆诵救苦菩萨，声如江涛”。这种描写虽然过分一些，然当时的情形之糟也可见一斑了。后“未几梯冲坏城，矢石乱下如雨，仓皇复召小长老，称疾不至。始悟其奸，杀之”。这么一说，似乎小长老的法力不行了，不过也还有异说，《挥麈后录》说小长老“又以计免而归”。我看这才像近代的间谍行径咧！

陆书又记一事，颇足资笑噱。“僧尼犯奸淫，狱成。后主每曰，此等毁戒，本图婚嫁，若冠笄之，是中其所欲，命礼佛百而舍之。”这不免大杀风景，不能使善男信女结香火因缘，实可惜之甚矣。至于《墨庄漫录》所记：“王师攻金陵垂破，后主仓皇中作一疏，祷于释氏，愿兵退后许造佛像若干身，菩萨若干身，斋僧若干万员，建殿宇若干所，数多而字草，盖危窘中所书也。”则与相传后主作《临江仙》未就而城破之事相类了。这未完的词就是“樱桃落尽春归去，蝶翻轻粉双飞。子规啼月小楼西，玉钩罗幕，惆怅暮烟垂。别巷寂寥人散后，望残烟草低迷……”也。

后主既失国，遂与子弟及官属四十五人归宋，除了临别宗国，吟了那一阕“挥泪对宫娥”之外，还有如下这么一首诗：“江南江北旧家乡，三十年来梦一场。吴苑宫闱今冷落，广陵台殿已荒凉。云笼远岫愁千片，雨打归舟泪万行。兄弟四人三百口，不堪闲坐细思量。”到汴梁后，白衣纱帽，待罪于明德楼下，封为违命侯。

这以后，后主所遇的就是“以眼泪洗面”的日子，而他的几首不朽的词，也多作于此时，直到作了那首“小楼昨夜又东风”的词以后，为太宗赐牵机药毒毙，结束了他的悲剧的生涯。这许多事一向为大家所熟知，所以不多说。不过对于小周后的结束，我曾经略做调查，作过一篇杂记，现在拿来作为本文的结束：

“据说崇祯帝自杀以前，用剑要刺死他自己的女儿。女儿说，我没有该死的罪。崇祯帝说你生在我家就是罪。我们同样可以说李后主做个词人倒是满出色的，可是，‘可怜薄命做君王’，于是就倒了霉了。

“南唐在未亡国以前，就很不像样子了，后主自去帝号，纳贡，还得遣弟从善到汴梁为使，被留不返。于是从善妃屡诣后主泣，后主闻其至辄避之。因而后之好事者把从善妃改为小周后，就有了默记的传说：‘小周后随后主归朝，封郑国夫人，例随命妇入官，每一入辄数日而出，必大泣骂，后主多宛转避之。’

“现在姑不论这是否小周后，‘命妇入宫’的事总是可信的了，于此可见宋太宗也并不比明太祖高明，与当时臣虏的苦状。男人为奴，女的献身。太平盛世的代价真也不小。元朝人还画了一幅春宫，曰《宋太宗强（或作逼）幸小周后图》。《野获编》与《见只编》都对原图有详细的记载，迹近性史，所以不抄了。有诗一首云：‘江南剩得李花开，也被君王强折来，怪底金风从地起，御园红叶满龙堆。’这里说宋太宗作的孽要由金人来报复，如同德伯家武士的祖先作了孽须苔丝来遭殃相同。一种定命论的思想。然而事实也未必不然。我们睁了眼睛一看，就可以知道历史的可怕也。”

三十一年六月二十七日

附记：

前所引我自己的笔记，系两月前所记。现在因为尚有余纸，所以将未收的记载仍附于下：

张宗楠题《小周后提鞋图》云：“北征他日记匆匆，无复珠翘鬓朵工，一自宫门随例入，为渠宛转避房栊。”

《见只编》：“余尝见吾盐名手张纪临元人《宋太宗强幸小周后》粉本。后戴花冠，两足穿红袜，袜仅至半胫耳，裸身凭五侍女，两人承腋，两人承股，一人拥臂后，身在空际。太宗以身当后，后闭目转头，以手拒太宗颊。”

《野获编》：“偶于友人处见宋人画昭陵幸小周后图，太宗头戴幞头，面黔色而体肥。周后肢体纤弱，数宫人抱持之，周后做蹙额不能胜之状。”

按上二记所言悉合，足见当日果有此图。宋太宗逼幸降王国后，还令人图之，以垂久远，可谓韵事。即使该图为“艺术家”想象之作，也可以看出他们对这事发生的兴趣，是多么浓厚。如不称之为艺林佳话，不可得也。

（《古今》第七期，署名鲁昔达）

谈李慈铭

久想找《越缦堂日记》来一读，没有机会。去年年底，由朋友在某图书馆中借到一部。我去把它取回家来的时候，真是大大为了难。一部部的总有十多函。论高低，我不知道李莼客先生是不是矮子，大约可以和我家弟弟等身，论重量，总有一百斤。真是洋洋大观。不过不到几时，发生了特别事故，不得不仍由我原车送回。至于原书，虽只看了不到十分之三的样子，然而，我觉到颇能得到一个清楚的影子，李慈铭的。

我对于李莼客最初的印象，是得自曾孟朴的《孽海花》中。就是那“的烁三明珠，一笑来觞名士寿”一回里所描写过的。那情景，大有“吐半口血，由侍儿扶着，到阶下去看秋海棠”的神情。不过在李莼客却是易侍儿为“相公”罢了。记录“相公”的笔记正多，小说较少，大品的恐怕只有《品花宝鉴》一种罢，男色的流风，大概古得很，春秋时代就已经有了“嬖人”之类，到后来甚至于有些人非此道不快。明末的小说中描写这个的不少。不过多系禁书，且为珍本，不易入觏。不过在《金瓶梅》中也可以稍知一二。清代数百年中，没有什么文献可征，太平天国初期勇将李开芳被逮受讯之际左右还有两个穿着红绸子的绝色的孩子，打扇服侍，是可以知此道之消长矣。不过虽然不绝如缕，总还不能大盛。推原其故，大概因为他们的出路宏于俊仆，除了土豪西门庆大将李开芳，别的人是不大养得起的，作为此业的功臣的，实在不能不推那时演戏的演员们了。举其著者，则《石头记》中的琪官是也。演至清末，流风大畅，试一翻《燕兰小谱》《金台残泪记》之类，就可以知道那情形。梅大王现在是老了，不过当时是曾经为“才子”们捧过的。可惜北京改为北平以后，此道竟大大的衰退了，甚至于让我们想要知道一二的人，除了翻书以外绝少实例可见，是则大可“慨叹”者也。

说李慈铭是名士，是清客，都不错的。他玩“相公”，说回来，“相公”们也在玩他。曾孟朴道：“他喜欢闹闹相公，又不肯出钱，只说相公都是爱慕文名，自来呢就的……老先生还自鸣得意，说是风尘知己哩。”这里写得真是活灵活现。李慈铭生平好骂人，殊不知他自己老实得可惊，虽然是出师爷地方绍兴的产物，我看倒颇有些燕赵之士的气概的。早期“日记”中时常可以看见一片片涂得一塌糊涂，那多半是记和一些朋友们亲热的话，而晚年却凶终隙末，所以涂去，并加顶批。如咸丰八年中有一条记叔子书慰其落解事，旁加黑杠，上有眉批云：“竖子欺心欺天，一至于此，自恨目中无瞳耳。”又有一批曰：“二竖卖余至此，恨不生食其肉。”是可以知老先生火气之盛矣。

日记中有记早年事者殊有趣，如："二更出，有一阮姓武举，邀余寝行，三叩夜度娘家，其一护门草长，见一魋胸豕腹者类类叠股床上，而畏昼君作瞀目媚之，予望不敢入。至最后一处，则室中吁吁闻牛喘，而所谓烟窗铛耳者并杳然矣。相与大笑而别，夜半归寝颇惫。"则记冶游事也。又记郡守以旱禁屠，俄而雨，"郡守竟以祷有验，令民屠如故"。两则都颇有谐趣。又一则云："傍晚归，过关帝庙观剧，见一鬟者，约十五六，亦镜湖春色也。"则幼年时绮语也。按此种记录尚有数则，兹录一较有趣者："上午，偕蓉生芝舫出钱塘门游西湖，见英夷五人，其二为夷女。至一湖庄楼下。有垂髫而凭阑者，三四倚肩而立。钗梁错韵，粉晕互光，笑重装慵，鬟低香近。其尤粲者轻胭拭花，稚犀隐雪，秋波所流，山水骀艳，平生眼底第一人也。"这里记所见外国人，因为那时洋鬼子还是珍物的原故。至于后面所描写，粗看似是夷女，其实非也。莼客好用骈语入文，观此例可知。

我前面曾说过李莼客的脾性是真切的，善于钟情，却也善于翻脸。如他在乡观剧时，水路舟中又有艳遇，与《儒林外史》中所写颇有似处："邻舟偶值，有女相窥，绡裳不华，宝钿微晃，露鬟碧重，星压红轻，淡月疏烟，愈为妩媚。鹢首错并，坐席几连。微息相闻，清影不隔，屧韵静拍衣香，暗坐问通殷勤，益谨顾盼。逮乎管弦渐阑，歌舞将歇，妆慵益整，语低转娇。削腰强持，倦睫犹睇，真欲逃幼舆之梭，订虎头之棘矣。予因物色其里居，乃知落阳对门，城南尺五，特柳枝年少，未曾向玉溪乞诗耳。予虽入市甚稀，而枇杷花下，从无闼门之面，何怪非司空见惯者乎？是夜戏殊不佳，以此事遂至微晓，昔东坡不能忘情于东州女子，良可自咍也。”

这些事在年轻的人，所在多有，而李君更能曲曲写出就更为难得了。文章典丽如小赋，读来大有唐张鷟《游仙窟》与出自敦煌的《交欢大乐赋》的韵味。这可以表出李君是一个文人，而非专门的经学家考据家，因而《越缦堂日记》中往往有许多有趣的文字可读，不像《缘督庐日记》《三鱼堂日记》等的面孔板紧，笑靥毫无也。

紧接着就是拜别老母，进京入赀为郎的事。在从水路入京，经过几个大邑镇时，每每上岸寻花，甚至把老鸨教给妓女的米汤眼泪，一概认为美人的深情，还恋恋不舍，欲行又回，白首订盟做了许多可笑的张致。那时尚无《九尾龟》之类的《嫖界大全》，就是有了，李君也不会去看的，所以一入花丛，即不免为章秋谷之流所笑耳。

慈铭虽文名早著，然而屡困棘闱，宦途极不得意，这就养成了他的孤介的性情，每每对人盛气骂之。推源溯始，也是一种变态心理的发露。兹录其同治辛未在京复试不中的日记：“岘卿来言，昨托人至礼部求得予复试卷观之。其卷为侍郎魁龄所阅定，惟于文中一‘致’字旁贴黄签，盖其意以‘致’右从‘文’不从‘夂’也。人不识字至此！伏腊金银，累累省阁，于侍郎何诛焉！前日试殿上者九十二人，连铺接席皆伧楚耳。予自以脚间夹笔足以扫之！又以故事必派一二品官十二人阅卷进拟，其差第皆以律诗，故于八十字中，颇推敲之，以求其易解，乃犹在下等，此辈肺肝真不可测!”这里对试官的谩骂可谓刻毒之至。而其火气外露，功名心热，更可观耳。从今以后，凡会试被摈，对考官的批语就是“不识字!”这在小学家看来，也真是如此，而并抱着一本《字学举隅》为天下法的笔帖试，自然更是格不相入了。我在这里看出他的另一点苦楚，就是想极意迎合考官的程度，而独不能无患，这在古今考试的事件中，恐怕是难免的一种悲剧。“人之患在好为人师”，从今而后，不知高坐以文字（或无论什么）决人生死者（在当时确是如此），亦微觉有动于衷乎?

光绪乙酉正月二十五日日记云：“张廷燎，河南人，甲戌翰林，尝分校乡试，出闱语人曰：‘我此次同考，绝不草“官”人命!’盖不识菅字读为官也。时又有一翰林，论及时事，慨然曰：‘何苦“茶”毒生灵!’以荼为茶也。都下以为绝对。”此李君骂人不识字之例也。其实前清专讲究写两笔“馆阁体”，所取中的翰林，也的确不高明，其不认识菅荼，盖亦事之当然。李君因自己比不过这批翰林前辈，遂常发为牢骚，令数十年后的我们，也不禁觉得哑然。丁丑年慈铭会试又报罢，日记中记其秩序紊乱之事云：“故事，殿试题纸下时，士子先行三跪九叩首，礼毕皆跪，大臣监之，司官以次授题讫，始皆起。今年题纸始到，人争攫取，多裂去首二道，碎纸狼藉遍地。有不得题者百十人，复争主者索再给。主者不得已，乃别以一纸榜贴殿柱，传观之。桓东子弟悉以曳白登科，于是策试于庭者十九无赖矣。拟题皆历科陈言，字字可宿构，而状元王仁堪尚持笔不能下。措辞俚鄙，无不可笑。有常熟人管高福者，以肾肠字单抬，我皇上我字双抬，亦得居三甲。朝考日，试畏天之威于时保之论，雪白荼蘼红宝相八韵诗，有福建人谢章铤揣摩论题之意，执政以媚夷人也，遂援引汉唐，力申以小事大之义。沈吴江素主夷人，得之大喜，欲置高等；有力争之者，始退三等。直隶人王凤藻，诗文皆他人为之，而书不能成字，诗之首句看罢荼蘼了，书作看罢，亦仅置三等。其不能成文者数十人，皆知识为之代作，公然挟书执笔，东西传递，监试王大臣临视嬉笑，恬不为怪。盖法纪荡然，廉耻丧尽，时事可知，不须识者矣。"

窃以为人的本性，本来是不大看得出的，总是装在绅士的面具下面，往来跳跃，像煞有介事，一旦遇到大喜怒，不免千年老尾，曳以俱出。李君这里，不免带出他绍兴师爷的功架来，就文章论，的确未能恬淡，失之下乘，然而李君平素并不戴着假面具，雌黄人物，随处可见，那么他还是表露他本来的一面，而骂得是那么痛快，真如一面照妖镜，照出了各色人等的形相。窃以为可比果戈理的《死魂灵》，虽繁简异致，其传神处固未见得比下来也。

读唐元微之《遣悲怀》诗，每为凄然。盖文人而困于穷顿，实在极可怜，而尤可悲哽在悼念死者，感遗言之可恸，遂重可叹也。慈铭屡试不售，乃发断念功名之语："比日稍和，春气渐动，遂觉疲苶，时欲就床偃卧，病体日深，老景日益，龙钟至此，尚复逐黄面小儿，提篮踏闱，争冬烘之一决耶？今年暂不应试，并拟闭关谢绝计偕之客。念明日是先母生日，因赋一诗以当誓墓之文——《先母生日前一夕大风独坐京邸泣赋是篇》：‘五十孤儿泣断篷，亡灵惭对影堂中。岂真白发充朝隐，虚负黄泉眄祭丰。’（先母临殉时，语慈铭曰：汝贫甚，药物不必复求，他日富贵祭我稍丰可也。每思此语，肝肠欲裂。）徙宅分无酬教育，首丘何日得来同？犹期地下莱衣戏，一盏残灯独听风。”诗不必佳。而小注乃真可见性情之文字也，与汪龙庄《双节堂庸训》中记其母遗事同。令读之者悲哽不可自已。其意虽若甚坚，然终不能克功名之热，又复入试而又不中，又骂中试者，骂考官。“是日报红录，云门紫泉皆中，绍府共中五人，山阴得三人，庚午同榜仅中一杭人蒋某，则吾不忍目之矣。国家取士，至于如此，使我犹与此曹角逐，尚得谓之觍然人面哉！”又云：“晡后取闱卷，为第五房编修臧济臣所点抹，鼠辈何足责哉！”

慈铭终于光绪庚辰成进士，年已五十二。虽然中试，然而还不改悻悻之态，记其事云：“余卷在林编修绍年房，初不知所谓，以问其乡人陈编修琇莹，陈君力赞之，犹不信，更质之钱辛伯，辛伯谓通场无此卷也，始请陈君代拟评语，呈荐于翁尚书，尚书大喜。”自之状可见，所谓翁尚书，翁同龢也，是专门喜欢得名士为门生的人物。试后谒房师林绍年，出而语人曰：“适所见非人也！”谒许应骙，则评之曰：“此公素以不学名，语言甚鄙。……外间皆言其有捷径，所未详也。”虽然不曾再度失意，然而究竟脾性依然，久已养成，不可去矣！后来朝考时因必欲归本班（户部候补郎中原班即用，化原来之赀郎为特旨郎中，即得补缺）。故仅书三开有半。然而对这毕生一次的机会，翰林院头衔的荣耀却不能无所恋恋，记云：“赀郎回就，桑榆之景已斜；流品既分，蓬瀛之路遂绝。虚望后车之对，长循选格之名，虽出陈情，实非雅志！羞与少年为伍，乃与俗吏随波乎！金榜一题，玉堂永隔，当亦知己所累嘘，后人所深喟者也！”词旨甚哀，有若拽残声以过别枝之秋蝉，所发皆凄楚之音也。

到这里，似乎可以接得上《孽海花》的第十九回了。李莼客做他的老名士，“三朝耆硕，四海宗师”。正是做御史的资格，一到台谏，就可以弹讥朝士，发挥他师爷的本能，所以一般大人先生，都想预通声气，先把这个“相貌清癯，脾气古怪，一双谷秋眼，三根晓星须，肆口谩骂，不留余地，性情直率，不过是老孩儿”的李慈铭应酬好了。我们且看莼客寓所所贴一副淡红朱砂笺的门对：

保安寺街，藏书十万卷；
户部员外，补阙一千年。

依然是那一套穷酸之气，扑鼻欲醉。秋千院落；木芙蓉娟娟作花，莼客却向来速驾的客人装病。曾孟朴的描写真把这种“名士”刻画尽致了。这是一幅绝妙的《名士图》，可补《儒林外史》之遗的。多抄不免罪过，看官且对照原书，即可得一幅清楚活现的印象，而此印象又实在可贵，因数千年文化的精英，从旧时代的素质中提炼出来的精粹，都萃于一身而发挥之。如果想了解上一代的文人，可以从这儿看，因为我们生当季世，已经接不上他们的謦欬，如果只看道德经济的大品文章，想来明了这种人物，不免如缘木求鱼，实在是徒劳的事也。

（《古今》四期，署名南冠）

关于李义山

“一种风流吾最爱，南朝人物晚唐诗。”——大沼枕山句。

晚唐的诗坛，温李并称，作风是温馨浓艳，换一句话来说，可以称作“世纪末的哀吟”。我对李义山发生兴趣，最初由于《红楼梦》上林妹妹所介绍的那两句咏残荷的句子——秋阴不散霜飞晚，留得枯荷听雨声。林姑娘不愧为评诗高手，她拈出来的这两句正十足地说出一个晚唐诗人的特色来。这是一种衰飒，迟暮，衰晚种种情调的综合。唐诗的分成初盛中晚，也的确有它的至理。经过了开天之盛，渔阳的鼙鼓，诗人们再也唱不出那种快乐而开爽的调子。虽然李义山是学老杜而据说是得其神髓的，虽然他也有过“岂有蛟龙愁失水，更无鹰隼与高秋”的句子，可是究竟不同了。

李君在中国诗歌界的名誉，除去了由于他是西昆派的盟主这一点外，就要算他那些无题诗的力量了。这的确是一个聪明的办法，以“无题”为题，这的确是文人的狡狯。不过李君的无题，的确是大不得已的事，他是一个到处都有恋爱关系的人，而他的对象，不是女道士，就是宫里的女子。这当然是应当保守秘密的。也就因为这个，替他的诗披上了一件迷离恍惚的外衣，有些像外国的神秘的诗人了。

他的作品，不但是因为恋爱的原故，才十分神秘，就连一些在普通人笔下不应神秘的诗也弄得十分难懂。《锦瑟》该是个好例子：

> 锦瑟无端五十弦，一弦一柱思华年。庄生晓梦迷蝴蝶，望帝春心托杜鹃。沧海月明珠有泪，蓝田日暖玉生烟。此情可待成追忆，只是当时已惘然。

据孟心史先生说，“自北宋以来，通人皆好解锦瑟诗，盖积疑已历千余年，诸公皆欲破此疑，而其疑益甚”。这实在是滑稽的事。元遗山《论诗绝句》之一云：

> 望帝春心托杜鹃，佳人锦瑟怨华年。诗家总爱西昆好，独恨无人作郑笺。

元好问就发过这种牢骚，作笺的人一直到明朝，才出了一个风流的和尚释道源。王阮亭《仿遗山论诗绝句》云：

> 獭祭曾惊博奥弹，一篇锦瑟解人难。千年毛郑功臣在，犹有弥天释道安。

这诗替源师大大捧场，其中还有一段公案在。朱竹垞

《静志居诗话》云：

> 道源号石林，好读儒书。尝类纂子史百家为小碎集，又以余力注李义山诗三卷，书未刊行。会吴江朱长儒笺义山诗，多取其说，间驳其非。于是虞山诗家，谓长孺阴掠其美，且痛抑之。长孺固长者，未必有心效齐丘子也。

我们现在可以看一下历来对《锦瑟》诗的诸异说。刘贡父《中山诗话》云："锦瑟当时贵人爱姬之名。"这简直是幻想的结论。黄朝英《靖康湘素杂记》云：

> 义山锦瑟诗，山谷读之，殊不晓其意，复以问东坡。坡曰：此出古今乐志。锦瑟之为器也，其弦五十，其柱如之。其声也适怨清和。以中间四句配之，一篇之中，曲尽其意。

这是就题面大做文章，有白痴之概。其实这首诗与无题是完全的一路，只因有了题目，所以招来了误解。此义山之所以喜用"无题"之故欤？

南宋中《许彦周诗话》云："适怨清和一作感怨清和，令狐楚侍人能弹此曲。"这令狐楚就是李义山一生发迹的第一个关系人。此说一出，后来的人多半承之，计敏夫《唐诗记事》云："锦瑟令狐楚青衣。"

我想借这诗，谈一下晚唐的一件大事——牛李党争。再配合了义山的毕生事迹，那么一个诗人的生平，就很清楚地烘托出来了。《旧唐书·文苑传》云：

商隐幼能为文，令狐楚镇河阳，以所业文干之，年才及弱冠。楚以其少俊，深礼之。令与诸子游。

这时是商隐发迹之始。令狐氏是牛党，牛党中的健者有令狐楚、令狐绹、崔戎、杨嗣复、白敏中、杜悰。前所引的那首残荷诗，即题《宿骆氏亭寄怀崔戎崔衮》。《文苑传》又记："楚镇天平汴州，从为巡官。岁给资装。令随计上都。开成二年，方登进士第。释褐秘书省校书郎。调补弘农尉。"这是得力于令狐楚的儿子令狐绹的，义山的宦途得意，可以说全是牛党的力量。不过他究竟是一个诗人，并没有什么政治上的兴趣。

不料在文宗开成三年，到泾阳去就婚王氏了。《文苑传》云："王茂元镇河阳，辟为掌书记，得侍御史。茂元爱其才，以子妻之。"时义山二十六岁。他有一首《韩同年新居饯韩西迎家室戏赠》诗云：

籍籍西征万户侯，新缘贵婿起朱楼。一名我漫居先甲，千骑君方在上头。云路招邀回彩凤，天河迢递笑牵牛。南朝禁脔无人近，瘦尽琼枝咏四愁。

诗中所用禁脔的典故，据彭乘《墨客挥犀》云："今人于榜下择婿，号脔婿。用东晋谢混故事。"因为这一种"中状元招赘"型的把戏，是只有大官才有权力来做的。所以新进士大抵成为一块"禁脔"，他人不得染指，只有大官的女儿才有份儿。那一位韩同年也是块"禁脔"，茂元还为他盖起新居。入赘贵家，先义山一步，盖彼时义山犹未娶也。故末三句如此。后来禁脔的典故，多半用来称女人，实在是用错了的。

义山文集中有《为韩同年瞻上河阳李大夫启》有云："况某婚姻，早联门馆。外舅以列藩之故，家人延白出之恩。"王茂元妻李氏，所以这儿的外舅也就是《旧唐书》"纪"所说的"左金吾卫将军李执"。李又有诗《病中早访招国李十将军，遇挈家游曲江》云：

> 十顷平波溢岸清，病来惟梦此中行。相如未是真消渴，犹放沱江过锦城。

看诗里的意思，是请李十将军给他执柯，俾能婿于王氏，并且还假李家的宅第为新居。集中有《过招国李家南园》三首，盖妻亡后追忆之词，亦可参看：

> 潘岳无妻客为愁，新人来坐旧妆楼；春风犹自疑联句，雪絮相和飞不休。
>
> 长亭岁尽雪如波，此去秦关路几多；惟有梦中相近

分，卧来无睡欲如何。

虽说是王氏榜下选婿，然而义山自动的努力，也是不可否认的事。王茂元与李回郑亚同为李德裕党的健者。商隐从得令狐楚的赏识，直至游扬登第，全是牛党的力量，不料刚一得意，就婿于敌党的贵家，无怪要为令狐绹所轻视了。商隐借牛党之力，得以重官秘省，授秘书省正字，终武宗一朝，牛党得势，因之商隐也就相当得意。这也倒有人替他解说。张采田云：

> 义山本长章奏，中书掌诰，固所预期。当卫公得君之时，藉党人之力，颇有跻显达之望，而无如文人命薄，忽丁母忧也。此实一生荣枯所由判欤?

张君的话不错，从此以后，义山就走上崎岖的前途。《旧唐书》本传云："大中（宣宗）初白敏中执政，令狐绹在内署，共排李德裕逐之。郑亚坐德裕党，亦贬循州刺史。商隐随在岭表累载，三年入朝，京兆尹卢弘正奏署掾曹，令典笺奏。明年，令狐绹做相。商隐屡启陈情，绹不知省。"这种冷落，无怪是当然的事也。

商隐随郑亚贬到桂林，亚又被贬到循州。李回也贬到潭州。义山此时真是狼狈万分，朝中牛党的杜悰虽然是姻戚，然而也不相顾恤，这时他不得不再回过头来向令狐绹乞怜了。《旧唐书·文苑传》总记其事云：

茂元虽读书为儒，然本将家子。李德裕素厚遇之。时德裕秉政，用为河阳帅。德裕与李宗闵杨嗣复令狐楚，大相仇怨，商隐既为茂元从事，宗闵党大薄之。时令狐楚已卒，子绹为员外郎，以商隐背恩，尤恶其无行。俄而茂元卒，来游京师，久而不调，会给事中郑亚廉查桂州，请为观察判官检校水部员外郎。

元辛文房《唐才子传》记云：

茂元为李党，士林嗤责商隐，以为白圭有玷，共疏远之。来京都久不调，更依桂林总管郑亚府为判官。后随亚谪循州，三年始回。求援于宰相绹，绹薄其无骨干，随波逐靡，从小人之辟，遂谢绝之。

连碰几个钉子以后，商隐又于重阳日谒令狐绹，有《九日》诗云：

曾共山翁把酒卮，霜天白菊绕阶墀。十年泉下无消息，九日樽前有所思。不学汉臣栽苜蓿，空教楚客咏江篱。郎君官重施行马，东阁无因再得窥。

这末两句话说得也真够凄惨，有如古诗《上山采蘼芜》的那一个弃妇所作的哀鸣。结果“绹见之恻然，乃补太学博士”。

文人要想干政，自然要用出他看家的本领来，不过这儿也的确太过于卑鄙了。小时候读《诗经》《楚辞》，凡遇笺诗者说香草美人寓言君臣的处所，必斥为狗屁，后来才知道这是实在有的事。

商隐《寄令狐郎中》诗云：

嵩云秦树久离居，双鲤迢迢一纸书；休问梁园旧宾客，茂陵秋雨病相如。

这如果出之于妓女寄她的久违的旧欢，也总不失为一首好诗罢。

以一个文人，却要在波谲云诡的政海之中打回旋，其处处碰壁可知，可是“其人虽穷，其诗则富”。我们之得有这么一位晚唐诗坛盟主，也正不得不托福于政局的变化与他命运的多乖。

现在我们再回头来看一下他的恋爱诗，他恋爱的对象，除了自己的夫人以外，还有女冠宋华阳姊妹，宫女，柳枝三方面。

我前面曾提起中国古时文人喜欢用香草美人的诗句来象征他们对君父之爱，这种流风也实在可以说是由来久矣了。开其端者应该推那笺《关雎》之诗为咏后妃之德的一首罢。我们虽然可以知道这完全是无稽之言，可是后世文人的受了他们的影响，也许是当然的事。于是《诗经》以后有没有作了肉麻的诗词去表示忠爱的，也就难以断定。甚至鼎鼎大名的苏子瞻的《水调歌头》一词，使皇帝见了也要称赞一声苏轼爱君。则他可知矣。

不过对于义山的情诗，却很难作曲解。虽然也不敢说一定必无。像《和友人戏赠二首》《题二首后重有戏赠任秀才》，张采田即注云："三首艳情，不待言矣。""昨夜星辰昨夜风"一诗，赵臣瑗以为义山在茂元家窃窥其闺人而作。《年谱》列之入武宗会昌二年。然而试看诗中"身无彩凤双飞翼，心有灵犀一点通"之语及第二首《无题》之中"闻道阊门萼绿华，昔年相望抵天涯。岂知一夜秦楼客，偷看吴王苑内花"，如果解释作义山与深宫宫女传递深情之作，似乎也不为大谬。

中国尼姑的风流是有名的。如果想知道晚清时的情形的可以去翻《老残游记续集》里的记逸云的一则。那已经是变相的娼寮了。我推想这也不外乎是一种变态的心理，女人是以发美为主要的条件的，现在却要六根清净，这与男色总应有相当的因缘。明朝小说中记尼姑的艳史的很不少，而且有专门描写的大部书。推源溯始，历史应当是颇为久远的。现在没有工夫来查书，只就记忆所及，来提出她们同类中的几个人来。唐朝的女道士鱼玄机，则是合宜的代表人物。她能作诗，并且有风流的事迹，并且还不少女人的"德行"——妒忌。由这几点看来，鱼玄机的故事虽然稍嫌怪僻，那事实的骨干，我是还相信它是实在的。这些事往往都免不了文人的夸张润饰，鱼玄机幸运地还有一部宋刻的诗集流传，书前并有肖像，可以算是顶运气了。

唐朝这种事大抵非常普遍，杨玉环得罪，马上去发修行；

武则天也是女冠出身。可见当时的道院，差不多就像现在的济良所一般，是行为不检的女人们的逋逃薮。《李商隐集》中，也有不少诗是为女冠而作的。她们就是女道士宋华阳姊妹。

他们会晤的地方是“圣女祠”。按《水经注》：“圣女像在故道水西南秦冈山上”，自兴元至凤州，出扶风郡之陈仓县大散关时所经，在唐时应当有祠祀之的。《玉溪生年谱会笺》云：

> 文宗开成二年，义山二十六岁，登进士第，东归省母。冬赴兴元，旋随令狐楚丧还京师。

《圣女祠》诗云：

> 松篁台殿蕙香帏，龙护瑶窗凤掩扉。无质易迷三里雾，不寒长著五铢衣。人间定有崔罗什，天上应无刘武威。寄问钗头双白燕，每朝珠馆几时归。

《年谱会笺》云：“实咏圣女，是驰赴兴元时作。时义山未娶，故触绪致感，谓有寄托者失之，与后一首不同也。”这已经明明承认是他们初恋的诗了。这以后还有两诗，题为《华师》与《赠华阳宋真人兼寄清都刘先生》，原诗不具引，更次又有《月夜重寄宋华阳姊妹》诗云：

偷桃窃药事难兼，十二城中锁彩蟾。应共三英同夜赏，玉楼仍是水晶帘。

这里“不稳”的情势，很是显然了。《碧城》三首与“紫府仙人号宝灯”一首《无题》也都应当是为宋氏姊妹而作，“仙人多好楼居”，居处高寒，情景是十分相像的。

《碧城》三首中有些句子，大可发人深省：“碧城十二曲阑干，犀辟尘埃玉辟寒，阆苑有书多附鹤，女床无树不栖鸾。”这里所描写的高寒的境界，当是女冠所居无疑。“检与神方教驻景，收将凤纸写相思。武皇内传分明在，莫道人间总不知。”更是露骨地写出对手是方外人了。

义山初写那首《圣女祠》时，不过二十六岁，而且正是宦途得意之际，等到宣宗大中十年时写《重过圣女祠》，则已是四十五岁了。这时宦海浮沉，极不得意，回首年时旧事，当然有今昔之感，摇落之思。诗云：

白石岩扉碧藓滋，上清沦谪得归迟。一春梦雨常飘瓦，尽日灵风不满旗。萼绿华来无定所，杜兰香去未移时。玉郎会此通仙籍，忆向天阶问紫芝。

原诗的三四两句，实在是写景的杰作。而结语更是十分怨怅。《会笺》说此诗为感念身世有所寄托而作，我也不能说其必否，不过他对宋氏姊妹的余情，也应该在这个机会重复发泄。如果合起来看，就该和事实不大远离罢？

本文开头的那一篇《锦瑟》，是为悼亡而作，是无疑的。而集中明标“王十二兄与畏之员外相访见招小饮，时予以悼亡日近不去因寄”里边的“更无人处帘垂地，欲拂尘时簟竟床”两句更是极沉痛的话。《悼伤后赴东蜀辟，至散关遇雪》诗云：

剑外从军远，无家与寄衣，散关三尺雪，回梦旧鸳机。

写这诗时，义山四十岁。一种迟暮的情调，已经弥漫纸上。他又写出了他的《乐游原》：

向晚意不适，驱车登古原。夕阳无限好，只是近黄昏。

这一首诗在人事上说明了诗人的迟暮；在意境上说明了摇落的悲哀；在文学史上说明了晚唐这一个阶段。而我之酷爱这一首诗，更是不要说得。大沼氏之所以最爱晚唐诗者，虽然说明不易，然而也可以约略领会得罢。另还有一句诗，“人间爱晚晴”，更有人名书斋曰“晚晴簃”，这大概全是一种同样的感情。

如果用一两句话或十几个字来说明一种境界，我没有这种锻炼的本领，如司空表圣的《诗品》，然而人家维摩一偈，我们絮絮千言，所希望的是使看官得到同样的一种感受，即使淡薄些也好。“夕阳无限好”一语，我推之为玉溪生的代表作，晚唐诗的标本，盖以此。

大沼氏以南朝人物与晚唐诗并列，实非偶然。庾子山的“将军一去，大树飘零，壮士不还，寒风萧瑟”，虽非了不得的俊语，然而同样予我们一种凄然之感。颜之推的“予一生而三化，备荼苦而蓼辛”，亦同具此酸辛，因知大沼枕山并举两者，实有至理。吾辈生当衰世，而对李义山庾兰成又复发生兴趣，此岂可谓幸事乎？不佞虽非星士的信徒，对此亦不得不重叹息耳。

（《古今》第八期，署名南冠）

朱竹垞的恋爱事迹

清代的文人，不少风流事迹，流传后世。譬如钱牧斋之于柳如是；吴梅村之于卞玉京；侯朝宗之于李香君；冒巢民之于董小宛；厉樊榭之于月上姬人。都已经耳熟能详了。不过还有些文人，他们的恋爱对象，既非名媛，又非名妓。而且因为事涉暧昧，更不能公之于世。然而在他们的诗文中，却也不少痕迹遗留。这就有待于后人的钩稽了。若黄仲则集内的《绮怀》，定公集中的《缟衣人》，就都是的。而其尤为艺林所艳称的，则不能不推朱竹垞集中的《风怀》诗了。

关于《风怀》诗，竹垞自己在《静志居诗话》中所说的一段话，是值得参考的：

> 长律至百韵，已为繁富，元美哭于麟，乃增至一百二十，元瑞哭元美，则更过之。盖感知己之深，不禁长言之也。

他自己的《风怀》诗有二百韵，洵可称前无古人。根据他自己的说法，自然也是感怀知己之作，再清楚也没有的了。

《晋玉诗话》云：

> 竹垞《风怀》诗原稿，旧藏杨文云司马家，稿凡五纸。初题静志，后始改为风怀，盖亦冀其稍稍隐秘耳。

晋玉说《风怀》诗中的女主人公，是竹垞的小姨，冯孺人之妹，名寿常，字静志。这种传说，很早即已经发生。姚大荣君更言：

> 忆光绪丙戌，李子卫太史（端棨）在京过夏，偶谈及此诗，李君语余，闻诸先辈云，风怀诗中人为竹垞小姨。后又闻胡宗武太史（嗣芬）云，太仓某氏藏金簪一枚，镌寿常二字，为竹垞赠人之品，其人即风怀诗主人。所谓“巧笑原名寿，妍娥合唤嫦”者也。

竹垞早年好作艳冶的诗词，《静志居琴趣》一种，更是专为伊人所作。当初他自己好像也并不十分避讳。《琴趣》末有曹倦圃（溶）的题辞一首《凤凰台上忆吹箫》。曹溶是竹垞的前辈，竹垞居然肯把这些事和他明说，勇气实在可嘉。袁子才已经作过诗替他吹嘘：

> 尼山道大与天侔，两庑人宜绝顶收；争奈升堂寮也在，楚狂行矣不回头。

据说当日竹垞刊集时，曾有人警告他，最好把《风怀》诗删去。竹垞态度冷静，拒绝删诗，并幽默的回答道：“宁不食两庑冷豚耳。”讲出了这句话，我就觉得竹垞是十分可爱的了，虽然维持世道人心的正人君子也不能没有。《四库全书》提要对《曝书亭集》的批评就很不好，嫌他“流宕冶艳”，替他删去了。连《静志居琴趣》也不免。所以四库本的《曝书亭集》是经过阉割的东西。方东树在《汉学商兑》里也骂竹垞：“八十余岁刊集，不去风怀诗，躬行邪行，自暴于世。”然而竹垞不怕这些，到底毅然留存下来了。他是想为自己少年时的恋爱留个纪念。更要为爱人“悼亡”。在二百年前名教的势力下，这种作为也可以说是难得的了。

然而竹垞也究竟不愿使此事明白显露于大家面前。他作《风怀》诗在康熙己酉，时年已四十一矣。伊人则死于丁未岁，是年竹垞曾写《戏效香奁体二十六韵》，亦即所以纪念逝者，一直到《风怀》诗写成，即算告一总结束。甚至于在集子刻成以后，还要大加删除，这删去的诗，大概以关系了他们的恋爱事迹的为最多。这删除的痕迹，据姚大荣君的细检，记如下：

> 而第四卷中己亥庚子两年之作，铲除独多。可以知其故矣。盖竹垞与彼姝相悦虽久，犹各止乎礼义。彼此相喻于言者，洛神帖小字中央，收和颜而静志，申礼防以自持之本旨，初念固不渝也。至戊戌冬，始抉破藩篱。其踪迹最密，盖在己亥庚子两年中。而此两年之诗，为

> 彼姝作者，或有踪迹太露难以示人之处，虽已刻成，而必从淘汰。例如玉楼春四首，不入静志居琴趣，正以名字太露故也。风怀一篇，并出名字，与玉楼春词略同，特因苦心经营，成功非易，不忍割爱，立意因诗存人，否则亦当在铲除之列矣。

然而虽铲除了不少的诗，我们究竟还可以探寻出一些蛛丝马迹来。在翁刻的《静志居诗》余中的四阕《玉楼春》里，《寿奴》与《长命女》两首中，每句都有寿字。《山姑》一首中，每句都有山字。《松儿》一首中，每句都有松字。《亥娘》一首中，每句都有亥字。寿是名，山是字，松是小名，亥则是生年也。至于伊人的名字究竟如何，前曾引晋玉之说，姚大荣则以为甚误，乃别有说以解释静志两字之义，说颇精：

> 晋玉谓冯孺人之妹，名寿常，字静志，其说甚误。殆由不知静志二字之来历，故有此说耳。竹垞元稿，虽以静志为题，而静志确非彼姝之字。略迹原心，殆即此诗之命脉。竹垞纂《明诗综》，其说明诗，即名静志居诗话。七十四岁始成书，距彼姝卒时，阅三十六年。显与彼姝无涉。惟竹垞以静志颜所居，则实由彼姝之故，静志二字始见《洛神赋》。竹垞用此二字，非泛泛由曹子建赋中拈出，乃系自彼姝摹写王子敬残帖中拈出。静志居琴趣洞仙歌第十四阕，有“十三行小字，写与临摹，

几日看来便无别”之句。此为竹坨诗词，选用洛神十三行缘起。而《两同心》词尾有“洛神赋小字中央，只有侬知”二句，又为竹坨取静志二字自颜所居缘起。洛神赋“收和颜而静志兮，申礼防以自持”二句，为全篇之骨，言敛容洗心，发乎情止乎礼义也。十三行残帖，则自“嬉左倚采旄”起，“玉体迅飞”止，共十三行。此二句正在第七行，居前后各六行之中，故云中央。盖彼姝未嫁时，虽踪迹不疏，而守礼谨严，避竹坨惟恐不及。至嫁后，所适非耦，时往来母家，自禾中至吴门，均由冯孺人同舟伴送。因习与竹坨接近，而彼此恋爱之情遂生。观《两同心》词“比肩纵得相随，梦雨难期”云云可证也。然两心虽同，而藩墙难越。彼姝微窥竹坨之意甚切，恐涉造次，致犯非礼。（自己丑以还，竹坨屡欲犯之，均以善避获免。）难于措辞，故藉临帖就正为由，特缩小第七行中此二句之字以示意。令会心人自悟。欲其止乎礼义也，故竹坨特表之，以答其意，不然，洛神帖本系小字，何待明言？人尽皆知，竹坨何为自诩曰只有侬知乎？惟字之尤小者，偏在中央，故始著此语耳，彼姝用心如此，以笔代舌，藉古讽今，辞严义正，剀切分明，宜竹坨心写不置，后来即以静志标题所居，又以署其琴趣及诗话，盖一以自忏，一以示心折其人，敬佩其意，是即此诗之微旨也。

至于历来谈《风怀》诗本事者，多半捕风捉影，有类说部。《鸳水仙缘》之作，即类似演义。《曝书亭集》注者有江浩然、孙银槎、杨谦三家。江孙仅是注故实之出处。杨谦因为与竹垞有世谊，故知朱之生平较切，且撰有《梅里志》《竹垞年谱》等书。他的笺《风怀》诗，常援引竹垞其他诗词为注，体例甚善。又传桐城萧氏藏有《风怀》诗注抄本，或者更有可观，也未可知。

《风怀》诗二百韵。大概包括了竹垞十七岁至三十九岁间二十二年的绮情事迹，所以也大可作诗史读。竹垞生于明崇祯二年己巳，在嘉兴之碧漪坊里第。冯家则在朱宅北。朱妻冯孺人生于崇祯四年辛未，伊人则生于崇祯八年乙亥，行第三。孺人名福贞，字海媛，以福禄寿喜排列之序，及诗中之隐示，伊人当名冯寿贞，字山嫦。

《曝书亭著录序》云：

> 予年十七，从妇翁避地六迁。而安度先生（彝尊父）九迁，乃定居梅会里。

《归安教谕冯君墓志铭》云：

> 君徙宅者八，之官者再。女五人，其一归于我。

《亡妻冯孺人行述》云：

> 孺人姓冯氏，讳福贞，字海媛。世居嘉兴练浦之阳。

考徙居府治之北，再徙碧漪坊，去先太傅文恪公里第，近止百步。

又云：

予年十七，为赘婿于冯氏之宅。遭乱，两家各去其居。后迁塘桥之北，又移居接连之桥。……孺人归予将五十年。少日遭乱，恒与予夜避丛篁密篠间。流离颠跻，凡徙宅者十一，始克宁居。

《风怀》诗首节为全诗总叙，而于伊人之出处，说得尤其明白。所以全录如下：

乐府传西曲，佳人自北方。问年愁豕误，降日叶蛇祥。巧笑原名寿，妍娥合唤嫦。次三蒋侯妹，第一汉宫嫱。铁拨娴诸调，云璈按八琅。琴能师贺若，字解辨凡将。弱絮吟偏敏，蛮笺擘最强。居连朱雀巷，里是碧鸡坊。

彝尊虽然是世宦之家，不过后来中落了。《亡妻冯孺人行述》云：

寒家自文恪公以宰辅归里，墓田外无半亩之产。祖考忱予公知楚雄府事，还仅敝衣一簏而已。至本生考安度先生，家计益窘。岁饥恒乏食。教谕君以孺人许彝尊为配。行媒既通，力不能纳币。彝尊年十七，为赘婿于冯氏之宅。遭乱，两家各去其居。

彝尊既然入赘于冯家，当然是跟了冯家一起逃难的了。在这机会下，寿贞与竹垞就常常有机会相处了。更因为乱离之顷，大家彼此都需要扶持，更没有什么避忌，所以形迹当然甚亲。这时寿贞十一岁。据姜绍书《韵石斋笔谈》：

乙酉岁北兵至嘉禾，项墨林氏累世之藏，尽为千夫长汪六水所掠，荡然无遗。

竹垞所居的碧漪坊，距项氏天籁阁甚迩。所以他们这次由碧漪坊避至冯村五儿子桥（见彝尊诗题——练浦塘东，嘉兴县治东南三十里），就是汪六水之役。竹垞词中述及这时与寿贞的关系事有《清平乐》：

齐心耦意，下九同嬉戏。两翅蝉云梳未起，一十二三年纪。春愁不上眉山，日长慵倚雕栏，走近蔷薇架底，生擒蝴蝶花间。

《四和香》词云：

小小春情先漏泄，爱绾同心结。唤作莫愁愁不绝，

> 须未是愁时节。　　才学避人帘半揭，也解秋波瞥。篆缕难烧心字灭，且拜了初三月。

词中所描写的寿贞，十二三岁的小姑娘已经十分伶俐而知情意了。这时竹垞因为机遇偶然，实在却还没有什么野心，不过对方语笑无心，也就要觉得“未免有情”耳。所以才说：

> 偶作新巢燕，何心敞笥鲂？连江驰羽檄，尽室隐村艡。绾髻辞高阁，推篷倚峭樯。蛾眉新出茧，莺舌渐抽簧。慧比冯双礼，娇同左蕙芳。欢踪翻震荡，密坐益彷徨。板屋丛丛树，溪田稜稜姜。垂帘遮雁户，下榻碍蜂房。痁鬼同时逐，祆神各自禳。

竹垞自言曾随妇家六迁其居。第二次即由冯村五儿子桥迁到横塘了。也在嘉兴，练浦塘之东。此时寿贞当已盈盈将及笄矣。《琴趣》中《朝中措》曾提及横塘，是记此时事的：

> 兰桡并载出横塘，山寺踏春阳。细草弓弓袜印，微风叶叶衣香。　　一湾流水，半竿斜日，同上归艎。赢得渡头人说，秋娘合配冬郎。

一对璧人，画桨双栖，简直是神仙伴侣。旁观者都赞叹不置，竹垞得意之状可掬。言念及此，不禁想到古时的确好，连逃难也还有这种福气，目下却邈不可得了。诗云：

乱离无乐土，飘转又横塘。皂散千条荚，红飘一丈蔷。重关于盼盼，虚牖李当当。凤子裙纤褶，鸦头袜浅帮。倦犹停午睡，暇便踏春阳。雨湿秋千索，泥融碌碡场。罥丝捎蟣蠓，拒斧折螳螂。侧径循莎荐，微行避麦䵷。浣纱宜在石，挑菜每登畹。

后来又迁居梅里。《静志居诗话》云：

予年十七，避地练浦。岁己丑，萑苻四起。乃移居梅会里。里在大彭嘉会二都之间，市名王店。

诗云：

萝茑情方狎，萑苻势忽猖。探丸搜保社，结侣窜茅篁。庑改梁鸿赁，机仍织女襄。疏棂安镜槛，斜桷顿书仓。路岂三桥阻，屏还六扇偒。弓弓听点屐，了了见缝裳。夙拟韩童配，新来卓女孀。缟衣添绰约，星靥婉清扬。芸帙恒留箧，兰膏惯射芒。长筵分泼散，复帐捉迷藏。奁贮芙蓉粉，萁煎豆蔻汤。洧盘潜浴宓，邻壁暗窥匡。苑里蘬由鹿，藩边喻触羊。未因通叩叩，只自觉怅怅。

这一节诗中“夙拟”二名最不易解，其实亦可通。盖伊人已先许嫁，而婿先死也。缟衣云云则是伊人为未婚之婿服“变服”也。竹垞既赘于冯氏五年，于己丑岁乃赁宅于梅里，接父亲安度先生同住，然并未脱离妻党别居。

冯翁有五女。长既竹垞夫人，次女已别嫁。寿贞序三，而四五二女俱尚幼，当然是依母的了。寿贞稍长，当与大姊常在一起。他们平时是住在相邻的两间房子里的。《琴趣》中有《洞仙歌》记嬉戏事云：

> 书床镜槛，记相连斜桷。惯见修眉远山学。倩青腰授简，素女开图，才凝盼，一线灵犀先觉。　新来窥宋玉，不用登墙，近在蛛丝画屏角。见了乍惊回，点屐声频，分明睹翠帷低擢，旋手揭流苏，近前看，又何处迷藏，者般难捉。

据说竹垞短视，所以有这许多活现的描写。而想要看见的是如此急切，偏是迷迷惘惘的，难怪要说迷藏难捉了，思之不禁哑然。

后来他们又移到一处叫樊楼的地方，看样子好像房子比较宽大了一些，他们住的也远些了，然而毕竟是混熟了的，竹垞还不时去寻她，可是她却总是防闲得很厉害。诗云：

> 孟里经三徙，樊楼又一厢。渐于牙尺近，莫避灶觚炀，题笔银钩在，当窗绣袂飏，有时还邂逅，何苦太周

防？今节矜元夕，珍亭溢看场。闹蛾争入市，响屧独循廊。帐触钗先溜，檐昏烛未将，径思乘窘步，梯已上初桄。莫绾同心结，停斟冰齿浆，月难中夜堕，罗枉北山张。

看这情形，竹垞进攻的结果，不但未达目的，反而受了冷待，停止了一向的优待。《琴趣》中《金缕曲》也是纪元夜事，其上片云：

枕上闲商略，记全家元夜看灯，小楼帘幕，暗里横梯听点屐，知是潜回香阁。险把个玉清追著，径仄春衣风渐逼，惹钗横翠凤都惊落，三里雾，旋迷却。

癸巳岁，寿贞年十九矣，嫁吴中富室。男家大概是乡下的土财主，一切享受，自然是极尽豪华，不过夫婿却是不能令寿贞满意，因为这种家庭，是不懂风雅的，竹垞虽是寒士，可是文采不凡，再看竹垞笔下所写的伊人，是个雅擅琴书，能制笺裳的少女，整天与一个俗人共处，难免不厌烦了起来，同时，她自然会记起夤夕相处，并且曾向她进攻而遭她婉拒的那个人来了。竹垞有《无题》诗：

金谷繁华地，风流石季伦。量珠凡几斛，买取坠楼人。

这里所说，寿贞婿家是如此的富厚，然而方伊人为绿珠，盖以示其意固雅不欲嫁此伧夫耳。又一首云：

织女牵牛匹，姮娥后羿妻，神人犹薄命，嫁娶不须啼。

则可见伊人未嫁之先，已知娅婿之伧俗矣。用织女姮娥作譬，盖以示两心之牵系，固未断也。又一首云：

汉皋珠易失，洛浦佩难分，不及问男女，肩挑六幅裙。

更是对寿贞的娅婿，加以恶劣的形容了，竹垞眼看伊人的遣嫁，自然不能忘情，于是就发为宛转的歌吟，其《惆怅词》云：

惆怅蓬山路，相思一万重，灯前看玉面，犹忆旧时容。

相见知何日，相思怨路殊，鲛人泪已尽，无复下成珠。

幽怨之情可见。癸巳岁所写的《嫁女词》，也是为寿贞的遣嫁而发的，当时竹垞的儿子昆田已生，而冯翁仲女则已嫁姚澍，澍字我士，是竹垞的同学。故诗云："大姑生儿仲姑嫁，小姑独处犹无郎。”又云：“媒人登门教装束，黄者为金白者玉。”则痛斥之。竹垞家贫，所以提到钱，则愤愤之态格外地显露出来了。“阿婆嫁女重钱刀，何不东家就食西家宿？”这简直是大加讽骂，而竹垞的私意也就一泄无余了。诗云：

> 冰下人能语，云中雀待翔。青绫催制被，黄竹唤成箱。玉诧何年种，珠看满斛量。采幡摇婀娜，漆管韵清锵，白鹄来萧史，班骓驾陆郎。徒然随画舰，不分上华堂，紫葛牵驼架，青泥湿马枊，枇杷攒琐琐，榉柳荫牂牂，金屋深如此，璇宫思未央。

寿贞既已遣嫁吴门，当然要归宁禾中。这一条路是水路，由王店镇经马王塘，濮院镇，妙智汛，石灰桥，更东北行，到苏州。这护送小姨的一差，自然以竹垞为最相宜。因为那时他还寄居在冯家。诗云：

> 朝霞凝远岫，春渚得归艎，古渡迎桃叶，长堤送窅娘，翠微晴历历，绿涨远汪汪，日影中峰塔，潮音大士洋，寻幽虽约伴，过涉乃须卬，澹墨衫何薄，轻纨扇屡障，心怜明艳绝，目奈冶游狂，缆解青丝绛，茵铺白篾篖，回波吟拷栲，鸣橹入菰蒋，竹笋重重箨，茶芽段段枪，甘蔗翻旧谱，活火试头纲，榼易倾鹦鹉，裘拚典骕骦，晓酲消芳蔗，寒具析怅惶。已共吴船凭，兼邀汉珮纕，瘦应怜骨出，嫌勿避形相，楼下兜衾卧，阑边拭泪

妆，便思蛩负蟨，窃拟凤求凰，两美诚难合，单情不可详。

这里面所用的“拷栳”一词，不免近于笑话，语见唐诗《回波词》，表明自己有畏于太太的监视，不敢与小姨有什么逾越的举动。“勿避形相”两语，可见伊人之憔悴，并与竹垞久别后亲热之状，“凭衾”“拭泪”，皆示伊适人不偶，感动而悲也，结末还是因冯孺人的看视，不过仅仅是一通辞而已。《琴趣》之《两同心》即咏此时情事：

认丹鞋响，下画楼迟。犀梳掠，倩人犹未；螺黛浅，俟我乎而。看不足，一日千回，眼转迷离。　比肩纵得相随，梦雨难期。密意写折枝朵朵，柔魂递续命丝丝，洛神赋小字中央，只有侬知。

顺治乙未三月竹垞游山阴，丙申春返里。夏复游岭南，迄戊戌秋归，在家时候比较少了，实在是因为长依妇家，难以为情，《冯孺人行述》云：

予授徒不给，遂南渡岭，越二载归，则孺人徙西河村舍，是冬复还梅里。

他的《返家即事》诗中也表示惭愧之意：

重为庑下客，惭愧说还家。

可见他仍旧是住在妇家的，因而仍与伊人常在一起。寿贞既然已经嫁在苏州，但是常依姊家居，看集中隐约说起，似乎寿贞之离母家，有什么隐约的情事，竹垞不敢详言，这次竹垞从粤归来，得偿多年的想望，所以诗语也格外出力地描写：

计程冲瘴疠，回首限城隍。红豆凭谁寄，瑶华暗自伤。家人卜归妹，行子梦高唐。杜宇催归数，乌尼送喜忙。同移三亩宅，并载五湖航。院落虬檐月，阶流兔杵霜。池清凋菡萏，垣古缭筼筜。乍执掺掺手，弥回寸寸肠，背人来冉冉，唤坐走佯佯，啮臂盟言复，摇情漏刻长，已教除宝扣，亲为解明珰，领爱蝤蛴滑，肌嫌蜥蜴妨，梅阴虽结子，瓜字尚含瓤，捉搦非无曲，温柔信有乡。真成惊蛱蝶，甘作野鸳鸯。

竹垞诗有云："痴儿犹昨日，病妇已连年。"当时昆田才七岁，而冯孺人则卧病。因而竹垞得有一亲香泽的机缘。《琴趣》之《鹊桥仙》（原注十一月八日）云：

一箱书卷，一盘茶磨，移住早梅花下。全家刚上五湖舟，恰添了个人如画。　　月弦新直，霜花乍紧，兰桨中流徐打。寒威不到小蓬窗，渐坐近越罗裙衩。

《眼儿媚》云："那年私语小窗边，明月未曾圆。含羞几度，已抛人远，忽近人前。"明月未圆，是指十四日夜。而《洞仙歌》亦云：

> 仲冬二七，算良期须果，若再沉吟甚时可。

这与《眼儿媚》所记可合看。而他们彼此已久目成心许，不过还沉吟着未即定情而已。

《洞仙歌》又记详细的情景：

> 况薰炉渐冷，窗烛都灰，难道又，各自抱衾闲坐。
> 银湾桥已就，冉冉行云，明月怀中半霄堕。
> 归去忒匆匆，软语丁宁，第一怕袜罗尘涴。料消息青鸾定应知，也莫说今番，不曾真个。

词意极缠绵之致，与李后主"铲袜步香阶"一词有同样的风致。这个值得忆念的仲冬二七即戊戌十一月十四日也。前曾引《金缕曲》的下片：

> 星桥路返填河鹊，算天孙已嫁经年，夜情难度。走近合欢床上坐，谁料香含红萼？又两暑三霜分索。绿叶青阴看总好，也不须频悔当时错。且莫负，晓云约。

"两暑三霜"是说伊人嫁在癸巳七月至戊戌正五年也。

绿叶句用杜牧诗意。更见出其深悔前情，当是“背面敷粉”的写法。这以后就是鹣鲽双栖的美满生活，最初还恐怕人知，行踪稍密。后来究竟不能尽掩人目，然而他们也就不能多顾了。

暂别犹凝睇，兼旬遽病尪。历头逢腊尽，野外祝年穰。忽枉椒花颂，来浮柏子觞。亮因微触会，肯负好时光？炉亟薰凫藻，卮须引鹤吭。象梳收鬓堕，犀角镇心恇。灭焰余残灺，更衣挂短桁。簪挑金了鸟，臼转木苍根。纳履氍毹底，搴帱簏簌旁。绮衾容并覆，皓腕或先攘。暮暮山行雨，朝朝日照梁。含娇由半醉，唤起或三商。连理缘枝叶，于飞任颉颃。烧灯看傀儡，出队舞跳踉。但致千金笑，何妨百戏偿。偶然闲院落，随意发缣缃。竹叶符教佩，留藤酱与尝。砚明鸜鹆眼，香騃鹧鸪肪。日以娑拖永，时乘嬿婉良。本来通碧汉，原不限红墙。

这里所记的，系戊戌十二月迄己亥正月事。然燕婉之私，在诗里也究竟不能十分写得明显。这就不得不求之于《静志居琴趣》中，《洞仙歌》云：

东风几日，觉春寒犹甚。纤手偷携笑谁禁。对初三微月，看到团栾，铺地水处处袜罗凉浸。　　周郎三爵后，顾曲无心，争忍厌厌夜深饮？只合并头眠，有限春宵，切莫负煖香鸳锦。最难得相逢上元时，且过了收灯，放船由恁。

又一阕云：

佳期四五，问黄昏来否，说与低帷月明后。怕重门不锁，仙犬窥人，愁未稳花影匆匆分手。　鸡缸三两盏，力薄春醪，何事卿卿便中酒？翻唤养娘眠，底事谁知，灯一点尚悬红豆。恨咫尺绳河隔三桥，全不管黄姑，夜深来又。

又《增字渔家傲》云：

百蝶仙裙风易袅，藕覆低垂，浅露惊鸿爪。元夕初过寒尚峭。呼别棹，雪花点点轻帆杪。　别院羊灯收未了，高揭珠帘，特地留人照。众里偏他回避早，猜不到，罗帷昨夜曾双笑。

姚大荣氏释“随意发缣缃”以下至“原不限红墙”曰：

随意发缣缃以下，侈陈岭南方物。乃知竹垞此行，所获不少。而前此彼姝相悦，将合复离。今乃惠然肯来，非有陆贾之装，仍妨幼舆之拒。谁云以情合者，不必借金钱之力耶？金钱虽不足以移贞固之心，而实足以洗寒酸之陋。士无贤不肖，贫者鄙，古人所以奋慨也。

这一段议论，实在不大好，令人读了难过，大有整个故事都为它破坏掉之感。寿贞与竹垞，在小时相恋。她之所以不肯许身，是自爱的表现。后来受环境刺激，转变了。这种感情的转变，我们是可以了解的。如果说是看上了竹垞的发了财，未免太小家气了。真是如此，当初嫁过去时看了那“种玉”“量珠”也就该满意，在婆家安稳做媳妇了。至于竹垞的历数岭南异物，如果目的是夸示的话，也实在不堪了。姚君所解颇泥，因为拈出。

顺治十六年六月，郑成功由海道破镇江犯江宁。江南又遭一次战祸，这又给他们一次逃难的机会，来重演多少年前的旧梦。这时期的《琴趣》中的词，也颇多纪艳情的，兹不具引，稍选几联为例：

别离改月，便恹恹成病，镇日相思梦难醒。……昵枕未三更，兰夜如年，奈犹憾乱鸦初影。(《洞仙歌》)

晨红才射南窗影，屏帷被谁惊起？……昨宵回忆并坐，问何曾酒酽，宿酲如是？橄榄浆酸，蛤蜊汤俊，犹道不消残醉。曲屏斜倚，看旧扫眉峰，渐低穹翠。半枕瞢腾，到日高翻睡。(《台城路》)

顺治十六年六月，郑成功从海道进兵，直迫江宁。这是明朝不死的民族魂的临末一次轰轰烈烈的表现。不过江南也被兵甚苦，竹垞当然也随伴了小姨并妇家的人们做了又一次的逃难。在这逃难之顷，又不免有许多亲近寿贞的机会，他们曾同观社戏，共栖画舫，实在过的是十分美满的生活。《静志居琴趣》中有一阕词云：

城头画角，报横江舻舳，催上扁舟五湖曲。怪乌尼噪罢，蟢子飞来，重携手，也算天从人欲。红墙开窔奥，转入回廊，小小窗纱拓金屋。随意楚台云，抱玉挨香，冰雪净素肌新浴。便归触帘旌侍儿醒，只认是新凉，拂檐蝙蝠。

这后半阕所写，也可算露骨了。他们的恋爱，都不避忌侍儿，似乎是已经名正言顺了的样子。《风怀》诗写这一段时期中事道：

天定从人欲，兵传迫海疆。为园依锦里，相宅夹清漳，夺织机中素，看舂石上粱。茗炉寒说饼，芋火夜燃糠。唐突邀行酒，勾留信裹粮，比肩吴下陆，偷嫁汝南王。画舫连晨夕，歌台杂雨旸。旋娟能妙舞，謇姐本名倡。记曲由来擅，催归且未遑。

己亥，庚子，辛丑几年间，竹垞往来于山阴禾中之间，看他的来往之频，就知道他在禾中有所恋恋，不忍远离的情景。他有《庚子冬古意二首》，也是咏此时事的。有句云：

“凉秋八九月，游子当远行。”即指自己在秋天去山阴的事。“严冬十二月，飞来双白鹄。”大概就是指接到伊人由禾中寄书来事。他更有一阕《好事近》：

往事记山阴，风雪镜湖残腊，燕尾香缄小字。十三行封答。

中央四角百回看，三岁袖中纳。一自凌波去后，怅神光难合。

这也是叙得她信后事，“置君怀袖中，三岁字不灭”。爱恋之深，似乎两人间应当无间言了。可是一双爱偶中，也间或会偶有不和谐的事情出现的。《洞仙歌》云：

花糕九日，缀蛮王狮子。圆菊金铃鬓边媚。向闲房密约，三五须来，也不用青雀，先期飞至。　　恩深容易怨，释怨成欢，浓笑怀中露深意。得个五湖船，雉妇渔师，算随处可称乡里。笑恁若将伊借人看，留市上金钱，仅赢家计。

痕迹是很容易泯灭的，而且还更加上了一层热爱。乡里是夫妇相呼的古语，这里竟用了来作比，可见他们的关系，更不是泛泛的了。

同时竹垞更对他的恋人的美丽，倍致揄扬。他说：“笑恁若将伊借人看，留市上金钱，尽赢家计。”把她比作西施，伊人的丰神标格，真可以令人回念不置。这一段诗是：

风占花信改，暑待露华瀼。蓄意教丸药，含辛为吮疮。赋情怜宋玉，经义问毛苌。芍药将离草，蘼芜赠远香。潮平江截苇，亭古岸多樟。镜水明于镜，湘湖曲似湘。加餐稠叠语，浓墨十三行。约指连环脱，茸绵袙复装。急如虫近火，燥甚蟹将糖。

下面的一段诗，在全篇中可称最难解了。辛丑年诗中纪事过略。伊人嫁后，命运多乖，常回母家。原因不详，和丈夫的不相投自然是一个原因。她于是只得常依母家。姚大荣解此段以为伊人嫁后又寡。我想对照诗语，实际不应做如此解。现在先引原诗：

理棹回青翰，骖驹骤玉瓌。宁期共命鸟，遽化逆毛鸧，寄恨遗卷发，题缄属小臧。愤奚殊蔡琰，悔嫁失王昌，作事逢张角，无成种董葙，流年憎禄命，美疢中膀胱。

王昌一语，是说伊人所适非人。而上句说“愤奚殊蔡琰”，则不能骤解为早寡，因为他说“奚殊”，明明是说虽不是实际上与蔡琰同共命运，然她们的悲愤则相同也。“无成种董葙”，是说她曾经有子，后来却死了。所以她家居的情景是非常可怜的。既不得于丈夫，又没有小孩子的慰藉。

这时她已经是廿七岁。“毛鸽”“骈字类编”引《韩诗外传》云：

孔子与子夏渡江，见鸟而异之，人莫能名。孔子曰：鸽。尝闻河上老人歌曰：鸽兮鸹兮，逆毛衰兮，一身九尾长兮。

这也只能解释作一对怨偶的象征。姚氏据“五角六张”之语说伊人嫁后复寡，恐未必然。

关于“寄恨遗卷发，题缄属小臧”二语，在《静志居琴趣》中有一阕《换巢鸾凤》可供参阅：

桐叩亭前，记春花落尽，才返吟鞭，鸭头凝练浦，鹅眼屑榆钱，兰期空约月初弦，待来不来，红桥小船。蓬山尽，又风引翠环不见。

飞燕，书乍展，哽咽泪痕，犹自芳笺染。玉镜妆台，青莲砚匣，定自沉吟千遍。解道临行更开封，背人一缕香云剪，知他别后，凤钗拢鬓深浅。

她曾与竹垞有约，终于因事不得至，仅有信一封，泪痕零落，并附有一缕卷发。推测当时情形，当系夫家对寿贞的归宁，啧有烦言。而他们间的事，也已经不能保守秘密了，所以才用这种方式来寄意。如果依姚君之说：

据右二词与诗语合参，似彼姝新寡，即有书缄至竹垞。却未明言其事，但见笺上泪痕稠叠，惟有卷发一缕，寄其悲恸之意，其中消息，彼姝既不以告，竹垞归后始悉。

怨偶的丧亡，在寿贞似乎不必那么悲哽，只有解释作在夫家受了种种不方便的监视，不听归宁与他相聚，才可以说得过去。姚君泥于“五角六张”的再寡之见，解释遂不可通。以至底下解释《如梦令》的“好事已成虚事”作“即谓婿家虽富，至此则其人已死，万事皆空也”。我想寿贞秉冰雪聪明，绝不会留恋荣华至此。经师的见解，运用到研究才人的心性上来，每每有这种可笑的地方。

壬寅三月至八月，竹垞家居，伊人又来，共度着一段甜蜜的生活，底下的一段诗，述艳情极明露：

手自调羹臛，衣还借裲裆，口脂匀面罢，眉语背人刚。力弱横陈易，行迟小胆怯。留仙裙尽绉，堕马鬓交鬟，不寐扉重辟，巡檐户暗搪。风微翻蝙蝠，烛至歇蛩螀，雾渐迷三里，星仍隔五潢。

《静志居琴趣》中《减兰》一阕可参阅：

犀梳在手，逋发未撩匀面后。眉语心知，引过闲房步步随。

颓香暖玉，牵拂腰巾带重束，一段归云，谁验蛇医臂上痕。

以下一节，述壬寅秋冬间事。壬寅九月，竹垞去归安学舍，省其外舅。寿贞也在那里。重九登高，他俩在阁楼相遇，究竟不是在家里，以他俩人姊夫小姨的关系，当然没有多少话说。只好匆匆别去，尤其可恶的是竹垞因家贫之故，不得不游幕于永嘉，不能伴伊人回里。《琴趣》中的《婆罗门令》云：

渠去日一帆春水，侬到日也一帆秋水。怪道相逢，翻不是相期地。无一语，只当相逢未。　霜风紧，霜叶脆，上危梯九日层楼倚，楼头纵得潜携手，催去也怨鹦鹉红嘴。别时真惜，住也无计。此恨绵绵讵已？每遇登高会，便洒登高泪。

"一帆春水"，即言伊人归里之事，竹垞为饥所驱，求食永嘉事在他的《永嘉除日述怀》中说得非常痛切：

不作牵裙别，飘然到海隅。谋主真卤莽，中岁益艰虞。乡里轻孙楚，衣冠厌鲁儒。微命翻诋挫，暇日少欢愉，处贱无奇策，因人远祸枢，同舟邀楚客（原注王明府世显），听曲赏巴渝。

这里的“因人远祸柩”的一句似乎有些费解。竹垞曾经有山阴结客、反清复明之举。祁氏事发，官中追捕甚急，不得不托身王明府以避难永嘉了。诗云：

轻帆先下霅，歧路误投杭，九日登高阁，崇朝舍上庠。者回成逼侧，此去太伧惶，乱水逾浮玉，连峰度括苍。恶溪憎诎屈，盘屿苦低昂。地轴何能缩，天台讵易望？

癸卯冬竹垞自永嘉归来，第二年的新年，又与伊人相见了。不过竹垞又定了去云中的行程。下一段诗中写竹垞与寿贞虽然有幽媾之事，可是在见面之顷，还互道胜常，有如初会，做作的表示十分可笑。《洞仙歌》亦正道此事：

明湖碧浪，枉轻帆寻遍，咫尺仙源路非远。讶杜兰香去，已隔多时，又谁料佳约三年还践？　　纤腰无一把，飞入怀中，明月重窥旧时面。归去怯孤眠，镜鹊晨开，云鬟掠小唇徐染。偏走向侬前道胜常，浑不似西窗，夜来曾见。

这儿所提到的“佳约”，即指前引《洞仙歌》中的那一句“苹洲小棹约，兜娘相共”而言。彼时是壬寅的秋天，践约却在甲辰的春天，故云三年也。诗为：

重过花贴胜，相见纺停轩，射雉须登陇，求鱼别有枋。笆篱六枳近，练浦一舟荡。乌桕遮村屋，青萍冒野艎。洛灵潜拾翠，蚕妾未登桑。骤喜佳期定，宁愁下女绐，繁英经夜合，珍木入宵炕。启牖冰纱绿，开奁粉拂黄。话才分款曲，见乃道胜常。

欢乐究竟不能常驻。死别毕竟也要临到一对爱侣的头上来。竹垞与伊人虽相爱甚深，然迫于他们的关系，爱恋只能在暗中表示与进行。更因为竹垞家贫，须旅食四方，会少离多，是十分可怜的事。当时山西的按察副使是曹倦圃，竹垞想去访他，又曾先往武林一行，才整装北上，所以有《洞仙歌》中的“行舟已发，又经旬调笑”的一句话也。不料此去，即成永别。事后追思，弥增怆痛。故言之亦弥切也。

即事怜聪慧，那教别慨慷？朅来要汉艾，块独泛沙棠。送远歌三叠，销魂赋一章。兜鞋投暗室，卷箔指昏亢。命续同功缕，杯余九节菖。截筒包益智，消食饷槟榔。胶合黏鸾鸟，丸坚抱蛣蜣。欢难今夜足，忧且暂时忘。本拟成翁妪，无端失比伉。睫边惟有泪，心上岂无衁？缄管徐抽线，阑灰浅涑巟。毫尖渲画笔，肘后付香囊。诀绝分沟水，缠绵解佩璜。但思篙橹析，莫系骣骢缰，帷帐辞秦溆。音尘感谢庄。岂无同宿雁，终类失群獐。

竹垞既至云中，久未得归。丁未得家信，得到伊人因结想成劳遂至不起的消息。她死在康熙六年闰四月。死因除积念远人外，应当还生过气愤，而这气愤又引起于她的姑嫜之间。

卫鬒频开匳，秦衣忍用祥。炕蒸乡梦短，雪卷朔风雱。绝塞缘蠮螉，丛祠吊好蚄。刀环归未得，轨革兆难彰。客乍来金凤，书犹报白狼。百忧成结辖，一病在膏肓。峡里瑶姬远，风前少女殃。款冬殊紫蔓，厄闰等黄杨。定苦遭谣诼，凭谁解迭逖？楔先为椟斫，李果代桃僵。口似衔碑阙，肠同割剑芒。返魂无术士，团土少娲皇。剪纸招南国，输钱葬北邙。

等到竹垞归来以后，伊人则已同宿草。睹今思昔，怅触无端。盖距伊之逝，已两年矣。

春秋鹈鴂换，来往莺鸠抢。油碧香车路，红心宿草冈。崔徽风貌在，苏小墓门荒。侧想营斋奠，无聊检笥筐。方花余莞蒻，文瓦失香姜。扇憾芳姿遣，环悲柰女亡。玉箫迷处所，锦瑟最凄凉。束竹攒心曲，栖尘迷眼眶。转添词怅怅，莫制泪浪浪。幔卷䌷空叠，铃淋雨正铗。情深繁主薄，痴绝顾长康。永逝文凄戾，冥通事渺茫。感甄遗故物，怕见合欢床。

“空梁落燕泥”，这一种空房之怨，写得尽了，后来乃转到请方士求冥通，待一旦发觉此事不可能，乃真真无限悲苦，一齐上心，欲解无由矣。

（《古今》第十、十一期，署名吴咏）

读知堂文偶记

几年来陆续买读知堂所著书，也常在旧书摊上搜到初版各本。除在东京所印的《域外小说集》始终不曾得到外，其余的如新潮社出版的《雨天的书》《陀螺》，晨报社本《自己的园地》，说部丛书本《红星佚史》等都曾买得。总算起来，大大小小，已经有三十册左右了。每常翻读，觉得有一种乐趣。早年著译以介绍外国文艺作品论文为多，这些劳作在文艺界所得的影响显然可见。不过这里却不想说及。我所喜欢的还是散文。自《看云集》《夜读抄》《苦茶随笔》《苦竹杂记》以次，直到《瓜豆集》《秉烛谈》，都为我所爱读。早年所写《雨天的书》，韵味较清新，似不若后来所作的醇厚，好比陈年的绍兴老酒，年代愈久味道自愈永也。

《泽泻集》可以说是作者早年自选的散文集。《陶庵梦忆序》里含了一种淡淡的忧郁气，或如作者所自云的“伤感”。与《夜读抄》的小引颇相像。作者曾自云：“绍兴是我生长的地方，有好许多山水风物至今还时时记起，如有闲暇很想记述一点下来。”（《北平的好坏》）然而除《乌篷船》等有限几篇以外，我们没有福气多读到。然而乡土的怀念在一个人的笔墨中自然会不时流露出来，而它们又是带了那样的轻微的忧郁味，于是就更令人读了怅然。

《夜读抄》里的《姑恶诗话》，的确可以说是写得异常凄艳的一篇文字。我曾反复地读过十余遍，觉得这是我所读过的最悲恻的一篇文字。并不是说悲壮，那只是一阵感情的奔泻而已；这个则有如一条小河，水纹时时若隐若现，可是郁结的厉害。文中有一段云：

> 沈园不知早到哪里去了，现在只剩下了一片菜园，禹迹寺还留下一块大匾，题曰“古禹迹寺”。里边只有瓦砾草莱，两株大树。但是桥还存在，虽是四十年前新修的圆洞石桥，大约还是旧址，题曰“春波桥”，即用放翁诗句的典故。民间通称罗汉桥，是时常上下的船步，船“头脑”汤小毛即住在桥侧北岸，正与沈园相对。越城东南一隅原也不少古迹，怪山，唐玉潜墓，季彭山故里，王玄趾投水的柳桥，但最令人惆怅者莫过于沈园遗址。因为有些事情或是悲苦或是壮烈，还不十分难过，唯独这种啼笑不敢之情，深微幽郁，好像有虫在心里蛀似的，最难为怀。数百年后，登石桥，坐石阑上，倚天灯柱，望沈园墙北临河的芦荻萧萧，犹为怅然——是的，这里怅然二字用得正好，我们平常大约有点滥用，多没有那样的贴切了。

这里作者对禹迹寺的景物加以描摹，只是轻轻一掠即已经抓到悲哀的核心。作者近作有一首云：“禹迹寺前春草生，沈园遗迹欠分明。偶然拄杖桥头望，流水斜阳太有情。”闻新出的《药味集》中也收有《禹迹寺》一篇，而前引的一段，在《老学庵笔记》一文中也曾加以引用，足见作者自己对这一段也是非常喜欢的了。

作者曾写纪念旧友的文章不少。有志摩、半农、隅卿、鲁迅、品青、玄同诸人，在我看来，就中以《钱玄同先生纪念》一文最为沉痛。这沉痛并不是说在表面上如何如何，只是寂寞地记述彼此的友情，于是就更可以看出知己的可贵来，而那悲哀却是力透纸背的。

纪念逝者的文字，向来有两种，一种是痛哭流涕，如韩愈《祭十二郎文》，非不痛切，然其所表现的感情多为表面的，一恸之后，遂尔已矣。不若深郁的一种来得沉痛。作者在挽玄同先生的联语上，附有小注曰：“余识君在戊申岁，其时尚号德潜，共从太炎先生听讲《说文解字》，每星期日集小川町民报社。同学中龚宝铨朱宗莱家树人均先殁，朱希祖许寿裳现在川陕，留北平者唯余与玄同而已。每来谈常及尔时出入民报社之人物，窃有开天遗事之感，今并此绝响矣。”这是多么沉痛的话，有许多地方，真是不敢回忆，好像是一块脱皮的血肉，用火酒搽上去的那种味道一样。我自己常有这种经验，深切地明白为什么一个人独坐空房会突然跳起来，这种情感的激动盖非假事而是的确的。晋阮籍遭父丧饮酒食肉不辍而一恸辄呕血数升，其不为普通人所了解，岂不是当然的么？

《读初谭集》一文中有题记一则，也是关于玄同先生的事：

“久欲得《初潭集》，畏其价贵不敢出手，去冬书贾携一册来，少敝旧而价不出廿元，颇想留之。会玄同来谈，又有生客倏至，乃属玄同且坐苦雨斋北室，即前此听虾蟆跳处，今已铺席矣。可随意偃卧，亦良便利也。比客去，玄同手《初潭集》出曰，此书大佳，如不要勿即退还。——盖自欲得之也。未几全书送来，议打一折扣而购得之，尚未及示玄同，而玄同已殁矣。今日重翻此集，不禁想起往事，感慨系之。于今能与不佞赏识卓吾老子者尚有几人乎？廿八年二月四日春夜，知堂记于北平。”可与上述一文参看。

即在同一文中，作者曾提起他所佩服的中国思想界的三贤——汉王充、明李贽、清俞正燮。在别的地方也时常称道。俞正燮痛斥缠足，并重立贞女节妇的定义，被李慈铭讥为“出于周姥”。其实他的思想不过是正直与同情而已。

李卓吾的行径比较怪僻，然而所主张仍旧是出于人情，并不足异，不过戴了各式眼镜看去，就难免都不顺眼。

至于他的思想，受外国哲人的影响实多。他曾自称是唯物论者，在《关于自己》一文中曾提起曾受过影响的几个人——克鲁泡特金，勃兰兑思，弗来则与蔼理斯。他曾解释“虚无主义”道：“所谓虚无论的意思实在只是中国所云无征不信，换句话说就是唯物的人生观，重实证而轻理想。”这种思想我想即是作者所一向奉行着的。看一切文艺作品，即以此为判断中心。至于蔼理斯的影响则更是显然。“要正当的生活，我们须得模仿大自然的豪华与其严肃”。作者演其意云：

“生活之艺术即中庸，即节制，即为纵欲的禁欲。”

至于弗来则，作者从他所得到的是关于文化人类学方面的知识与兴趣，《夜读抄》中多有介绍。这种研究文化的方法看似迂远，其实乃是最正确的。

这些似乎全是作者自己的意见。可是我觉得最好也还是信奉他的自述。我们所能做的，最多的还是文章的鉴赏方面。论及思想，不免多有谬误，所以就择要抄了作者自己的一些话来做说明。

作者的散文的另外两条路是“草木虫鱼”和谈“社会文化”。前者如《看云集》中的《金鱼》《虱子》等七篇和后来的《苦茶》《野草》等，他在这里是发挥着对于名物的爱好。文章的内容充实，而又出之以前述的那种明澈的人生观。谈论无不如意，在读者方面所得，除了新知的获得外，更可以赏鉴文字的趣味，如听一位通达人情物理的老先生的絮谈，在聆者自然是一种悦乐。

至于谈一般文化人类的现象的呢，在我就更为喜欢。像《缢女图考释》那样的文章，真可以说是写得生动极了。他从这个现实的事件中看出“尸体赏鉴”的事实来，掘发了中国古今文人的变态心理，至于那结尾的一节，更是值得援引的，不独文字好，思想上似乎也可以作为代表：

> 再想那李姓女子，生前认识了一个男人，旋被遗弃，家里又很顽固，迫得上吊毙命，遗言只愿穿上红袍，死后挂上一天一夜，殓时据报载家里也没有人到，只派两

个听差来，这也就够凄惨了。不幸的人，我们对于她不能有什么一点供养，只希望她的苦辛屈辱就此完毕，早早入土为安，身灭名没，归于空虚，不要再被人说以至想起。何苦来再留下一张悬于窗上的照片供千百人的随喜赏玩，此虽或有惬于文人画家之雅鉴，吾们凡人乃终不能解也。审如是也，吾之考释又岂靠得住乎？

这文章是为《论语》所写，所以题名及结尾颇具波俏之致。后来还被选入《幽默文选》中。这自然是一种看法。我觉得如果用来说明作者的“中庸思想”，该是十分合适的。这位李姓女子死后，社会上对她的态度有可能的几种。为当时报馆记者所奉行的一种自然是不高明的了。如果由热心的人们看来，似乎应当拿来作为一桩社会问题议论一番。或者来追根求底做法律上的根究，是法家的办法。作者却只要求她“身灭名没，归于空虚”。这似乎可以拿来做“中庸”的注脚了。其实这正是中国民族数千年来所养成的一种“现实人生观”，看来似乎极不积极，然而却是最实用的。事实上也的确这样正好。其余的办法在理论上虽佳，实际上却不然。这是多么阴暗而悲惨的思想。

在《苦茶随笔》的小引中说及中国对于忍的说法有儒释道三派，而以释家所说为最佳。儒家“小不忍则乱大谋”，是入世者的方法。道家“安莫安于忍辱”，则是遁世的方法也。总之这都是一种手段。独释家拿忍来作为生活的一种，态度庄严而郑重，令人敬爱。而中国人一向看释家为出世者，殊不知他们对于生活态度是那么积极的。反而是“苟全性命于乱世”的道家思想，一向弥漫于全国人的心底，根深蒂固不可动摇。

这两篇文章都写得好，读之如闻说法，令人顿生澈悟，获益匪浅。在领略文章之美以外，更是另一种收获也。

《苦竹杂记》中有《说鬼》与《关于活埋》两文，可以作为另一种文字的标本。前者结尾有几句话，可以拿来说明这类文章的特色：

> 现在如只以中国为限，却将鬼的生活详细地写出，虽然是极浩繁困难的工作，值得当博士学位的论文，但亦极有趣味与实益，盖此等处反可以见中国民族的真心实意，比空口叫喊固有道德如何的好还要可凭信也。

我这里也不是在提倡“功利主义”，说是可以“小题大做”，在一粒沙里来见大千世界，只是觉得这事颇为有趣，试想活人的脑子中却幻出了死人的世界，而花样繁多，并不寂寞，该是多么好玩的事，如果到了心理学家手里分析起来，这许多又是阳世间所希望着而做不到的事，是一种压迫的反应。一句话，这种工作的出发点大都是源于“趣味”，此则在一般读者所不可不知者也。

在前面我曾提出作者文章中的一个特点来，曰“沉痛”。其另一特点则是“诙谐”，而这诙谐又包含了“说反话”与“波俏”两种，“说反话”在写某种文章的场合确是必需的，在我看这种地方日本夏目漱石的影响很是显然。尤其在早期的作品是如此。甚至有时在篇末还要特别注曰："又上文所说有些是玩话，有些不是，合并声明。"(《死法》)当然这在读惯了洋洋洒洒正面文章的人是理应声明以免误会的。近时所作却具有另外一种诙谐趣味。举例来说，如《家之上下四旁》一文的附记云："关于汉川县一案，我觉得乾隆皇帝(假如是他)处分得最妙的是那邓老太太，当着她老人家的面把儿子媳妇都剥了皮，剩下她一个孤老，虽是每月领到了藩台衙门的二两银子，也没有家可住，因为这掘成一个茅厕坑了。走上街去，难免遇到黄宅亲家母面上刺着两行金印，在那面看守城门，彼此都很难为情。……甚矣皇帝与道学家之不测也，吾辈以常情推测，殊不能知其万一也。"虽然是诙谐，然而还到底露出"反动"的痕迹来。

另有一篇《谈劝酒》的文章，登在《朔风》上的，作者说明他不喜"豁拳"的第二个理由曰："豁拳的叫声与姿势有点可畏，对角线的对豁或者还好，有时隔着两座动起手来，中间的人被左右夹攻，拳头直出，离鼻尖不过一公分，不由不感到点威吓。"这里把极平凡的事，加以点染，便成笑料。读之欲不笑，不可得也。

俞平伯《古槐梦遇》中有一则云："有一联不知贺谁新婚，其词云'此冀北生徒中之知礼者，有江南儿女喜曷称诗乎'，一本'者'作'者也'，'乎'作'云乎'。苦雨斋本'知'作'守'。"

这一联可以借来说明苦雨老人是个"守礼者"。何以知之？于写文章的风格中可以觇之，我们似乎常常可以在作者的文字中看见这样的附记：“为行文便利起见，除特别表示敬礼者外，人名一律称姓字，不别加敬称。”（《关于鲁迅之二》）这种地方看似小节，不过很可以看出一种“诚敬之表示”来，闲常推测，这或者就是所谓古之儒家的风度罢？又同文末一节云：“我尝说过，豫才早年的事情大约我要算知道得顶多，晚年的是在上海的我的兄弟懂得顶清楚，所以关于晚年的事我一句话都没有说过，即不知为不知也，早年也且只谈这一部分，差不多都是平淡无奇的事，假如可取，可取当在于此，但或者无可取也就在于此乎。”

这是我喜读的一段文章，却说不出什么地方好来，勉强要说，可以说是那一种空气雍睦得好罢。

还有一卷小文，为我所爱读，即收在《周作人书信》里边的一些小札，由作者寄给俞平伯废名沈启无三人者，或者可以譬作精致的小糕点罢，入口即溶，不留渣滓，每隔若干时，取来重读一过，味道依然。作者自己对这些小札也非常中意，曾在“序信”中提起：“挑选结果仅存此区区，而此区区者又如此无聊，复阅之后不禁叹息。没有办法。这原不是情书，不会有什么好看的。这又不是宣言书，别无什么新鲜话可讲。反正只是几封给朋友的信，现在不过附在这集里再给未知的朋友们看看罢，虽说是附，在这里实在这信的一部分要算是顶好的了，别无好处，总写得比较的诚实点，希望少点丑态。”

这话是真的。我喜欢读题跋短简之类的小品文字，而这种文章近来却少有，新文学作品中除琢磨晶莹的一种华美的小品文以外，普通的都不佳，登在《人间世》第一期的刘大杰的《春波楼随笔》，初读时在八年前，觉得甚佳，后来逐渐觉得不行，最近重读更是看不下去了。即刘半农先生的小品文也觉得摇曳太过失去了本来的面目。不知为何，不自然的东西我始终不喜欢，无论本来是想装扮作少艾或是什么。这一卷小札即甚中意，兹抄两三为例：

好久没有见了。虽然已是春天，而花叶尚未茂发，不免有寂寥之感。“愚”年老多病，近来患胁痛，赖学多日，亦不能执笔，或把卷，深觉此日可惜。但实在无可为，只想多饮一杯白兰地，且食蛤蜊耳。绍原走后无消息，想早已到广，匆匆不尽。（与俞平伯信）

昨日叶公打电话来问尊寓地名，想系奉访乎。新制一种信封，觉尚清疏，但只可自怡悦不堪转赠君耳。平伯看见云似苏字，不为无因。匆匆不备。（与废名信）

昨日巨公光降敝庐，已将人间天上集奉还。据云两三日来住在清燕，故未见足下。咖（此字制作似仿“鉧”字）喱饭之约未决定日期，照今晨样子恐还有很热的天气要来，或者以略略展缓为宜乎？但又虑不在大热天吃之，便少安南气味耳。未知何如也。匆匆不悉。（与沈启无信）

以上随便抄录，没有什么取舍的意见，不过有一个共同的特色，即全是很自然的。也或者存有作者的特有风趣的说笑语。即作者所自谦为最缺乏的“闲适”和“流连光景”的处所，这里也有不少留存。是颇值得欣赏的。

作者的文章浩瀚，平日虽然常常翻读，却没有研究的准备，长编也不曾作过，现在不过随便捡拾，附以己见，关于思想方面又没有多触到。只不过是一些文章欣赏的话而已，不过这些久存在心里的意见，得记录一二，倒也是值得高兴的事耳。

（《古今》第六期，署名默庵）

读《药堂语录》

三十一年十二月十一日晨，往访荤斋兄，在案上见适自北平寄来之《药堂语录》一册，会稽周作人撰，天津庸报社出版者也。知堂著书多系北新出版，战后则只有《秉烛谈》一册。而周氏更有一个时期绝不动笔，此一小册出版于三十年五月十五日，在《药味集》之前，然而却后到手，系托北平朋友买寄，以《古今》第一二两期交换得来者也。

饭后携之至 Cathay Mansion，坐小窗下，日影满室，披卷读之，觉得是亦人生一乐。吾辈年纪尚轻，然似已自极浓之世味中度过，无复少年幼稚的情趣，也因此可以欣赏知堂翁。即如近来的生活，极闲荡之致，常常泡在 American Bar 里大半天，欣赏浮世男女的一灿一笑。即如今日，坐在酒吧里吃茶，在看《药堂语录》，并摊纸执笔写此小文，如此行径，称之为“遗少”固无不可，鄙人也不否认。郭沫若先生去国前有《离沪之前》一文，内多忧危怀念之意。鄙人最近也将离沪，而前途的苦难似更有甚于郭君，然而其表现却不同若此，窃念此盖小资产阶级与革命者分野所在，而对“世纪末”这个“名词”也多少可以了解。然而吾辈终不能与知堂翁全同，流连光景是很可爱的，而我则不能没有舍去的一日。吴梅村诗云：“书剑尚存君且住，世间何物是江南。”鄙人深知江南之可爱，然在结末终不能不舍去。李义山诗云：“年少因何有旅愁？”或可作为一种解释乎？

至于这本小书，磁青表面，皮纸小签题，为知堂手迹，是很可爱的，题名“药堂”，作者在题记中别有说，其发意盖已甚久，“书信”中有与平伯书，说明文字中要存“性”，因取名“锻药庐”。此处的文章多是读书小记，有如种种草药，陈列在摊子上，后记中说他早年学吸烟云：“余不能吸纸烟，十几岁时曾买刀牌孔雀品海诸烟，努力学吸，历久终未学会，以至于今，殆为天分所限耶。”因为他不能吸烟，故买旧书闲看，作为消遣，“以代博弈”。此种读书的态度，殆非一向的“正统”办法。其说明取名“语录”原意云：“本来照儒释两家的老规矩，语录是门人弟子所记师父日常的言行，扬子云王仲淹自已著书，便很为后人所菲薄，我们何必再来学步呢？这是该得说明一下的。我不懂玄学，对于佛法与道学都不想容喙，语还只是平常说话，虽然上下四旁的乱谈，都没有一个宗派，假如必须分类，那也只好归到杂家里去罢。我最初颇想题作常谈，因为这说话如或有百一可取，那就为得其中的一点常识，只可惜刘青园已有常谈四卷，李登斋有常谈丛录九卷，延荔浦又有诗话曰老生常谈。已经三缺一，便也不好意思再去凑数，这回固然还是雷同，但名同而实异，无甚妨碍。”

知堂的文字，在苦郁之中每有滑稽的机锋在，这里也就不能免，而说得又是那么有风致，此所以难得欤?

这些读书小文，所谈无非常理琐事，而作者特拈出一点曰“真实”，加以特别的注意，这精神在写《知堂说》时即如此，似乎是自认为最值得珍视的一点。因为当时他反对一般口是心非的高调者。现在时异事迁，而他还特地要提出这一点来，我看那意思大概是够悲哀的，在知堂的文字中，直至而今还一直保持住没有改变者，也只有这“真实”一点吧，这可以解释他近年写文章的范围为什么总不离古书，因为除此以外，实亦无甚可谈，即可谈而仍能保持其“真实”者也。后记中云：

> 读一部书了，偶有一部分可喜，便已满足，有时觉得无味，亦不甚嫌憎，对于古人何必苛求，但取其供我一时披读耳，古人云只图遮眼，我的意思亦止如此。读过之后或有感想，常取片纸记其大概，久之积一二百则，有友人办日报者索取补白，随时摘抄寄与，二三年来原稿垂尽矣。庸报社索去者有四五十则，日前来信云拟搜集为一册，亦便答应，此种文字新陈两非，不入时眼，印成书本亦少有人读，恐终辜负报社的好意，但是有一件事，可以代作广告者，不佞虽未受五戒，生平不打诳语，称之曰语录，自信可无惭愧者也。

比一种末世的哀愁，读之使人愀然不乐。

这里一共有五十篇小文，皆是读书札记。其中有不少篇为我所喜欢，值得提出来谈谈，而因为南方的读者不易见此小册，这里遂更有介绍之意。

本来在《秉烛谈》中即已有过类似的文字，即《明珠抄》是。这些小文都发表在《世界日报》的明珠栏中，本有十九首，现在收集者仅有六首了。不免可惜，原因系上海兵燹，原稿散失。我想北平各大图书馆中，当不少旧报存留，或者可以重新辑录的。这六首《明珠抄》中所谈不外几个问题，都是知堂所一向攻击的目标。其一是韩公退之。此公运气不坏，虽至现在，还有一般无耻文氓大捧其《原道》，对“周诰殷盘，佶屈聱牙”之句，摇头摆尾，大加赏赞，于此则不能不佩服知堂翁的 taste 之较高了。不佞深受此种影响，韩公以次，直迄方姚曾吴，一概深恶痛绝。而对唐公蔚芝及其徒流，则更有“甚么东西”之感焉。

其次是《谈字学举隅》，则是对举止恶俗的人大加斥骂。本来天下之人多矣，所做的事岂能尽如我意，也不过能看得过去便罢了。如果能于其人的全部行为中有一两点觉得可以欣赏，亦已满足了。然而非激起人的怒火，痛加贬斥不可的人物却也有的是。《谈字学举隅》中的讽骂，在我看来，比《谈虎集》时代要深刻得多，也恶毒得多。谁说知堂翁的火气逐渐消沉了？战后的文字，倒的确是温和得多，虽然骨子中的痛恨依然，可是究竟不愿意怎样露骨斥骂。《琐事闲录》篇谈张林西的书，引张书《不入诗话》一则：“先叔祖幼不读书，而聪明颖悟，古近体杂作颇富，惜皆散遗，游幕江南日，与袁太史往来，正值《随园诗话》开雕之时，薄其行止，终不肯出稿以相示也。曾云：袁某好相人阴，两三次晤叙之后，必设法窥验，殊为可鄙。”知堂加按语云：

> 案随园身后是非甚多，窃意关于诗文方面，蒋子潇游艺录中所说最为持平，若论其人，则只凭著作想望其丰采者与曾经面接者两方可以有很大的距离。亦可以说都各有道理者也。林西的叔祖弼亭，据闲录中所记，曾向兄索钱不得，携纸锭来焚化，则其人似亦非君子，唯所云随园陋习，当未必尽虚。盖士大夫中常有此等事，尚不如续编食性一则中记嗜痰与鼻涕者之尤为少见也。张君记此琐事，虽意在非袁，却亦可贵。鄙人曾从故友烨斋闻知名人逸事三四，自己见闻亦有若干，尚未能振笔直书，留为后世人作谈资，则朴直处不逮前人远矣。

这一则即是说的关于做人的可爱与否的问题。随园的逸事甚多，曾从清人笔记中看见过一些，老而好淫。观《子不语》中所伪造的《控鹤监秘记》，详细描写男阴，说明它的许多好处，仔细论述，由女子方面设想，可知林西所说的话，不是全然无因的了。本来这种拜物狂非常普遍，文人中更不少见，袁君多方观摩，以写文章，原亦有理。不过就事论事，觉得不敢恭维罢了。

曾与朋友谈起，旧京旧友某君，近来的遗少气极重，如买鲁迅翁所著书必求北新、未名社初版本，并须毛边之类。

我以为这种作风也未可厚非，实在我自己也是颇讲求这种小趣味的一个人。在古今著作中，最爱读藏书记、记述版本、纸印的话头。知堂文中独多此种记载，且所记非宋元善本，不过清刊或近来印本耳。却亦觉得中有至趣。如《存拙斋札疏》中云：

> 罗叔蕴不愧为吾乡杰出之学者，亦颇有见识，其文章朴实尤可喜，所作序跋至佳，鄙意以为近时殆无可与伦比也。雪堂校刊群书叙录二卷，用铅字排印，虽云仿宋，实不奈观。深惜其不用木刻。

近来买得《文禄堂访书记》，亦是此种仿宋体字印，觉得非常讨厌，犹不止不奈观已也。而纸用所谓“江南连史”，厚而有光，绝非佳物。近日印书，如此已算考究，岂不可叹！我觉得清末以来的铅印中装书，亦只《人境庐诗草》尚佳，而此又非商务本，盖是日本印，美浓纸本也。常见人家用中华书局的备要本珍藏起来，以为珍物，每每欲呕，此种怪癖由来已久，盖已不易治疗矣。

《汴宋竹枝词》中亦云：

> 书贾来，得河南官书局新刻汴宋竹枝词一册，板刻不精，纸亦粗疏，均不足怪，唯横折，阅之未免不快耳。

横折不知是怎样的情形，而知堂阅时觉得不快，这感情恐现今少有人了解了。常见人借图书馆通俗小说类书，津津阅之，而此种书则均已破敝不堪，书口参差乌黑，口液指纹遍满页中，极为可怕，而阅者不自觉。而此种书册又往往在摩登女子的搽了蔻丹的纤纤十指中翻阅，常在电车中见此情状，不禁奇怪。

往日读周作人书信，有致沈启无君函一通，有云：

> 在路东海王村墙摊一摊上见有山居闲谈，两套十二册，比敝庵所有者只是天地头稍短，又系连史而非皮纸，但中缝却均正而不歪，无烦重折，索价不甚昂，未知兄曾否见到，亦有意于此乎?

观乎此，似乎知堂很有过重折中缝的事了，念此工程亦十分浩大，不佞则过懒，决不会去做者也。

近在来薰阁见明屠赤水作《由拳集》一部，黄纸，印不佳，前后有苦雨斋藏书印十余方，本拟购藏，以备一格，而需六百元，则非所可办，闻已归陈某。据书贾言，此书为苦雨斋易出者，盖已新得佳印善本矣。往年常见知堂叹古书价昂之语，今则久不闻此，想苦雨斋中善本必富，唯主人意兴则甚颓唐，近来读书记少有所作，不知何也?

语录中更有此种题记数种，并抄存之。

《辛卯侍行记》云：

> 陶拙存著辛卯侍行记六卷，书不难得，而多用毛太

纸，近日始得官堆纸印者一部，与原板求己录仿佛，亦可喜也。

《麻团胜会》云：

家中旧藏皆大欢喜四册，道光元年刊，内系韵鹤轩杂著及随笔各二卷，无撰人名字，后因移家失去，在北京复求得一部，则纸墨均不及矣。

《洞灵小志》云：

近来专看闲书遣日，得龙顾山人著洞灵小志及续志，甚为喜欢，盖又可供数日卧读之资也。小志刻于甲戌，续志则在丙子，去今才三四年，而板刻颇精致，比用铅字洋纸印者更惬心目。近年木刻书不多，但如天津金氏之屏庐丛刻及天津文钞等，刻印均颇佳，与水竹村人各集相似，或是同一系统，若天津诗人小集，又嫌稍细弱矣。

《耳食录》云：

从旧书堆中找出耳食录正续共二十卷，坊刻粗纸印，错字满目而文可读。

《洪幼怀》云：

> 偶买得簃廊琐记四册，凡九卷，题固始王守毅著，咸丰甲寅刊，纸墨不甚精良，而字体颇特异，多说文体及别体字。

虽只是数语，而多情致。盖是至可爱的题跋文也。旧来仅黄荛圃藏书题识有此风味。其中往往亦蕴蓄着孤寂的心情。至有稍稍长者，兼写其怀旧之思，则更堪耽读矣。《入都日记》云：

> 从杭州书店得旧书数种，均颇可喜，此店在清波门内花牌楼，戊戌居杭时虽住在此街，距塔儿头不远，殊有怀旧之思。书皆小品，其一为医俗道人著俗语指谬三卷，杭州白话报抽订本，木版竹纸，辛丑年刊。

此《入都日记》盖是李小池所作。知堂非常赏识李君的著作，《思痛记》记在长毛中事，曾屡屡介绍。此书结果颇为人所知，曾闻人谈，某旧书摊主夫妇二人，夫吸大烟，为警局所系，无钱营救。阿英先生为此摊之常客，检肆中有《思痛记》十余册，为售之中国书店，得款十余元，赎之出。此亦书林逸话也。

我在这里介绍读书札记，而又偏重于这些地方，似乎大有买椟还珠之势，而更有称赞"此茶热得好"之嫌，然而我所欣赏的，却是这些地方，那也没有法子。

其次，我发现知堂翁对秽亵事物的留心，仍然存在，如谈龙时代写《猥亵的歌谣》相同。有《曲词秽亵》一篇为证：

> 周寿昌思益堂日札卷七有读曲杂说十八则，其第十三云："笠翁凤求凰，有小引字字双，极市井秽亵之语，不堪入目。考西厢之酬简一折，牡丹亭之惊梦一折内，何尝无狎语，长生殿之窥浴折内尤极荡冶，然止觉其隽艳，不似笠翁之恶秽欲呕也。须知此事亦须读破万卷，始能下笔有神，雅郑之分关乎根柢如此。"

案周君所说末数语甚有理，大抵艺与文都争这一点，或曰趣味，或曰书卷气，其实就只是多读多做，有经验，识好丑而已。但是上文所举实例却未见妥适，可知此事实不容易，或者因为反对笠翁有成见故耶。《西厢记》《牡丹亭》三十年前读过，略略记得，《长生殿》有点荒疏，重新拿出来看，卷二第九折"窥浴"中"凤钗花络索"有四语，系描写女人身体，本亦平平耳。而吴舒凫评注之云："描摹冶丽，如有玉环呼之欲出，觉杂事秘辛犹形似非神似也。"称扬过分，或是友朋捧场，亦尚属人情之常，周自庵更谓其尤极荡冶，而止觉隽艳，则似故扬甲以抑乙，乃评家恶习，更无足取，若平心而言，尤极二字亦用得不当，岂耳食吴评，信其超秘辛之故欤。笠翁传奇立意本多村俗，如《凤求凰》一曲即是说男子戒淫，乃得三妻，中状元，其曲词如何，亦不想为之辩解，因此非不佞所知，惟所云“字字双”小引，虽原本不佳，却亦并不那么恶秽，第六出“倒嫖”中“普贤歌”或反为可议。案此小引系第三出伙谋之首三章，反复细读，诚是市井之语，但别无不堪入目之处，此出本叙娼家因生意萧条，招集会议，脚色三人，一副净扮村妓钱二娘，一丑扮肥妓孙三娘，一净扮老妓赵一娘，读者只看此情节及上场人，便可知其所说必无甚好话矣，偶于此而欲求见莺莺丽娘玉环出场时之空气，真是极大难题了。即如《长生殿》窥浴之文虽可云隽艳，但起首时丑扮宫女上，所唱小引“字字双”，小监胡缠云云，亦正是市井语，与“凤钗花络索”不同，可见此等处正有一种必要的谐和，假如一味高雅，亦便有出轨的时候。《读曲杂说》之七有云：“元人院本多贪好句，不切本人口吻，李逵唱风雨替花愁，其词非不圆美，却是可笑。”即此理也。

这是一则极妙的文评。李逵唱“风雨替花愁”，实在是可笑的事。这些意思本也平常，暇日披览剧曲，便多如此感觉，此处用极明显现实的写法一来，便觉得明朗得可爱了。

集中最末一篇题目是《中秋的月亮》。尝与朋友闲谈，此种题目，似只有知堂可写，如出诸别人之手，便将与小学高等作文相类矣。此虽是笑话，亦系实情。知堂平常很少作流连光景之词，而这里却有些：

好多年前夜间从东城回家来，路上望见在昏黑的天

> 上挂着一钩深黄的残月，看去很是凄惨，我想我们现代都市人尚且如此感觉，古时原始生活的人当更如何？

这很使我有些感触，“七七”前寒假返里，路经北平，听夜戏回来，坐洋车经过寂静的长安街，在黄砖绿瓦的墙角下索索独行，天上挂着的也是这么一钩深黄的残月。当时别无恐怖之感，只觉得十分凄厉，记起《西厢》上的句子：“幽僻处可有人行，点苍苔白露冷冷。”默默地有些悲哀。

知堂又说：

> 等到月亮渐渐地圆了起来，他的形象也渐和善了，望前后的三天光景几乎是一位富翁的脸，难怪能够得到许多人的喜悦，可是总是有一股冷气，无论如何还是去不掉的，只恐琼楼玉宇，高处不胜寒，东坡这句词很能写出明月的精神来，向来传说的忠爱之意究竟是否寄托在内，现在不关重要，可以姑且不谈。总之于我赏月无甚趣味，赏雪赏雨也是一样，因为对于自然还是畏过于爱，自己不敢相信已能克服了自然，所以有些文明人的享乐是于我颇少缘分的。

我读毕此文，也不禁感到一股深深的冷气，仿佛看见了那代表定命论者所信的命运之黑幡，有些悚然。虽然文末一转却是转得那么好：

中秋的意义，在我个人看来，吃月饼之重要殆过于看月亮，而还账又过于吃月饼，然则我诚犹未免为乡人也。

集中有《鼠数钱》一则，引《茶香室续抄》原文，加按语曰：

案钱鼠在越中亦有之，俗语油炸老鼠，实臭鼠也，过时闻有臊气，如油焦味，又唧唧作声，但不及常鼠数钱时之急速耳。王衍梅作鼠嫁词中云“啾啾唧唧数聘钱”，即运用此典，颇工巧可喜。但鼠之数钱实乃震惊失常，欲叫不得，故急迫而咋咋作声，犹人之口吃，其时大抵与蛇骤遇竦立而不能动，旋即被其缠束矣。儿时闻鼠数钱声，常为悚然，盖知近处必有异，所惧实在蛇而非鼠也。三十年前家母在越，夏夜为帐顶上鼠所扰不能寐，以压帐竹竿拍席驱之，嗒然作声，鼠亦忽数钱，骤惊故尔。母谓或竹竿声似蛇拍尾故，此解更近理。北京未见臭鼠，常鼠大小有数种，亦未曾闻其数钱，殆因少蛇故耶。中国旧日通行铜钱，交付时必计数，除一五一十罗列几案地上外，大抵两手持数，亦以五文为一注，由右至左，钱相触有声，说及数钱声便各会意，今铜钱几尽废，即铜元亦渐匿迹，恐将更后无人能解此语矣。

这种记述儿时故乡琐事，加以微淡的情感，最为我所爱读。知堂多读笔记，自己也说过以后要写笔记类的文字，如此则即甚佳。另有一则《五祖肉身》的结尾，便有点受了前人笔记影响，有些通套语言之味，便不甚为我所喜矣。

（《古今》二十、二一期，署名南冠）

关于李卓吾——兼论知堂

李卓吾是明代一个奇人。其实他的行径也未为甚奇，不过社会上弥漫了假道学的污浊空气，看了他的行径，不免觉得奇怪，因而惊世骇俗了。李君死后，即为正统派所痛骂，而明社一屋，他的著作更变成了禁书，不为世人所读了。直至战前，有知堂老人的表扬，略为世人所知。知堂有一篇《谈文字狱》的文章，刊于《宇宙风》上，不曾收集。这文章曾为郭沫若先生所大称赏。在《中华公论》创刊号的《借问胡适》一文中说："最近读到了周作人写的《谈文字狱》，所谈的是关于李卓吾的事，那文章我觉得写得极好。像那样的文章，我可以坦白地说，我是俯首心服。"

当时知堂在北平，郭先生曾说过"如何赎兮人百其身"的话，主张包一架飞机去接，结果未成事实。可巧另一周君包了一架飞机在北平举家出亡，连哈巴狗金元宝在内，这是周作人君，即在《风雨谈》的附录"改名纪略"中曾经说及者也。这事说起来似乎又有些感慨，但是已经过去，也就可以不必再提了。

两个礼拜以前有朋友自北方来。晚饭后一同出游，在霞飞路上的 DD'S 里的一个黯黑的角落里大谈周作人，直至十二时。我觉得这是一个奇迹。我们三个人中，其余的两位都是吃开口饭的，照许多人所说，还该是风流倜傥的人物，结果却能在这 American Bar 里边谈着这位老先生，还觉得颇有了解。当时还谈及“人生大事”的结婚问题，W 君是主张结婚的，不过认为闺房之内，难得找一位能欣赏周作人的伴侣，引为遗憾。后来从咖啡馆出来，走在街上，夜凉如水，不禁感到“文士的命运是寂寞的”这种感情。三个人默默地走着，彼此不说话，心里怀着郭沫若郁达夫所说的“首阳山”的那种心情，虽然现在是三个人。

几年前曾读北平通信，知堂老人的《答客问》中有句云：“今日之事，须看明日之报纸，始能知之。”我颇喜欢这句子。这可以见老人的风格，是“今世说”里的好材料。

《炒栗子》中引廿六年除夕作诗两首云：

> 燕山柳色太凄迷，话到家园一泪垂。长向行人供炒栗，伤心最是李和儿。
>
> 家祭年年总是虚，乃翁心愿竟何如。故园未毁不归去，怕出偏门过鲁墟。

诗是旧作，但为文重加引用是在廿九年三月二十日。最近有新作云：

> 年年乞巧徒成拙，乌鹊填桥事大难。犹是世尊悲悯

意，不如市井闹盂兰。

一种黯黑的定命论心情，赫然如见，而诗意前后更是相关，可以参考。W君最欣赏《最后的十七日》中的几句话："《东山谈苑》记倪元镇为张士信所窘辱，绝口不言，或问之，元镇曰，一说便俗。这件事我向来很是佩服，在现今无论关于公私的事有所声说，都不免于俗。"

我也具有同感，觉得其伟大处盖即在此乎。

周先生曾说过他写文章的态度，以能给自己的儿女们看为理想，努力说诚实话，说是一向不敢违背此意。这一点我觉得极可佩服。直至现在还不曾变。《答客问》中有云："东方文化在'七七'以前即已声明不懂。"最近在《中和》上发表《日本之再认识》，我初看题目，不禁奇怪，不懂的东西，已经研究有得了么？仔细读去，还是说不能懂，与发表在《国闻周报》上的《日本管窥之四》里边的话无异，不禁大为佩服，觉得还保持了那写文章的信条，确是难能可贵者矣。

谈李卓吾为什么先要拉扯上这些话，因为这很有关系，尤其是最末一点努力说诚实话一点，两人盖是相同的。关于这一点，知堂曾说：

> 凡是以思想问题受迫害的人大抵都如此，他岂真有惑世诬民的目的，只是自有所得，不忍独秘，思以利他，终乃至于损己而无怨。

这即是郭沫若先生所极称赞的一点，即余永宁的《李卓吾先生告文》所言：

> 先生古之为己者也。为己之极，急于为人。为人之极，至于无己。则先生者今之为人之极者也。

这几句话可以捉住卓吾老子的一生行事的精髓。种种为世人所不了解的事都由这一点出发。这不禁又使我联想起“七七”以前知堂先生在国内文坛的地位来。谈狐说鬼吃苦茶玩古董这些事都为人捉牢算作没落的证据，大加奚落，其实这正是一幕喜剧，当时对知堂围攻的人多矣。好像都出自一条阵线，其实仔细分析起来，却很有资格上的差异。其浅薄者是在接了总攻击令以后开火，关于知堂的为人和作品略无所知，仅就行为表面做攻击的根据。这正是一幕喜剧，如在《关于苦茶》中说：

> 此外也有人把打油诗拿来当作历史传记读，如字的加以检讨，或者说玩古董那必然有些钟鼎书画罢，或者又相信我专喜谈鬼，差不多是蒲留仙一流人。

这话说得虽然似乎有些滑稽，实际上也真有些人是这么看的。甚至闹出认明遗民张岱是没有心肝的笑话来。胡风作《周作人论》，认为他消沉得很，已经为时代所遗弃，这如果不是昧了心在说的，那么就是不了解，只要看知堂在《苦茶随笔》中有那么些剑拔弩张的文字即可知道他实在并不消极。

宗派的看法，实在是了不得。无论什么都会给歪曲了的。我听见过周氏的一位论敌说过一些对他批判的话。大概对他的文章无间然，而思想则亦明了，但是笔墨相逢却不能客气，这在周氏的论敌中大概是最高的一派人，所谓知彼知己者是。而周氏对他们也非常客气，彼此私人之间也曾有文笔的往还。这正如古代武士们互相决斗的风格罢，最苦的是和那些毫不了解的人相争，一刀一枪全中在不关痛痒的地方，实是大煞风景的事。而这还不算最苦，最苦是为一般猢狲所奉戴，若猢狲王，实在哭笑不得，正所谓“与其为混蛋所称赞，不如战死在他的手里”。听说周氏私底下甚冷静，好像是世故极深的样子，这难免不是这种结果，其实求了解最好是读书，或做神交，或为私淑，都无不可耳。

据我的愚见，周氏盖是东方漆黑的定命论者。其所译永井荷风《江户艺术论》第一篇《浮世绘之鉴赏》中有云：

> 我反省自己是什么呢？我非威耳哈伦（Verhaeren）似的比利时人而是日本人也。生来就和他们的命运及境遇迥异的东洋人也，恋爱的至情不必说了，凡对于异性之性欲的感觉悉视为最大的罪恶，我辈即奉戴此法制者也。承受“胜不过啼哭的小孩和地主”的教训的人类也。知道“说话则唇寒”的国民也。使威耳哈伦感奋的那滴着鲜血的肥羊肉与芳醇的蒲桃酒与强壮的妇女之绘画，都与我有什么用呢？呜呼，我爱浮世绘，苦海十年

为亲卖身的游女的绘姿使我泣。凭倚竹窗茫然看着流水的艺妓的姿态使我喜。卖宵夜面的纸灯寂寞地停留着的河边的夜景使我醉。雨夜啼月的杜鹃，阵雨中散落的秋天树叶，落花飘风的钟声，途中日暮的山路的雪，凡是无常无望无告的，使人无端嗟叹此世只是一梦的，这样的一切东西于我都是可亲，于我都是可怀。

这文章译得实在好，我看也是因为有着心理共鸣的关系才如此的罢。这种东洋人的悲哀，也只是自由主义者可以痛切地感到。如果是上了法的，如义和拳与红灯罩，那也没有什么，正是有福了。最难的是清醒的，赤鲜的皮肤上涂了火酒，那滋味正是不好受，于此可知刮骨疗毒的关壮缪为不可及也。

知堂在日本作家中，特别欣赏谷崎润一郎与永井荷风二人，曾云：

冬天的蝇内有文十篇，又附录旧稿八篇为一卷曰墨滓。卷首有序六行云："讨人厌而长生着的人呀，冬天的蝇。想起晋子的这句诗，就取了书名。假如有人要问这意思，那么我只答说，所收的文章多是这昭和九年冬天起到今年还未立春的时候所写的也。还有什么话说，盖身老矣，但益愈益被讨厌耳。乙亥之岁二月，荷风散人识。"谷崎今年才五十，而文中常以老人自居，永井更长七岁，虽亦自称老朽，纸上多愤激之气，往往过于谷崎，老辈中唯户川秋骨可以竞爽，对于伪文明俗社会痛下针砭，若岛崎藤村诸人大抵取缄默的态度，不多管闲事了。

由此可知在日本也有这一派不为人所欢迎的自由主义者，情形正是相同。

知堂的思想，我看是虚无而少信，不过有人会要奇怪，因为这在中国，也是有的，而大家并不以为知堂该被算在内。我也颇以为奇怪，因为这些被认为正宗的虚无主义者，表现反而要和缓得多，大抵取妥协态度。不肯坚持自己的主张。而同时他的信念较深，不把目前的情形看得那么一片漆黑，其区别盖如是而已。就感情上论，我宁取那敢于坚持自己的主张的，“其实本来也很平常，只是因为懂得物理人情，对于一切都要张眼看过，用心听过，用心想过，不肯随便跟了人家的脚跟走，所得的结果正是极平常实在的道理，是日光之下本无新事也”。我很佩服这种敢于痛言不顾的人，很同情他们孤军苦战的姿态。战乱前知堂用辛辣的笔锋与左派苦战，看了真是感动。

由这漆黑的定命论出发，自然“文章无用”就是必然的结论。这一点我始终赞成，并不是说文章真无用，御用杂志，宣传大纲都是有用的。我只是说文章应该无用。如《红楼梦》《雨天的书》，这都是无用的文字，只堪供欣赏供赞叹耳。因此我想，职业作者是要不得的。如果有人落到职业写作这行业中，真不免罪过，最近就有这样的悲剧，艺术至上论者玩噱头，为宗派（即啖饭地）不惜闭眼捧臭脚，其可怜盖真令人不忍也。

知堂别有《读初潭集》一文，谈李卓吾兼及钱玄同。这文章也为我所爱读。正是一个绝好的对照，“玄同和我所谈的范围极广，除政治外几于无不在可谈之列，虽然他所专攻的音韵学我不能懂，敬而远之，称之曰未来派。关于思想的议论大抵多是一致，所不同者只是玄同更信任理想，所以也更是乐观的而已”。

玄同更信任理想，然不妨仍可大谈。友朋之乐，悬想起来，每为欣慕不已。近来喜与二三“同道”深夜大谈不息，以为人生至乐。思想细微处不尽同并无关系。所最怕者，道貌岸然，或趣味悬殊，便无办法了。

闲话说得太多，现在想引卓吾的一段小议论以为例：

> 李温陵曰，甚矣声色之迷人也，破国亡家，丧身失志，伤风败类，无不由此，可不慎欤。然汉武以雄才而拓地万余里，魏武以英雄而割据有中原，又何尝不自声色中来也。嗣宗仲容流声后世，固以此耳。岂其所破败者自有所在，或在彼而未必在此欤。吾以是观之，若使夏不妹喜，吴不西施，亦必立而败亡也。周之共主，寄食东西，与贫乞何殊，一饭不能自给，又何声色之娱乎。固知成身之理，其道甚大，达业之由，英雄为本，彼琐琐者非恃才妄作，果于诛戮，则不才无断，威福在下也。此兴亡之所在也，不可不慎也。

这是说李夫人，阮嗣宗邻女，阮仲容姑家鲜卑婢诸事的，知堂评曰："此所言大有见识，非寻常翻案文章可比。"

又关于蔡文姬，王昭君，卓吾云："蔡文姬王昭君同是上流妇人，生世不幸，皆可悲也。"知堂云：

> 李卓吾此种见解盖纯是常识。与《藏书》中之称赞卓文君正是一样，但世俗狂惑闻之不免骇然，无名氏之批（该批为"上数条卓吾皆以为贤，乃欲裂四维而灭天常耶"）犹礼科给事中张问达之疏耳。其词虽严，唯实在只是一声吆喝，却无意义者也。天下第一大危险事乃是不肯说诳语，许多思想文字之狱皆从此出。本来附和俗论一声亦非大难事，而狷介者每不屑为，致蹈虎尾之危，可深慨也。……但只有常识，虽然白眼看天下读书人，如不多说话，便也可括囊无咎。此上又有洁癖，则如饭中有蝇子，必哇出之为快，斯为祸大矣。

知堂在打油诗案所招致之痛骂，盖即不肯默然之过。不然鸳蝴派的滥调诗文岂便无有，何以无人加以嘲讽，所以这些话也正是夫子自道，有些忏悔的意思的。

前边所提及的张问达疏即是说他倡乱道，惑世诬民的：

> 李贽壮岁为官，晚年削发。近又刻藏书，焚书，卓吾大德等书，流行海内，惑乱人心，以吕不韦李园为智谋，以李斯为才力，以冯道为吏隐，以卓文君为善择佳

偶，以司马光论桑弘羊欺武帝为可笑，以秦始皇为千古一帝，以孔子之是非为不足据。狂诞悖戾，未易枚举，刺谬不经，不可不毁。尤可恨者，寄居麻城，肆行不简，与无良辈游庵院，狎妓女，白昼同浴。勾引士人妻女入庵讲法，至有携衾枕而宿庵观者，一境如狂。又作观音问一书，所谓观音皆士人妻女也。后生小子喜其猖狂放肆，相率煽惑，至有明劫人财，强搂人妇，同于禽兽而不之恤。

发表了这么许多罪状，真应该杀不赦了。结果奉圣旨：

李贽敢倡乱道，惑世诬民，便令厂街五城严拿治罪。其书籍已刻未刻者令所在官司尽搜烧毁，不许存留。如有徒党曲庇私藏，该科及有司访参奏来并治罪。

关于宣淫的一点，最易为人所指闻。真实情形如何呢？说出来更不免要暴露了士大夫的丑态。《李温陵外记》引马经纶的《与当道书》为他辩白说：

夫既以彼为异为颇矣，则忌者诬之曰淫纵，便信以为真淫纵。忌者诬之曰勾引，便信以为真勾引，何也？其心诚疑之也。疑蛇则蛇，疑窃则窃。此亦情所必致，势有固然，无足怪者。夫以七八十岁（按卓吾彼时年七十六岁）垂尽之人，加以淫纵勾引之行，不亦可笑之甚

> 乎？且所谓麻城士女云者，盖指梅衡湘守节之女言也。夫衡湘身冒矢石，为国讨贼，凛凛大节，是当今一个有数奇男子，乃有女不能制，有家不能正，有仇不能报，有耻不能雪，必待诸公为伊抱不平，而慷慨陈言，代为处分，世间曾有此理否？……盖此事起于麻城士夫相倾，借僧尼宣淫名目以丑诋衡湘家声，因此败坏衡湘之官，如斯而已。

这岂非又是士大夫的丑剧？

卓吾在通州时，多病，草遗言，也可算是奇文，然而不免做作之气，开后来金圣叹“痛快”一流的作风，窃所不喜，然亦正是牢骚的发泄也。

关于卓吾遗著的版本，最近周越然君有一文谈及《李氏丛书》。该书我仅在图书馆中翻过，因为是丛书的关系，即使并不好的明版，也非我辈架上物。但有上海杂志公司翻本可得，不过印刷太劣，非读书所宜。容肇祖先生详加调查，有金陵陈仁锡刻《李氏藏书》，王维岩刻《李氏续藏书》，又《李氏焚书》《续焚书》《言善篇》《初潭集》《李卓吾遗书》《李氏文集》《易因》《李氏六书》等多种，盖亦是大著作家批评家，与冯梦龙、金圣叹，同是一流人物也。

（《古今》第十八期，署名南冠）

从鉴定书画谈到高士奇

书画之鉴定，事诚难矣。董其昌一代之赏鉴家也，然其《画旨》中则云："宋元名画，一幅百金。鉴定少讹，辄收赝本。翰墨之事，谈何容易。"董玄宰为明末一大乡宦，家奴至数千人，平生恶德不一而足。其本身亦为名书画家。而其门下士即有仿其画能乱真者。有一事甚趣。有人欲得董画甚殷，乃具厚贶倩人请董一挥其如椽之笔。及期被延入一华堂中，良久，一员外出见，峨冠博带，气度俨然，染翰挥毫，移时成墨戏一幅，署名董其昌。其人大喜持去。它日，于文酒之宴上得遇真董其昌，乃大狼狈。董以笔墨博人金钱，而产量不能甚丰，乃辄以门下士之画本出，已亲题属其上，即真鉴赏家亦只能云，"是华亭真笔也，唯画非其最得意者"而已。文人狡狯，盖至可欣赏也。

书画鉴定家之下乘者，以图章为门径，亦犹定宋元版者斤斤于避讳同。去岁商务印书馆且有一大厚册印鉴字典出版，举凡历代名家印鉴悉在是矣，宜为低级鉴赏家之所宝也。然此事亦殊难言。其较上等者，则注意前人笔迹，如或云米元章书画署名，其芾字中间一笔而下者，则确是真本。如是云云，未可尽信，只较图章第一者稍胜一筹而已。上乘之鉴定家最重气韵，大米溪山，非后人所能仿者，真迹始一入目，即光彩夺人，神会已久，固无取其取辨于纸幅墨色也。

清初高士奇，一伧父耳，然侧身居翰院，身跻雅流，为一代鉴赏家，其实不学无术，仅《雪杯圆》中汤裱褙一流人物耳。清高宗号称一代精鉴家，然三希堂中，赝鼎累累，贻天下后世以大笑柄，是则高江村与有功焉。高有手缮书画目，其康熙四十四年六月拣定进上手卷中有王羲之、唐太宗、褚河南、柳公权、孙过庭、宋徽宗诸名家手笔，然其自注则云“赝本”“不真”“新而佳者”“旧而不真”“不真不堪”，价目自二两至十数两，甚至仅银数钱而已。凡此种种始以进上，而其极精者，则“永存秘玩，何可与人”。然则皇帝者，直大冤桶耳。然高士奇身后，所藏名品流入内府，乾隆乃得而痛骂之。《古今》第十期谈及《朱竹垞咏古诗》，涉及姚绶《寒林鸲鹆图》。该画现存故宫博物院，《故宫周刊》第四百九十六期曾复制之。偶加检视，《古今》所引微有误处，“鸲鹆无言立北风”一绝系姚云东原题，非江村书也。江村所题二绝，除已引之“野港菱湾”一绝外，别一首为“别殿初曒水榭风，归摇鞭影芰荷丛，无端炊熟黄粱饭，苑柳宫槐尚梦中”。其牢骚抑郁，大可令人“同情”。乾隆题诗，加以痛骂，以引在《古今》，兹不复出。

高士奇所藏另一名迹——《唐卢鸿草堂十志图》，于身后流入内府。乾隆题诗数绝，末一首云：“闻说终南捷径通，伊人隐避乃于嵩，江村题慕卢家事，前后之间同不同？”大可发噱。其狗屁不通，足以做“皇帝诗”之标本而无愧色，然高士奇之为人，乾隆固不曾骂错了也。乾隆更于诗后有跋语一则，可资省览：“按高士奇跋有尚怀高世之踪，益动故园之念语，意在慕卢，然考卢藏用初隐居于终南山，寻应征辟，乃登朝，专事权贵，趑趄奢靡，时人诋为终南捷径。卢鸿则隐于嵩山，征拜不受，营草堂山中以终老，二人志行不可同日而语。若士奇附势通贿，不能以义命自安，只可同于前之藏用，而不能同后之鸿，且其自署为藏用老人，亦有不期而同者，因借卢家事讥之。”

乾隆好弄笔墨，与臣下相讥，有如小儿，失其皇帝之尊严多矣。然高士奇则诚不是东西，平心而论，所骂亦不为过。闻高毕生无甚著述，只书画录数种，而有一说经之作，则窃诸他人，无耻更是显然。蔡孑民先生为《红楼梦》索隐，拟林妹妹之影子为高士奇，无乃唐突颦儿，吾为黛玉呼冤矣。钤山堂门下士汤勤，卖友图妻，与高甚似，马连良饰陆炳，有白云：“你在我这大堂之上，摆来摆去，可是我又不买你的字画呀！”妙极。（黎庵按：蔡氏索隐，颦卿之影子为朱竹垞，高文恪则射薛宝钗，本文有误。）

（《古今》廿二期，署名韦禽）

说欢喜佛

我一向对于古今中外野蛮风俗的知识，非常喜欢，很想知道。而在中国这个古老的国家里，这一切却都已退化得看不大清楚了。如吃人，活埋等项目，就极值得学人们的探讨。也有一些东西是外来的，在中国，却也成为名物。欢喜佛就是其中之一。

佛教分显教密教二系。密教或称密宗，我们从名字上看来，已经知道这一种佛教的分支，是颇含有秘密性的了。它们在印度的佛教中的地位并不如显宗之高，因为它们的经典多半是符咒，而作起法来又迹近巫蛊，远不如显宗的经典的高玄华赡，富有哲理。然而在我们志不在参禅的人们看来，却没有什么大关系。反而因为它们的原始性，与中国的祝由科之类的东西，或有相当的因缘，因而发生兴趣，颇有研究一下的愿望了。

北平故城中团城的白玉佛，雍和宫的打鬼，似乎已经有了做北平文化代表的资格。而这两件东西，却全是国产。根本说起来，古代的中国，从汉唐以来，从西域接受来的文化，也已经很不少了。不过有些在接收过来以后，马上普遍地发展下去，成为家喻户晓的东西，换句话说这就已经成为汉文化之一员了。如葡萄即是从西域传来的果品，可是现在还有什么人说它是洋货的呢？李唐原为胡姓，似乎也已经不成问题，那么，整个的唐代文化，如鲁迅先生所说，就已经大有胡气的了。李白的诗文，为我们接受下来算是中国文化的遗产，殊不知李白却是突厥的苗裔。一个伟大的民族，依我看似乎应当有承认这一切的勇气。如果说李白的诗写得好，就非证明他是中国人不可，倒也无此必要；唐代的民族问题，自然更为重大，朱希祖先生于是就愤起而辩。这一切在我看来，却似乎可以不必。闲话说得远了，北平的雍和宫打鬼的是什么人呢，这是一群喇嘛们。喇嘛是西藏传来的宗教徒——即佛教中的密宗。在那雍正的“潜邸”所改建的雍和宫中，就有着欢喜佛的塑像。历来去北平游历的人们，都要设法一见，听说还要特别多收一笔费用，才可以瞻仰。与六必居中严嵩所写的一块匾额相似。一些游览书中也有着照片。其他的地方也或有这种“欢喜佛”的塑像，大概凡喇嘛庙中就都有的。查密宗之入中华，历史不可谓不久，唐无畏、不空、金刚智三人所译经文即是密宗的法典。千数百年来密宗的传布反而消沉，难道中国人真是喜欢玄谈而不悦“棒喝”的么？这很难说，政治势力就很有转移这一切的力量。乾隆曾对喇嘛有过解说：西番语谓“上”曰“喇”，谓“无”曰“嘛”。“喇嘛”者，谓“无上”。即汉语称僧为“上人”之意耳。

十全老人的这一解释固然不错，然而后边的比喻却不见得十分对。中国人称和尚为上人，用意似乎是“客气”，因为方外人在中国，一向是被认为清高绝俗的。而喇嘛在西藏和内外蒙古，除高尚以外，尚执有政权，这是他们被称为“无上”真正的原因。

欢喜佛和喇嘛的关系，是不可分离的。这要留到后面叙述它的历史的时候去说。现在先来看看它的形状如何。郑思肖著《心史》曾记其事，为见之于中华记载的最初的文献：

> 幽州建镇国寺，附穹庐。侧有佛母殿，黄金铸像，裸形中立，目瞩邪僻。侧塑妖女，裸形，斜目指视金佛之形。旁别塑佛与妖女裸合，种种淫状，环列梁壁间。两廊塑妖僧，或啖活小儿，或啖活大蛇，种种邪怪。后又塑一僧，青面裸形，右手擎一裸血小儿。赤双足，踏一裸形妇人。颈环小儿骷髅数枚，名曰摩睺罗佛。

南宋之末，金势大盛。河洛之地，已经不是华胄的天下了。蒙古的文化，自然也跟随了战马而南来。幽州大概是现在河北的长城内外之地，已经有了那么美轮美奂的建筑物，无怪要使郑君大吃一惊。因为这完全是外来的东西，而非中国的故有。而且是那么大胆的塑像，《心史》所记，辞意之间，当然有非笑其野蛮的意味。

清厉樊榭有《吴山咏古诗》二首，一首所咏即为麻曷葛剌佛，诗序有云：

麻曷葛剌佛在吴山宝成寺石壁上，覆之以屋。元至治二年，骠骑卫上将军左卫亲军都指挥使伯家奴所凿。案元史泰定帝元年塑马合吃剌佛像于延春阁之徽清亭下，《辍耕录》亦称马吃剌佛，盖梵音无定字故也。

诗内详细描写塑像形状：

一躯俨箕踞，努目雪两眉。赤脚踏魔女，二姝相夹持。玉颅捧在手，岂是饮月支？有来左右传，骑白象青狮。狮背匪锦幪，荐坐用人皮。髑髅乱系颈，珠贯何累累。其余不尽者，复置戟与锤。

这当然是元代遗物而流传到清代的了。再推上去，于明末清初之际得一董含。董君著有《三冈识略》，其所记起甲申，讫乙丑（康熙）。欢喜佛的记载见于第四卷，盖记己亥癸卯间事也：

辽阳城中一古刹，巍焕壮丽，守卫严肃。百姓瞻礼者，俱于门外焚香叩头而去。有范生者过其地，欲入不可得。请一显者，乃入。见内塑巨人二，长各数丈：一男子向北立，一女南向抱其颈。赤体交接，备极淫亵状。土人呼公佛母佛，崇奉极谨。

所述古刹盖是颇古之物，系在元代亦未可知。而土人之呼尤有意思，盖已畜生视之矣。至于塑像的作风，可以综合来说一下，是混合了喜爱和嗔怒的一种表情。扁圆的唇偏向上，作苦笑状。而头部则微侧颦眉，或亦表示原始的一种苦闷之象征欤。日本厨川白村博士言人生一切事件，皆源于性之苦闷，与德国某文艺论者所说相同。而来自西藏之“威德金刚”，正做性的表演而杂以苦闷，岂非博士文艺论之最好的解释乎？

西藏东部有幽鬼教，印度佛教传入，与之混合，而成此像，其间的痕迹，已经不易寻觅了。印度的佛教像，多半是善的表现，而少有恶的流露的。而竟塑作性交的姿势，尤为不可思议。我们可以找出几个解释来。《鸦嘛阿纳答嘎经》中有云：

> 大乘九部契经即九面是。二谛，即二角。菩提三十七法即三十四手及身语意。十六空即十六足。大安乐即阴体相合。八成就即八等人物。八自在鹫等八禽。不染障碍，即裸形涅槃。妙道即法上冲。

这种佛家的隐语都很妙。说得格外含蓄而别有意味。至于阴体相合的一点，在《大圣欢喜双身大自在天毗那夜迦王归依念诵供养法》中更有所解释：

> 大圣自在天，是摩醯首罗大自在天王。乌摩女为妇。所生有三千子：其左千五百，毗那夜迦王为第一，行诸

恶事，领十万七千诸毗那夜迦类；右千五百，扇那夜迦持善天为第一，修一切善利，领十七万八千诸福使善持众；此扇那夜迦王，则观音之化身也。为调和彼毗那夜迦王恶行，同生一类成兄弟夫妇，示现相抱同体之形。……若有善士善女等，欲供养此天求福利者，取香木树造其形象，夫妇令相抱立之。身长五寸，象头人身。身着天衣及腰裳。夫鼻捩下，妇鼻捩上。四叶为坐。造像已了，不得换价，在室房中，勿置佛堂。

这是印度的欢喜天佛像，是观音的化身。并无那许多狞恶的形状，已经是颇为进化的东西了。虽然也还离不了原始性“生殖崇拜”的痕迹。以为这是具有一种无上的法力，足使事业兴盛，也就是福利齐来之意。这在现在也还有着遗留的风习。如一般人在赌场大负之后，辄思买取一少女之初夜权，而其人的面貌则匪所计。以为如此以后，再去赌就会大胜的，这不过仅是求福而已。乾隆三十九年，山东有王伦之乱，山阴俞蛟著《临清寇略》记其事，有云：

贼中有服黄绫马褂者……坐对南城仅数百步，口中默念不知何词。众炮丛集拟之，铅丸将及其身一二尺许，即堕地。当事诸君俱惴惴无可措手。忽一老弁，急呼妓女上城，解其亵衣，以阴对之，而令燃炮，群见铅丸已堕地，忽跃而起，中其腹，一时兵民欢声雷动。

这大似近日报载德国的“跳跃炸弹”，而其法乃利用妇女阴门，为老弁所指示。至于《金銮琐记》中记的则是防御法了，是消极的，又可以避祸也：

> 徐荫轩相国传见翰林，黄石荪往。遇山东张翰林曰：东交民巷及西什库，洋人使妇女赤体围绕，以御枪炮。……徐相素讲程朱理学，在经筵教大阿哥；退朝召各翰林，演说阴门阵，盖闻豫瞎子言樊教主割教妇阴，列阴门阵，以御枪炮云。

这事情可注意的是理学家的解释。可见庚子时中国士大夫的脑中犹存有此原始的生殖崇拜思想。因思我们研究性的事件，或野蛮风俗，态度应当严肃，不可以玩弄轻蔑之状出之，因为自己现代的同胞中，也往往有如此的人物也。

据鲁迅先生记他的师父的话，“和尚不娶老婆，小菩萨从哪里来?”（大意）这固然是极明彻的大狮子吼。不过据印度的佛教徒的说法则不然。明王们是从世尊眉间所放光中化生出来的。这自然已经十分净化，可是传到西藏以后，就不同了（同前所引经）：

> 以不动佛为顶严，青白红色三面，六臂，二正手相交，同已阴体，做瑜伽相。右二手执宝钩，左二手执莲索，两足卷右展左而住。乾坤齐入，氤氲三昧。从心间嗡字放光，召致十大明王，自口而入，化为精气，顺由

> 金刚道而入阴体华宫。十滴变十嗡字，复转成十大明王。

“瑜伽相”即性交，亦称“瑜伽定”。“金刚道”与“华宫”则为性器官之代名词。尤为奇怪者，不独小菩萨，即一切法宝法轮，无不可由“做瑜伽相”中生出，是诚可称为无上良法，亦可见“生殖崇拜”之深且广也。

印度密宗经典中有说及“秘密相”者，在《佛说秘密相经》卷下有：

> 作是观想时，即同一体性自身金刚杵，住于莲华上而做敬爱事。做是敬爱时，得成无上佛菩提果，或成金刚手等，或莲华部大菩萨，或余一切逾始多众。当做和合相应法时，此菩萨悉离一切罪垢染着。如是，当知彼金刚部大菩萨入莲华部中，与如来部而做敬爱。如是诸大菩萨等，做是法时得妙快乐，无灭无尽。然于所做法中无所欲想。何以故？金刚手菩萨摩诃萨：以金刚杵破诸欲故。是故获得一切逾始多无上秘密莲花成就。

这里把性的事件说得非常明彻，出家人的虔诚态度实在可敬爱。在这里我们一些儿也看不出什么“神经衰弱”的状态来。虽然有许多人或者要以为太过于学究气，那么我们正不妨再看下面的一段。原文当更为显露，译文典雅，或多粉饰，自亦可喜：

> 尔时世尊大毗卢遮那如来，赞金刚手菩萨摩诃萨言：善哉善哉金刚手，汝今当知彼金刚杵在莲华上者，为欲利乐广大饶益，施作诸佛最胜事业。是故于彼清净莲花之中，而金刚杵住于其上，乃入彼中，发起全刚真实持诵，然后金刚及彼莲华二事相击，成就二种清净乳相。一谓金刚乳相，二谓莲华乳相。于二相中出生一大菩萨妙善之相，复次出生一大菩萨猛恶之相。菩萨所现二种相者，但为调伏利益一切众生，由此生出一切贤圣，成就一切殊胜事业。

这端是妙文，可以毋庸解说，东亚的爱经《香园》，或者可以相比罢！

既然欢喜佛与生殖崇拜有这样密切的关系，我们就很容易推知它们在中国所以兴盛的原因了。那时正是元朝，宫闱的情形，大可媲美李唐，《豫章丛书·明人小史》中《庚申外纪》记《演揲儿法》云：

> 癸巳至正十三年，脱脱奏用哈麻为宣政院使。哈麻既得幸于上，阴荐西天僧行运气之术者，号演揲儿法。能使人身之气，或消或胀，或伸或缩，以蛊惑上心。哈麻自是日亲近左右，号倚纳。是时资政院使陇卜亦进西番僧善此术者，号秘密佛法。谓上曰："陛下虽贵为天子，富有四海，亦不过保有现世而已。人生能几何，当受我秘密大喜乐禅定，又名多修法。其乐无穷。"上喜，

命哈麻传旨，封为司徒，以四女为供养。西番僧为大元国师，以三女为供养。……在帝前男女裸尽，或君臣共被，且为约相让以宝，名曰些郎兀该，华言事事无碍。

这一般番僧就在宫中大作其法：

倚纳辈用高丽姬为耳目，刺探公卿贵人之命妇，市井臣庶之俪配，择其善悦男事者，媒入宫中，数日乃出。庶人之家，喜得金帛，贵人之家私窃喜曰：“夫君隶选，可以无窒滞矣。”上都穆清阁成，连延数百间，千门万户，取妇女实之。为大喜乐故也。

野史幸存，使我们得见元代宫闱中状况。后来一提到“西番僧”，就会联想到“房中术”来，盖非无因也。同时还大批采用高丽女，因为她们“婉媚善事人，至则多夺宠”。掖廷大家，如无高丽女，简直就不成话。一时的风气衣着，都受了高丽的影响。元代盖为一大混乱时代，北方的蒙古，东方的高丽，还有西方的一切被征服的国家的文化，都同时流入，成为一大异观。而中华的汉代衣冠遂泯灭而不可复睹了。

庚申，帝还以太子不参欢喜禅为憾：

帝尝谓倚纳曰，太子苦不晓秘密佛法，秘密佛法可以益寿，乃令秃鲁帖木儿教太子秘密佛法，未几，太子亦惑溺于邪道也。噫！

他每幸随便什么女人，都算作使她们“受大喜乐佛戒”。元代经过这种佛法的洗礼，于是就快速地完结了。只剩下了若干“大威德金刚”的佛像，劳明朝人来毁掉。

孙承泽《春明梦余录》云：

惟都内喜佛寺系元人淫制，败坏风俗，像应毁弃。……得旨，邪鬼淫像，可便毁之。……于是工部销毁淫像。

孙君又引夏言《议瘗佛疏》云：

大学士李时同臣言，入看大善殿内，有金银铸像，巨细不下千百，且多为邪鬼淫亵之状；惟圣明一旦举而除之，甚盛举也。

这种盛举在我看来殊可遗憾，有如前数年希公大烧性书，同为一种极右派的举动。这也难怪，在元代，后妃们就已经看不顺眼了。《元史·后妃传》云：

京师创建万宁寺，中塑秘密佛像，其形丑怪。后以手帕蒙覆其面。寻传旨毁之。

我调查除了这种要参欢喜禅的最大的因素以外，也遂有着别的福德的作用。如《元史》列传八十九《释老传》附《誉巴传》云：“元贞间，海都犯西番界，成宗命祷于摩诃葛剌神，已而捷书果至。”至于乞财的意义，也可以在间接的材料中看出来。

元代究竟不愧为年轻的民族，在世界史上闹了个天翻地覆，结果却在中国立定了脚。中国人民于是就受了不少年的荼毒。《辍耕录》中记“想肉”一条云：

> 天下兵甲方殷，而淮右之军嗜食人。以小儿为上，妇女次之，男子又次之。或使坐两缸间，外逼以火，或于铁架上生炙。或缚其手足，先用沸汤浇泼，却以竹帚刷去苦皮，或盛夹袋中，入巨锅活煮。或封作数件而腌之，或男子则止断其双腿，妇女则特剜其双乳，酷毒万状，不可具言。总名曰想肉，以为食之而使人想之也。

后边还引了一大串中国的故事，吃人原来也是古已有之的。宋末登州范温，食人而定出特别的名号来。如：老瘦男子，廋词谓之饶把火；妇人少艾者，名之不美羹；小儿呼曰和骨烂；又通目为两脚羊。

这些名字都起得好，不乏诙诡之趣，恐非高手不能罢？然而看起来，老弱，妇孺，都是所谓“两脚羊”的货色，名登食谱，盖亦达尔文氏学说之一佐证耶？

清代以女真入主，因为想要怀柔远人，所以喇嘛教又再度兴盛，这一次则全为政治意义的了。《卫藏通志》中记有“桑堆佛”，盖即此物。至今在北平还留下了一些遗迹，留待游人的瞻仰。雍和宫一些喇嘛庙都有，北海白塔下琉璃庙中的镇海佛，据说也是这种东西。鄙人虽曾游故都，这些地方却都不曾去瞻礼过，不无遗憾，他日重来，当然要去看了，聊写小文，以为重游之券耳。

（《古今》第九期，署名韦禽）

关于墨

不久以前，我写过一篇谈墨的文章，不料却得到一个反响，古歙曹素功主人曹叔琴君寄来了一封信，还附来了一册《艺粟斋墨录》和两块墨，因此又引起一点兴趣来补谈一下。

谈墨自然有《墨经》《墨史》之类的大著作，不过这些我都不想去沾惹。我的脾气是胡乱翻书，因而所得到的一点知识也极其零碎，不足以博方家的一笑的。我只记得东坡居士对于墨很有些好感。果然，在《东坡题跋》卷五一翻，发现了不少。

最令人惆怅的，大概是那《书求墨》的一则了：

> 阮生云："未知一生当著几緉屐，吾有佳墨七十丸，而犹求取不已，不近愚耶？"

这话说得颇好，能著几緉屐的话头，常听见人说，东坡的关于墨的话则很少有人提起了。其实，他的下边的话似乎比阮君所说尤为含蓄。坡公诗云："非人磨墨墨磨人。"也就是这一句话的另一种说法。题跋中别有一则《书茶墨相反》云：

> 茶欲其白，常患其黑。墨则反是。然墨磨隔宿则色暗，茶碾过日则香减，颇相似也。茶以新为贵，墨以古为佳。又相反矣。茶可于口，墨可于目。蔡君谟老病不能饮则烹而玩之。吕行甫好藏墨而不能书，则时磨而小啜之，此又可以发来者之一笑也。

这可以使我们知道好些事。“磨而小啜之”的事果然有趣。不过除了吕君，同好恐怕少了。我也曾经去到大墨庄买过墨，指明要旧些的。那伙友就问我是不是吃的。当时我的确大吃一惊，以为此公也是吕行甫之徒。我非书家固矣，不过小啜而弄得一嘴乌黑，却也无此雅兴，后来才知道他是指的郎中所开的方子里所用而言。这也只好怪我见闻太陋，墨据说可以滋阴补肾的哩，不过新货就不行，因为里边采用了洋烟和不知什么化学原料，吃下去就很不保险了。墨的可以当药用，我也在题跋里查到点根据，《记李方叔惠墨》云：

> 李方叔遗墨二十八丸，皆麝香气袭人，云是元存道曾倅阴平，得麝数十脐，皆尽之于墨，虽近岁贵人造墨，亦未有用尔许麝也。

麝香据说就是兴奋剂。吃下去足以得到某种效果的。但子瞻却说这可以治嗝气：

徂徕珠子煤，自然有龙麝气。以水调匀，以刀圭股。能已嗝气，除痰。饮，专用此一味，阿胶和之，捣数万杵，即为妙墨。不俟余法也。(《书徂徕煤墨》)

又《书庞安时见遗廷珪墨》云：

吾蓄墨多矣，其间数丸云是廷珪造，虽形色异众，然岁久墨之乱真者多，皆疑而未决也。有人蓄此墨再世矣，不幸遇重病，医者庞安时愈之。不敢取一钱，独求此墨。已而传遗余，求书数幅而已。安时蕲水人，术学造妙，而有贤行，大类蜀人单骧，善疗奇疾，字安常，知古今。删录张仲景已后伤寒论极精审，其疗伤寒，盖万全者也。

这也不失为佳话，藏墨者一向侈谈天水，其实这在宋时，即已难得如此，何况今日。关于李氏的渊源，姜绍书《韵石斋笔谈》曾有说及，《墨考》云：

古延州石墨，可磨汁而书。晋陆云与兄笺云：三上台藏曾公石墨数十万斤，烧之可用燃烟。观此语则石墨未必可磨，亦如松节之燃脂做墨也。至汉始有隃糜之名，

> 唐始有松烟之制。至李廷珪始用脑麝，张遇始金箔。廷珪父超，乃奚姓。唐末与其子自易水徙居于歙，遂为歙人，南唐赐姓李氏。则歙墨之源，其来久矣。珪弟廷宽，宽子承安，安子文用，皆世其业。

《墨考绪言》也有一些可以补充：

> 有祖氏者，居易水，为唐之墨官。虽他氏之墨，必藉其姓传之。廷珪之父超，亦易水人也。故易水之墨，以久特闻。

李氏为唐代墨官，足征当时对于文房用品的考究。即此一小道也要专设一官，其能发扬光大，当然无可疑。至于墨之阔气者，有“墨妖”，《前尘梦影录》与《墨考》均有说及：

> 宣和帝以劳合油搜烟和墨，杂以百宝，金章宗购之，每两黄金一斤，欲仿不能，叹谓墨妖。(此据《墨考》)

宋徽宗是天分很高的人，字写瘦金体，至今故宫尚有真迹留存，画则更有名，“宣和御笔”流传至今者也不少。不过费了这样许多钱来造墨，未始不是亡国之征罢。

以上杂乱引了不少，不过全是讲了好玩。这些已经全是古董，即使有钱也难以买到了。我们根本不能得见，现在稍可讲求一下的，也不过是明墨而已。姜绍书说：

> 明代砚不及唐，笺不及宋，即笔亦无宣州毫之圆隽，唯墨之道，超潘驾李，差足为艺林吐气。

明人自视甚高。他们的代表人物，可推出几个人来，即是程君房、方于鲁、罗小华、邵格之数人。关于罗小华，《墨考》说：

> 小华名龙纹，新安人。严分宜当国，为其子大符幕宾，授中书舍人。严败伏法。所制墨靡玉屑金珠以为珍异。神宗游情翰藻，访及罗氏墨。中涓重赀争购，等于圭璧焉。

严分宜的钤山堂，藏法书名画至多。他自己也是名书家。北平有名酱园六必居的匾额，也是分宜所书。小华是他的门下士，严败后伏法，足征他在治墨以外还不十分老实。旧剧《雪杯圆》中的那一位汤勤，也是严府门下专门鉴别古物的专家，大概也就是小华一流人物。小华制墨，以胶轻著名，据说很容易失水而碎，现在很难得到了。不过伪制品倒也不少，在山东路一带触目皆是，一拿起来，恶臭触鼻，如果不赶紧抛掉，真会弄得难过起来的。

程方的制墨，是齐名的。他们还有过一部《墨苑》流传下来，成为明代版画的绝作。原书五色套印，极少见。陶兰泉藏有一部，但已归于北平图书馆了。徐康的《前尘梦影录》中记其事云：

> 程君房（大约）有墨谱十六巨册，前题后跋，皆有闻于世。图绘之工，丁云鹏吴左千居多。雕镂之精，万历时称绝作。因伙友方于鲁建元负心，册后附中山狼传，并图四幅。所记负心者，不廑于鲁，然于鲁亦以鬻墨起家。中山狼传一出，方氏蒙垢。遂刻墨谱一书以相敌，并出资购焜此传。故传世者绝少。方氏书刻工不及程氏，即松烟工料亦不逮，乾嘉年间，藏墨者置程方二家，不加品藻，以其设肆，不足珍赏。第至今又越百年，且遭兵燹。即程方所制之墨，亦不可得。

至于方于鲁的如何负心，不曾详说，《墨考》所述较详：

> 新安方于鲁程君房，以治墨互相角胜，所汇墨谱，倩名手为图，刻画妍精，细入毫发。程作墨苑以矫之。两家遗编，至今传为清玩。盖于鲁微时，曾受造墨之法于君房，仍假馆而授粲焉。程有妾，颇美丽，其妻妒而出之，正方所慕也，乃令媒者辗转谋娶，程公讼之有司，遂成隙。未几，程坐杀人入狱，疑方阴嗾之。故墨苑内绘中山狼以诋方。然以墨品人品论，程终不能胜方耳。

关于《墨苑》《墨谱》刻成的先后，二说各异，姜君明人，所言当可信，是当以后说为正耳。

前面是明墨的大凡，在今日也是可谈而不可即的了。旧京存墨甚多，鼎革之后，王公大臣所藏，往往流出市上，遂为藏家所有。海门凌宴池先生撰《清墨说略》一文，刊诸《大公报》文艺副刊，知者特少。知堂先生作《买墨小记》曾加征引，其说清墨，详而有致。其言清墨之所以无顺治墨之事曰：

> 余住故都十余载，曾未一见顺治墨。考其原因：一、因明末清初，安徽大乱，墨店停歇，墨模毁失，当时所用，尽系明代之遗。康熙时明墨已缺，胥以是故。二、因前清以满人入主中夏，一时人心未向，诸王犹存，强藩继起，天下人犹望明祚之再延，即或制墨，不署年号，若径署顺治，必为士大夫所厌，反碍销行。

这第二点理由实在是讲得好的。读史得间，大概就是这种意思吧。至于康熙时，三藩平定，偃武修文，巡行江南，曹素功后裔进呈制墨，得御赐紫玉光名。《前尘梦影录》记云：

> 曹素功休宁墨，工继程方，而起于康熙朝。六飞临幸江宁，进呈所制墨，蒙赐紫玉光三字，后充贡选烟及发售者，有双龙文衔珠，皆扁方形，周围贴金，无边廓，阴文楷书填蓝。款则阳文。重五钱，千秋光同式。后曹

氏后裔，列肆于皖于吴门，当在乾隆年间。余尝携旧所得者视之云，此种康熙时制作，今不但此种烟料久断，即墨之木模，亦遗失久矣。余犹记前人云：墨欲黑，茶欲白，欲视其黑，须得蜀中冷金笺，或以墨漆板试之，黄色青色居多。曹氏选料极精，得邀睿赏，有以哉！

余前得曹素功主人曹叔琴君赐书，所述家世颇详，可供参观：

> 兹将家世留陈于右：二十四世祖素功公，今假称一世，俾易醒目。公讳昌言，号圣臣。清贡生，歙县人。明万历乙卯诞生。读书之暇，性好研究制墨一道。追踪程方，不遗余力，遂于清初在歙之岩寺镇，开设墨肆。即以己名为牌号。问世以来，成绩优美，子孙递嬗，世守勿替。至乾嘉间，叠办贡品，御赐紫玉光墨额。

至于紫玉光的名称，当然是称赞墨中有宝气。凌君记云：

> 其时墨品犹存明代作风，磨后于黑光中带紫光，或蓝光，紫参丹砂，蓝入石青，或花青，方剂极佳。

这种方法在乾隆以后，就失传了，至雍正时，因为文字之狱屡兴，安徽明代墨手又已多死去，新起者也多仍用旧模，所以雍正时代的边款也极少。至于乾隆一朝，十全老人提倡于上，实在可以说是清墨的黄金时代：

> 十全老人做六十余年太平天子，笃好文学，提倡风雅，曾召汪近圣之子晋京专制御墨。品庶而量宏，直欲前无古人后无来者，时汪近圣崛起与曹素功争霸，安徽墨家，皆不惜工料，争奇斗胜，其墨除御制黑如点漆外，大都黝然深黑，光彩动人。外表既精，金色尤佳。尝览宋徽宗苏东坡米南宫墨迹，知乾隆精品不让宋墨，漪欤盛哉！

无论什么艺术品，在开始期的魄力宏大期以后，就会渐趋于精细加工之一途。嘉庆时期的墨法也就走上这一条路：

> 嘉庆承乾隆之遗风，铭园墨六十四笏，模子为汪维高所造，刀刻之精，如对仇十洲小品，虽雄厚高古不及程方，而工致精巧，汇成大观，允推古今独步，圆明已毁，其亭台楼阁，于此中能得其仿佛。然而墨质已盛极而衰矣。嘉庆边款不甚著称，为乾隆所压也。道光虽鲜御制，而安徽墨家，似甚振作。时汪节庵，程怡甫，鲍乾元等均已著名。胡开文亦渐露头角，墨风一变，竟以整齐光洁，坚硬，平正相尚。康乾墨有凹凸不平者，有极易破碎者，惟汪近圣方密庵小品极坚，道光时汪程鲍胡诸家所造，大都其平如砥，其坚如石。曹氏带六世孙尧千德酬引泉边款者，莫不平正精致。汪近圣墨尤为坚

> 劲，迄今不稍变样。大约捣工锤工，与人模压工均有进步。以墨质论，可望嘉庆不及乾隆，细黑有之，光彩不足，貌存而神减，然犹不失为佳品。今已可贵！

到了洪杨乱起，安徽的墨可谓遭一大劫，比起明亡来还要破坏得厉害，一时名手如曹汪都已经全部完结了，却给胡开文造了好机会，在乱平以后独步一时。曹叔琴君记云：

> 五世德酬公，推广营业，分设苏州支店，六世尧千公，继守成业，讵料清咸丰年间，洪杨起义，徽苏两店，同遭浩劫，仅保留昔年墨模二百余副，视为无上珍品。

至于乱后的胡开文，凌君评为“其墨佳品似道光，普通入胶微重，不易破损，而易于粘笔”。对于沪上重开之曹素功，评为“迥非旧物，不足观已，然犹不失为能品，今尚可用”。现在这种时代，如果有能品可用，已经可以算是福气，十分可以珍重的了。

至于墨法最大的一次浩劫，还不是洪杨之乱，乃是外国的洋烟输入了。科学的力量真是无孔不入，简直侵进这古国的每一个角落里来。知堂先生《买墨小记》引闲人先生《谈用墨》说：“油烟墨自光绪五年以前皆可用。”而凌宴池先生说：

> 墨至光绪二十年或曰十五年，可谓遭亘古未有之浩

劫，盖其时矿质之洋烟输入，取价极廉，上海胡开文首先采用，利市百倍，群起效尤。更下者杂以洋油烟子，烟煤烟子，墨法遂不可复问。

这实在可惜，几千年来世守的墨法，至此一下打倒，曹叔琴君谓：

溯自光绪五六年，洋烟侵华，初仅为油墨印刷之用，墨业开始采用，约在三十年间，本烟因之逐渐匿迹。

至于目前墨业的营业情形，曹君也有述及，颇足珍贵：

至学校改用钢笔墨水，尚无大影响。缘销路全恃华人商店，暨各行店及南洋群岛为大宗，此外东西洋各邦，亦均采购。惟墨样各异，英美德各国，崇尚装潢，不知何所取用。法兰西则须极小之墨，每镑百廿锭，或二百四十锭，外包金箔，或系绘图之用。日本所办，概须本烟高上之品，专供文人雅士染翰所需。

这可以看出各国的癖好各不相同，西洋人只要装潢好看，大概是买回去做装饰品用，有如买了中国寿衣而在时装表演会中穿出表演，反而得意非常，一个道理。

曹君更见赐《艺粟斋墨录》一册，里边有俞曲园、吴窓斋、洪钧、陆润庠、汪鸣銮诸人题词。其中以曲园先生所题最有意思：

邢夷始作墨，文字从此起，或云田真造，事远莫能纪。古以墨名家，实自韦诞始。厥后五代时，李廷珪父子。宋则有潘谷，亦能继其美。陈瞻王迪辈，知之者鲜矣。东坡守彭城，观墨于寇氏。二李至潘谷，十有三家耳，为各写一诗，以别其臧否。自来言墨派，溯源从易水。遗法传新安，至今擅其技，明代罗与方，直欲前无李。曹氏踵其后，名重五都市。艳艳松烟青，湛湛玉光紫。一丸出豹囊，价与连城比。我为作此诗，播告四方士。三万一月团，古人不嫌侈。寄语操觚家，慎勿轻视此。

这可以当一篇简明的墨史来读。知堂先生曾记平伯相赠之《曲园先生著书之墨》，在过去，这种自制墨的风气是很盛的。或者托墨店代制，《前尘梦影录》中多有所记。如：

渔洋山人墨，面蚕尾山房制，长方式。苏斋所撰复初集中有题咏。商丘宋牧仲（荦）墨一挺，面清德堂，旁双龙纹。抚吴时多惠政。仁庙南巡，御题清德堂以赐。又自制黄海山花墨，扁方形，约有二十余种，余曾得四五挺，面画折枝山花，背题所咏。漫堂诗集中有咏山花诗五绝二十首，皆载山中土俗之名，不见于群芳谱。

周栎园大牛舌墨，面书栎园先生珍赏，背赖古堂制，皆阴文，四围黑漆，光润而有细裂纹隐隐，约重三两余。

虞山钱牧斋有蒙叟墨。正面牧翁老师珍赏，背为天下式。旁注门人吴闻礼制。

至于墨的价格，在明清当时，已经很贵，如曹素功的“乌衣玉玦，隶书。面王鹤舟，谢东平制。背道光某甲子，漆边。乃曹素功家顶烟，重五钱，易银五钱”。照当时的物价看来，可以说是非常可观的了，大概可比得半担米价。嘉庆年间，馆阁作书盛行，俞稼园墨，面笏斋胶法，背稼园俞氏造。重六钱，长方式，一时备殿试朝考之需，一挺易银一两。北方风燥，唯俞墨可免决裂，这都算是非常贵的墨了。至于凌君记云：

墨之上乘每丸绝不甚重，因一等墨索价极昂。乾嘉最贵者每斤银四十五两，若巨至五六斤，当卖二三百两。明代物价纵低，亦当逾百。如此巨值，绝难销售。

乾嘉时的物价不大明白，只看黄荛圃的藏书题跋，他买一部宋版书，便宜的不过十两以内。如果是四五十两的，就要大呼冤，或书贵得买不起了。现在一部宋版书，可以卖到十万左右，或更多（无可定价），如果用许多钱来买一斤墨，大概没有这种阔佬罢，虽然是在上海。

藏墨而有谱录的，要推张仁熙与宋漫堂：

> 张长人（仁熙）有墨癖，藏古墨三十六品，著雪堂墨品。后尽归之宋漫堂。宋与之同嗜，亦得三十六品，著漫堂墨品与筠廊偶笔、二笔、怪石赞，同付手民。

明墨即有藏者，也不过镶在锦匣内看看罢了，至于清墨，或者还有磨来用用的可能。据凌君所说，我们凡人大可不必用这些珍品，因为以有尽之藏，使无尽的消耗，不免可惜。如此一说，藏墨的一大用处是看看而已，这就更近于玩玩之道了。如果以明墨与清墨的装潢比较一下，明墨自然是好的：

> 有明一代作手，如林潘程方及邵汪诸氏，均以墨世其家。文人尤喜自制。就其外表论之，大都较清墨为古雅，形状，款识，花纹，绝少俗韵。清墨名称如“清麟髓”“千秋光”“寥天一”“古喻麋”“漱金”“非烟”等，皆沿用前代旧称。动辄以仿古相尚，不若明人之富创造力。清墨款识，一面墨名，一面字画，两边署年号人名或店名，几乎千篇一律，不若明墨之多变化。以字画论，明墨字体或颜或欧，或如唐人写经，甚至寥寥数笔，亦极奇肆生动。清墨多作馆阁体，工整有余，风韵不足。明代墨，画之佳者，或如武梁石刻，或如北派山水，程方所制，尤为雄奇。清墨力刻固精，病在纤弱，虽汪近圣亦不免匠气，不若明墨之有士气。题画诗清墨最多，御制尤甚，其诗通与不通之间。明题有大不通者，

而佳者甚多。故以外表论，明之胜清毫无疑义。

谈到鉴赏，应该实际观摩，有兴趣的不妨收集起来，或至少弄部《墨谱》来看看，纸上描画毫无是处。因之，我这里的援引，也就要终止了。

（《古今》第十二期，署名何戡）

春明琐忆

去年秋曾拟为北平之游，因事不果，辄为怅然。有朋友自北方来，说我的不能往游，实在可惜，他说他日归去，恐将非复旧时繁华矣。其实北平久已不是旧物了，近得北平图书馆刊中有庚子时的正阳门像，与今日所见者大异，还是劫后的情状。街上以轿车为最多，东洋车盖犹是稀见之品。人物则峨冠大辫，长衫背心，看了不禁感慨系之。不佞居打磨厂旅馆中，寒冬早晨至前门外桥侧的杏仁茶担上吃油炸烩，杏仁茶，加白糖青红丝的情景犹恍然在目，青石块拼成的路上，推了“二把手”式的水车，水落石上，即凝为冰碴，行路偶不小心，极易跌倒。此种风味，在南方是不能见到的。

我觉得北平人情的可爱，实在与那种天气有关系。知堂老人说北平人有一种宽大的精神，十分可爱，这种精神在南方极难得见。试想在冬天的太阳下面，一个北平的老头儿谈着闲话的那种情景，真使人向往。女子的性情，南北更是不同，北平俗语中有《连理枝》云：

燕地佳人性子多，一团冷秀隐双蛾，尝嫌粉黛功夫儿碎，要把胭脂模样儿脱。一心既作聪明孔，遍体全成伶俐窝。天然一种撩人处，骨格儿风流逐处儿活。

用北平话描写，十分活现。不禁使人联想起《儿女英雄传》里的何玉凤。那位退职家居的安学海先生，西山养静，心里边幻化出来的一个“朔北佳人”。至今此典型尤为燕京士庶所钦羡，随便在街头巷尾的说书先生口头都可以听到。至于南方则不然，小报上大抵专谈风月，武侠之类已不多见，在天津则还珠楼主白羽诸君还是最受欢迎的作家也。

北方虽有俗语云：“京油子，卫嘴子，保定府的狗腿子。”言北方的棍徒也。此三种人中，不佞只欣赏过头两种，至于保定，只在车站上遥望一番，并尝老槐茂之“莲花白”而已。京油子可于京戏中之“开口跳”得其意蕴，唯近来此种人才益少，叶盛章更不足数，但可在他的流氓做派中瞻知一二遗风而已。《京都竹枝词》“市井门”有云：

老土茅包拨勒贺（棍徒京师曰老土，又曰茅苞，近又名曰土拨勒贺），立街头上讲狼人（骗人酒食，恶语谓之狼人，谓其如狼之狠也，为戏言）。口中调（去声）侃夸奇巧（若辈所说，令人不解，谓之调侃儿），可惜今无嘴巴陈（昔东城指挥陈公善治恶棍，每闻此辈，则拘来掌嘴，人因呼为“嘴巴陈”）。

竹枝词中颇可见俗语之一斑，老土已不闻于今日，茅苞则有“俞茅苞”，谓俞振庭也。亦已是光宣时事矣，今人多不知其意。“调侃”“土拨勒贺”之类，曩日亦多嘴角熟言，但不知如何写，见此如遇故人，真可喜也。

郝兰皋《晒书堂笔录》中有一则云：“余以乾隆嘉庆间入都，见人家案头必有一本《红楼梦》，今二十余年来，此本亦无矣。”

这是《红楼梦》时代考订的重要材料。这时的本子，想皆为“程甲本”“程乙本”或手抄脂本，如能传至今日，当视若至宝矣。

乾嘉之顷为有清一代最盛时，承平日久，士大夫风流逸豫之态，令人悬想不置，至光绪中，流风未泯。《觉花寮杂记》记云：

> 光绪中叶，京朝官风气渊雅，犹有承平余习，所居皆在宣武城南，衡宇相望，曹务多暇，互相过从，流连觞咏，斟酌图史，或僧寺看花，或旗亭赌酒，薄笨可以代步，鱼菽可以留宾，俸入无多，专恃印结费（外官赴部铨选，皆须京官出结），月得数十金，即充然有余。士以科目而进，官以资格而升，故人人无侥幸之心，爱名节而羞势利。辛丑以后，举行新政，外务，民政，农工商，邮传各部，次第增设，升转既速，禄糈亦优，于是，贵介之子，凭藉门荫，新学之士，游扬声誉，一经调部，无异登仙，钻营之窦既开，结纳之风日盛，苞苴狼藉，

裘马轻肥，流品杂而吏道污，京朝风气乃一变矣。

这一变变得不好，从李慈铭变到议员之流，无疑的是就下了。这情形一直接续不断，直至北政府的寿终。那种士大夫悠闲地流连于花酒，上馆子、听戏的情形，也真别具风味，有异于海上的咖啡馆也。《竹枝词》云：

> 公会筵开白昼间，嗷嘈丝管动欢颜，新排一曲《桃花扇》，到处哄传四喜班。

优伶之势，盛极一时，妓女也要较之逊色，盖是一种变态也。嘉庆间曾禁挟优入酒楼，未几复故。六品以上的官儿，每入茶园，先藏其顶，大似暂时革去顶带。描写士大夫与优伶的丑状者，有《金台残泪记》《燕台集》诸书，前者用四六文句写成，有“精彩”之言曰：

> 是故转喉车子，傅粉何郎，眉语双通，目成一顾，聊复尔尔，辄唤奈何，对此茫茫，佳难再得。……何况率彼旷野，招我游遨，亭共陶然，芳真小有，杨花柳絮，迹飘荡以癫狂；莲子藕丝，恩断续而心苦。此时香罗小扇，红纱中单，一水阑干，盈盈护玉，采风莺燕，双双向人。则有低唱入怀，浅斟消渴。拥邺下之樱桃，石虎堪为情死；得江东之鲈鲙，季鹰那更感秋归耶？

真极肉麻之至矣。

梁绍壬《燕台小乐府·梨花伶》，咏这些男优曰：

> 软红十丈春尘酣，不重美女重美男，宛转歌喉袅金缕，美男妆成如美女。株台十二醉春风，过午花梢日影红，此际香车来巷陌，此时脆管出帘栊。

关于这些与优人交朋友的，还有一个笑话可说。尚小云在四大名旦中，算是比较庄重的一个。不佞有老师兼为名票，学杨小楼，以在《长坂坡》中之“闭眼养神”最得神似，此公与小云有一段因缘，后来因事不能永好。会“津变”起，此公奔波于难民丛中，苦无依托，远远见一汽车来，开门拉之上，送到安全区，盖尚小云偕公安局长某所乘车也。观乎此，则冲冠一怒为“红颜”，岂不大大值得乎？固无怪朋辈称之以“风尘三侠”也。

不佞曾得光绪间石印小册《北上备览》，盖当日都门导游之类书籍也。其中对吃馆子加以指导。如“糟瘟”为翁文恭公潘文勤公常去之所；安儿胡同有烤肉馆，虽仅一间门面，而达官贵人、摩登伽女，多就案前长板凳，跷一腿立于凳上食之。门外排队而候之者，如长蛇阵。冬晨雪霁，此一幅“吃肉图”，亦大可观。此风迄今不少变，但门前轿车行易为汽车阵耳。

“吃肉”在北京，盖为一特殊名词，非若普通人想象之吃肉也。《宫门抄》中常见“明日×刻皇上升座吃肉毕……”之类的话，而大官们亦多以得赐吃肉为荣。北方老倌，固无所谓，而南方的中堂们的吃肉，则大可哀矣。盖此种肉多系白煮，烂软如豆腐，不置盐料，内官捧之上，大官们各出所佩“小刀子”，割而食之，须顷刻立尽，否则认为失仪，当罚俸也。南人多荏弱，于此种“初民式”的吃肉，无法胜任，乃视为苦事。《洛阳伽蓝记》中记北人不惯茗饮，视为“水厄”；今南人不惯食肉，或可称为“肉难”乎？然亦有法，当时之化学家即发明一种“油纸”，盖浸于酱油精中所成，每割肉毕，取出以拭“小刀子”，纸得肉气一嘘，酱汁立出，汁乃成汤。如此妙法如果失传，实可惜之至矣。

吃肉之期，除婚丧事外，年年有一度在六月二十四日，盖关壮缪生朝也。上起官厅，下迄民家皆食之。此一种白煮肉之技术，俗称“白活”，并不避忌。肉之白馥馥，与关羽面部之红滟滟相映成趣，而白肉则更置于大红朱漆的肉槽中，乃更为生色矣。

俞平伯氏曾作《古槐梦遇》，不佞甚赏其意想之奇丽。中有一则云：

> 某日，大理寺发下犯官二口，捆作猪羊，盛以朱红漆桶，幐以雪白的麻绳。

悬想此犯官当必亦面团团如董太师（卓），如此风味，信是绝妙，俞公此梦，盖亦有得于北京吃肉之意者乎？

白肉当佐酸菜以食之。酸菜用白菜渍之，使变酸，味绝美，然南方朋友多不爱吃。白肉更可以制成“木樨枣”“蜜饯海棠”“蜜饯红果”之类的食品。品类繁复，非专家不能尽道其名。至今北平西四缸瓦市有砂锅居，以制白肉驰名。其煮肉之汤，相传尚系前明遗制，迄今未涸焉。其门市只卖上午，过午不候，而不管生意如何好，每日所卖以一猪为度。凡此皆不能使海上人士所了解者也。

倡优侑酒，《宣南杂俎》有诗咏之云：

> 搴帘省识主和宾，歌遍当筵酒一巡；斟到郎行杯更满，儿情浓似玉壶春。

《侧帽余谭》更云：

> 一笑搴帘，即宜遍敬座客酒，次及主人及所识，去亦如之；今皆不拘行迹，入座时只以手提壶曰：“斟酒斟酒。”座客即群止之，及其去也，惟举碟示意而已。“觚不觚”，圣人所以叹也。

这位“艺兰生”也不免过于忠厚，想在筵前维护圣道，今日看之，真笑柄矣。

《怀芳记》云：

> 都中歌者之侍饮，稚子如骄子之戏于前，长者如姬妾共谈衷曲，可以娱情而适意。

《侧帽余谭》所记《飞座》云：

> 三五同人，雅座清饮，即为他座所招，不能不入室周旋，谓之飞座。坐次窥主人意旨，如主人别有所属，故尔摒弃者，则冷语侵肌，酸风扑鼻；主人情难割舍，出车饭赀慰藉之，名曰留条。果无他好，如主人之色不馁，若辈有以觇察，而亦径去。然仍须留条以安其心，否则谓之挑眼。挑眼，京谚，犹言吹毛求疵也。倘请尊客而以若辈为嫌者，一闻履声橐橐，亟招其仆而告之故，则亦绝迹不来。

袁世凯二公子寒云，最喜票戏。记得拿手杰作为汤勤蒋干。一日堂会，在天津明星大戏院，不佞从门口过，虽无请柬，但坦腹而入，竟遂所愿，是堂会戏之珍贵者。年前北平有盛大堂会，张伯驹君唱《四郎探母》，杨小楼去马谡，余叔岩去王平，诧为胜事。此种佳剧，如尽录之，恐当未有艾，堂会戏之灵魂，则“戏提调”也。牛应之《雨窗消夜录》记云：

> 京师梨园最盛，公宴庆祝，别有演剧之所，名曰戏庄。将有事，择能肆应者一人司其事，或作戏提调歌云：众宾皆散我不散，来手（班中管事之目）未到我已到。巍然独据下场门，赫赫新衔戏提调。定席要便宜，点戏夸精妙。怒目看官人（是日必向司坊中借二三执鞭者在

门前弹压，名曰官人，又曰小马），软语让车轿（老师并各堂官车轿夫饭钱最难开销，且易得罪，故须磨以软语）。遍索年前旧戏单，烂熟胸中新堂号（京师旦角曰相公，所居之寓曰某堂，知其堂，知其人，知其人住某堂，始能点其戏）。大蜡新试三枝头（曰受热，曰坐蜡者，皆京师俗呼为难者之别名，此语有双关之意），靴页偶装几千吊（京官多穷，故曰偶装。亦见是所费不菲矣）。小香到，提调笑；喜禄病，提调跳；锁得长庚跟兔，暂向柜前存，待到半夜三更，自己转弯仍放掉。吁嗟乎！三更曲罢尤可怜，昏花二目饥肠穿，左有牙笏右掌柜，小马纷来满堂前。堂前灯火全不见，阴森疑到阎罗殿。此时提调锦囊定，只余三字明天算。

描摹可谓入木三分。民初北京军阀堂会，提调多委其幕府中人，梨园子弟中或有互争面子，则争往赂之，逸闻更不胜记。

冶游之事，不佞愧未能言。然亦颇喜看《板桥杂记》之类书。明蒋一葵著《长安客话》（八千卷楼藏本），记一曲，颇可发噱，但或者不是近时所有事：

金陵陈大声嘲北地巷曲中人，半亦近诬，不尽然也。曰：门前一阵骡车过，灰扬，那里有踏花归去马蹄香？棉袄棉裙棉裤子，膀胀，那里有佳人夜试薄罗裳？生葱生蒜生韭菜，肮脏，那里有夜深私语口脂香？开口便唱冤家的，歪腔，那里有春风一曲杜韦娘？开筵空吃烧刀子，难当，那里有兰陵美酒郁金香？头上鬏髻高尺二，蛮娘，那里有高髻云鬟宫样妆？行云行雨在何方？土炕，那里有鸳鸯夜宿销金帐？五钱一两等头昂，便忘，那里有嫁得刘郎胜阮郎？

这话看似挖苦，实际北地胭脂，也的确不佳。昔年不佞车过邯郸，以为此地必多美人，下车一望，黄土飞扬中往来者尽是孙二娘之流，因知“燕赵多佳人”之言，殊未尽然也。

海上旅馆中可以招女人共宿，数百年前之北京有之。《觚剩记》云：

近日桐城方尔止有京师竹枝词云：“清晨旅舍降婵娟，便脱红裙上炕眠。傍晚起来无个事，一回小曲一筒烟。”亦可笑也。

这里有点可笑。又可异者清晨招妓，白日酣眠，亦与海上之傍晚始上市者异也。

京师的另一种特产则是优童。这种人材本来自古已有，惟职业化则当在明末。而至近年则已不多见。《燕京新记》有云：

京师优童，甲于天下，一部中多者近百，少者亦数十。其色艺甚绝者，名噪一时，岁入十万。王公大人，至有御李之喜。优童大半是苏扬小民，从粮艘至天津，老优买之，教歌舞以媚人者也。妖态艳妆，逾于秦楼楚馆。初入都者，鲜不魂丧神夺，挟赀营干，至有罄其囊而不得旋归者。

他们的来源，多自扬州江北一带。作《九种曲》的蒋心余，也咏《戏旦》云：

朝为俳优暮狎客，行酒钉筵逞颜色；士夫嗜好诚未知，风气妖邪此为极。古之嬖幸今主宾，风流相尚如情亲；人前狎昵千万状，一客自持众客嗔。酒阑客散壶签促，笑伴官人花底宿；谁家称贷买珠衫，几家迷留儆金屋。蜣螂转丸含异香，燕莺蜂蝶争轻狂；金夫作俑愧形秽，儒雅效尤惭色庄，腼然相对生欢喜，江河日下将奚止？不道衣冠乐贵游，官妓居然是男子。

《京都竹枝词》亦云：

徽班老板鬻龙阳，傅粉薰香座客傍。多少冤家冤到底，为伊争得一身疮。

《曝檐杂记》亦云：

京师梨园中有色艺者，士大夫往往与狎。

这些士大夫可以请李慈铭做代表，在他的日记中常可以找到听戏的材料。综计在他的日记中出现过的伶人有以下几位：

十三旦　侯纫珊　侯拾珊
一阵风　金紫云　偭　秋
梅蕙仙　朱莲芬　想九霄

他所最赏识的是纫珊。光绪五年三月十六日条云：

云门来，邀至中和园，偕彦清褆庵竹篔观剧，侯纫珊演《盗仙草》，甚佳。

光绪八年十一月七日记云：

是日四喜部头梅蕙仙出殡广慧寺，闻送者甚盛。下午偕两君（矞初敦夫）出大街，至其门首观之，则已出矣。遂雇车归。蕙仙，名巧玲，扬州人，以艺名，喜亲士大夫。

梅巧玲盖是梅兰芳之祖父。又云：

自孝贞国恤，班中百余人失业，皆得蕙仙举火。前月十七日骤病心痛死。其曹号恸奔走，士大夫皆叹息之。

蕙仙喜购汉碑，工八分书，远在其乡人董尚书之上。卒时年四十一，蕙仙后更名芳，字雪芬。

李君日记更记“清票子弟”事，盖票友下海，习为旦角，而又冶荡者也：

晚偕介唐诣才盛馆，观同春班夜戏。许久不听乐矣！近有理藩院吏越人韩某之子韩六，及兵部书吏魏四陈某等，习唱为优，名清票子弟。魏陈皆旦角，以荡艳名，一时堂会公宴，非此不观。余未曾寓目，今夕见之，亦中人常技耳。都中士夫流品溷淆，风俗卑污扫地至此，而当国巨公，巍科先达，以此为经济，亦歇后浪子之罪人矣。是夕演张绣反宛城一出，颇可观。三更归，尚未晚餐也。

为什么这些人会甘心下海唱戏呢，却也颇有道理，因为优伶们一向锦衣玉食的惯了，实在阔气得很。《燕京杂记》记优伶的居处云：

优童之居，拟于豪门贵宅，其厅事陈设，光耀夺目，锦幕纱橱，琼筵玉几，周彝汉鼎，衣镜壁钟，半是豪富所未有者。至寝室一区，结翠凝珠，如临春阁，如结绮楼，神仙至此，当亦迷矣。

韩家潭是此种人物集中地，《侧帽余谭》云：

> 优僮称其居曰下处，一如南人之称考寓。向群集韩家潭，今渐扩广，宣南一带皆是。门外挂小牌，镂金为家，曰某某堂，或署姓其下，门内悬大门灯笼一，金乌西坠，绛蜡高燃，灯用明角，以别妓馆。过其门者，无须问讯，望而则为姝子之庐矣。

称此辈为姝子，则殊少见，或是兔子之讹乎？《清稗类钞》亦有此等记载：

> 伶人所居曰下处，其萃集之地，为韩家潭，樱桃斜街亦有之，悬牌于门曰某某堂，并悬一灯，客入其门，门房之仆，起而侍立，有所问，垂手低声，厥状至谨。俄而导客入，庭中之花木池石，室中之鼎彝书画，皆陈列井井。及出，则湘帘一桁，瀹茗清谈，门外仆从，环立静肃，无耳语声，无嗽声，至此者俗念为之一清。

如此的洞仙福地，再加上那些歌伶，如《怀芳记》所说："都中歌伶之教子弟，雅步媚行，绰有矩度，掉头掷眼，各具精神，虽雅俗不同，而一声一笑，皆非苟作。"无怪一般大人先生，趋之若鹜了。科班中的办法，不大明了，不过看他们里边出来的人才，大多漂亮，可知其必有法：

相君之面，虽不能尽似六郎，然白皙翩翩，鲜见黧黑。孟如秋言，凡新进一伶，静闭密室，令恒饥，旋以粗粝和草头相饷，不设油盐，格难下咽，如是半月，黧黑渐退，转而黄，旋用鹅油香胰，勤加洗擦，又如是月余，面项转白，且加润焉。此法梨园子弟都以之。

至于他们行经之处，更是粉郎一至，正如荀奉倩薰衣入座，满室皆香了。

至于他们之所以如此，也正是由于勤于修饰，为悦己者容，对于此点，就不得不注意了：

盖丽质出于天生者少，不得不从事容饰，芳泽勤施，久而久之，则肌肤自香。更佩以麝兰，薰以沉速，宜无之而不香也。买香之肆，其施之膏沐者，则推桂林余赁；以佩带者，则数花汉冲；用以薰香者，则有合香楼；皆著名老店也。

他们穿着的正是小蛮靴：

窄窄蛮靴，小步花砖面上，亦殊可观。小史例着乌靴，正可以昭其敬，盖羔裘退食，吉莫常拖，彼童也，纳履而登，转邻于亵，此例不革，良有由也。惟出师后，则挖云鞋子，任其曳蹑。

如此容颜的姣童，得以左拥左抱，其乐无艺，是宜其神魂颠倒矣。

（《古今》第二五期，署名吴咏）

宣南菊事琐谈

不进剧场，已经有年了。说来原因甚多。其一，上海的戏价战后扶摇直上，简直使我辈非富翁失掉了一看的勇气；其二，也可以说是意兴阑珊罢。听戏是娱乐，凡娱乐都在环境适合的地方为佳。听戏——上海人曰看戏——在北方，这似乎已经成为不刊之典。不说别的，单只是那一种风味，即非上海所能有。空言无益，待我举例以明。

一年寒假，由天津回家。途经北平，有一天的闲空。下午，没有什么事吃完饭先上琉璃厂去兜了一个圈子。在寒风里踱出了旧书店。哪儿去呢？好，上吉祥听杨小楼的《艳阳楼》去罢。

吉祥在东安市场里面。园子小得可以，也旧得可以，座位不用说比不上大光明美琪，简直是差得远着咧！一条条的硬木头凳子，上边的漆都已经给年来的老看客坐光了。两排座位前后之间相距不可以尺，实在没有容膝之处。不过这才是标准的听戏的地方。

不过这种地方，也真有一种悠然的古味。好像能够梦想当日内廷供奉们的歌舞的姿态和声音。

坐在我旁边的是一位望七的老先生，他手里拿了水烟袋，另一只手拿着纸煤子，放在嘴边做吹的架势。面前泡好了一碗茶，是用的盖碗，茶叶纸包放在旁边。我们是坐在下场门的地方。这在老北京是非常讲究的，因为在这地方可以清楚地看到角儿出来时的姿态——术语谓之“亮相”。这在外行听来不免有些神话化，角儿出场时不过是走出来或跑出来而已，有什么道理？然而不然，此理似乎不能使不懂听戏的人懂得。总而言之，那一天我也是想看杨小楼的亮相，当家伙点一响，高登将要登场的一刹那，我就聚精会神地待机而动。果然，一挑帘，我就站起来了，推想当时脖子还伸得不短。可是，糟糕，老先生火了：“怎么，我今儿特为来瞧小楼这出拿高登的亮相，让小黑子赶五更来买的票，偏偏让你给搅和了，不成！咱们得评评这理！”望七的老头儿，会为这点小事发这么大的火，你瞧，这就是老北京听戏的味儿。

我常听人家说“听戏在北平”，好像成了一条定律，为什么呢？北平的风土好，又是旧戏的发祥地，人情好，语言更不用提，满耳听到的都是戏上常用的京白，如果在街上一走，准可以听见人家哼得两句京腔。俞振庭的《金钱豹》的“小子们开山”，杨小楼《连环套》的“保镖路过马兰关”，近年来，程腔风靡南北，于是“遭不幸老王爷晏了御驾……”的调儿就处处皆是了。

街头巷尾，更不少彳亍的卖胡琴者，他们悠闲地走着，随便拉上两段，在内行听去，似乎并不怎么样，可是真够味，似乎可以想见那一种寂寞的情调，“夕阳巷陌”，几声嘹亮的胡琴声，哎！

到了酒馆里，更可以免费听人家酒酣耳热时的一曲高歌，这和上海酒家里导女们的那两口可不同，在北平敢于在公共场所露两口的决不能含糊，他们对于行腔咬字准得有点研究，不然，敢找这个骂挨吗？

北平自明朝以来，是几百年的帝都，文化水准自然是相当的高的！——这里只谈中国本味文化——清末梆子、徽腔入京，造成了局部的空前盛况，同光时的梨园盛事，在前人的笔记里时常可以看到。《燕京岁时记》云：

> 京师戏剧，风尚不同。咸丰以前，最重昆腔高腔（即弋腔），高腔者，有金鼓而无丝竹，慷慨悲歌，乃燕士之旧俗也。咸丰以后，专重二黄，近则并重秦腔。秦腔者，即俗所谓梆子腔也，内城无戏园，外城乃有，盖恐八旗兵丁，习于逸乐也。

这也真是老话了，近来大概是评戏盛极一时，这不能不推白老板玉霜之功，可惜现在已经“驾返瑶池”，海上不少白迷，大有如丧考妣之势，其情盖亦可哀矣。

至于更详尽的都人对戏剧好尚的变革记录，则有《天咫偶闻》所记：

> 考京师士大夫好尚，亦月异而岁不同。国初最尚昆

腔戏，至嘉庆中犹然，后乃盛行弋腔，俗呼高腔，仍昆腔之辞，变其音节耳，内城尤尚之，谓之得胜歌。相传国初出征，得胜归来，军士于马上歌之，以代凯歌，故于《请清兵》等剧，尤喜演之。道光末，忽盛行二黄腔，其声比弋则高而急，其词皆市井鄙俚，无复昆弋之雅，初唱者名正宫调，声尚高亢，同治中又变为二六板，则繁音促节矣。光绪初，忽竞尚梆子腔，其声至急而繁，有如悲泣，闻者生哀。余初从南方归，闻之大骇，然士夫人人好之，竟难以口舌争，昆弋诸腔，已无演者，偶演亦听者寥寥。

这儿所谈旧京戏剧的历史，颇简单扼要，皮黄之兴，已经将百五十年了，后来秦腔盛行，作者认为非吉征也，则不免可笑，这大概与西太后的嗜好有关。她西狩之际，听说就曾经非常赏识老十三旦等人，还特给红顶道衔，一时称为异数哩。

至于戏价，则更是不堪回首了。最近程砚秋南来，票价卖到三十元一张，算是最高纪录。让我们看一下当时的记录罢。《梨园佳谱》云：

从前京伶无包银之说，但每日唱后取车钱而去，以多寡分优劣。

这种情形令人看来，真不禁要感慨系之了。

清末民初更是梨园极盛的时候，田际云、梅兰芳在当时似乎都有左右仕版的权威。这种盛况，一直继续到北伐，以后虽然故都冷落，然而究竟是百年的基业，旧剧始终不衰。直迄晚近，因为市场的不景气，以致尚小云、言菊朋诸角，都大卖力气，半价双出，乃更肯定了“听戏在北平”这话的成色。（可惜言三已于前年去世，听说他的死因，是气死在儿子与女儿的关系上，这也可以想见故都梨园风流事件的一斑了。）

北平城大，戏园子也零零落落的。前门外有中和园、华乐、广和楼、哈尔飞，东安市场的吉祥。住得远的，早早儿吃完饭，坐上洋车，稳稳地到了目的地。门外是两盏汽灯，耀眼争光，红红绿绿的小电灯，大鲜果摊子，两只不带罩的百支光电灯，照了五彩斑斓的鲜货，格外眼明。旁边照例坐着光头的掌柜的，和和气气地招待着。红纸海报上印了金字，贴了不同主角的戏码，不是像海上只有一个角儿的戏的。

关于北平戏园子内部的情形，可以看《金台残泪记》的描写：

> 凡茶园皆有楼，楼皆有几，几皆曰官座。右楼官座曰上场门，左楼官座曰下场门，狎旦色者曰斗，争坐下场门。楼下左右前方曰散座，中曰池心，池心皆坐市井小人。凡散座一座百钱，曰茶票。童子半之，曰少票。池心无童子座，暑日池心不卖少。乐部登场，坐者无许

> 径去，暑日开戏不倒票。官座一几，茶票七倍散座，二斗每据一几，虚其位，待旦色入座问安，立于仆竖之间，无茶票者曰听阑干戏。

上边我也说爱坐在下场门，可并不是老斗。因为我所欣赏的杨老将，已是六十岁的老头儿了。后边描写老斗们的情状，活现而可笑，这种人大都是少爷之流，或者老倌儿。至于听阑干戏则更使我记起旧的印象来。北方戏园大都有军警特别座，在最后，奉“大令”。有宪兵在。如有滋事兵丁，可以拿来打棍子或径行杀头。张宗昌时代，有恶少与梅兰芳为难，被杀头，挂在木笼里在梅宅门首示众。凡此盖皆老斗也。

《京尘杂录》亦道戏院内部事：

> 戏园客座，分楼上楼下，楼上最后临近戏台者，左右各以屏风隔为三四间，曰客座，豪客所集也。官座以下场门第二座为最贵，以其搴帘将入时，便于掷心卖眼。

这记载实在有趣。竟有爱上了那“临去秋波一转”的主儿，专坐在特别贵的位子内。同时也可以发现那时人心究竟尚古，角儿的秋波只能向一个固定的位置抛。现在则不然，如吴素秋，一出台媚眼所至，上达三楼，广扫四隅，全场的人都以为“秋儿”是向他笑。呜呼！是亦至矣！

另有一件事，使我发生兴趣的，则是有许多伶人（名伶），他们的子弟不再业伶，如梅浣华、郝寿臣、程砚秋都是。为什么呢？反过来，现在却又有不少人想下海。这个矛盾现象，可以用历史上的事实去解释。实在近来伶人地位的提高，是显然的。

以前优伶的地位，实在是卑下极了。《海上冶游备览》云：

> 京师优人，见妓则请安而不敢抗衡。

这事是真的吗？《清稗类钞》也说：

> 京师之伶，不敢谒妓。卒然遇之，必屈一膝以致敬。称之曰姑娘。妓则贻以手巾荷包等事。光绪庚子以后，伶渐纵恣，与妓会见，则不然。其后者有相狎者矣。然妓女若与优伶共宿，则人皆贱之，若与阉人共宿，则闻者不复顾。

这个我想颇有道理。本来，“舍正路弗由”是变态的事，社会上自然会有一种公论。在妓女看来，伶人更是抢了她们的生意，在“道义”上说，也必须要买她们一些账的。如《金瓶梅》中潘五儿向西门庆抗议的理由即可为例。《九尾龟》中所述海上情形，亦复相似，红倌人一姘戏子，就名价陡落。至今这流女人，还为小报所讽，可以说由来甚远矣。

《京华春梦录》也谈到这一点：

在像姑极盛时代，伶终不敢谒妓。猝然相遇，必请安称“姑姑”。清末，伶渐纵恣，与妓会晤，请安称谓之例，已不可见。民国初元，像姑风革，伶人以优隶贱质，一跃而为艺员，乃益放肆，日事冶游，妓亦不以前例相绳，并几视伶为客矣。迄于嗣顷，习尚放浪，妓之无耻而善胡调者，且以狎伶为荣，以是剧园楼厢中，时有粉白黛绿者，杂坐成群，则皆北里姊妹，结盟而来，物色面目，多藉目成，特行踪诡秘，终不知高阳台安设在何处耳。

《孽海花》中描写彩云与孙三儿所串的戏，可以算作标本。梅郝等辈，所以不愿使他们的子弟重操檀板生涯之故，大概是目击心伤，觉得耻莫甚焉。而梅程等更亲历其境，自然更是创痛巨深，不能忘已。《清稗类钞》记他们的生活云：

京师雏伶皆蹑靴，必离师独立，始履。而仆亦称之曰“主人”矣。堂主之子，曰“少主人”。伶出见老斗，凭其肩致寒暄，资格深者，伶直呼其字。曰“爷”者，疏远之词也。

提起“老斗”，《京都竹枝词》中，更有一咏，可以一听：

茶园（演戏之所）楼上最消魂，老斗（小旦呼悦己者曰老斗）钱多气象浑；但得隔帘微献笑，千金难买下场门。

（《古今》第十七期，署名韦禽）

谈张之洞

张之洞为清末名臣，与袁项城以南北洋大臣齐名，然张之资历固远较袁为老，以前辈自居，而袁后来气焰之盛，远非张所能拟。于是极不快意。壬寅（光绪廿八年）在署江督任内，直督袁世凯往访，之洞有于座间熟睡之事，故作偃蹇，以前辈自居，事或有之。《新民丛报》时评有云：

“……袁至南京，与张商议一切。袁行之日张饯之。酒及半，张遽熟睡。久未醒，袁不及待而行。张醒后，急命排队请袁回，袁欲不返，幕僚劝之行。比至，重张宴谢罪。欢饮而别。……张何为而慢袁，张任粤督时，袁仅一同知，袁以后辈突居上游，张自负老辈，或隐然示之以老督抚之派子，旋继之优礼，其玩弄袁之状，袁其能终忍之乎?”所言甚悉。清末督抚之善睡者有胡林翼，则以体胖故耳。据谈胡在督府办事，从官必携食物以俱，因胡每于早晨办事之际，忽尔睡去，午后方醒，从官之回事者，不敢离去也。时或睡过夜，则惟有袱被以从耳。（黎庵按：本节所述之胡君，恐非文忠公，乃民国时一武人名景翼者之误。)

徐树铮虽是武人，然文采可观，秀才出身，视吴佩孚远胜矣，其所著《视昔轩遗稿》中有《致马通伯书》，论及之洞，言其在保定时见张袁会见事甚悉，以得之目击，史料价值当较胜也："壬寅之春，公（指香涛）过保定，项城时权直隶总督，请阅兵。既罢，张燕节府，树铮恭侍陪席。亲见项城率将吏以百数，饬仪肃对，万态竦约。满坐屏息，无敢稍懈，而公欹案垂首，若寐若寤，呼吸之际，似蠹蠹然隐鼾动矣。盖公去后数月，项城每与僚佐忆之犹为耿耿也。"其态如见。又据闻之洞世凯保定相会时，座中有藩司杨士骧，为翰林后辈，之洞独与之长谈词曹故事，而视世凯若无睹，盖亦轻其非正途出身也。之洞甚满意士骧，出语人曰："不意袁慰庭作总督，藩司乃有杨莲府！"世凯闻而语士骧曰："足下既受香帅知遇，何不请其奏调湖北?"士骧笑曰："纵香帅有意，司里亦不愿伺候此种上司也。"

之洞之为上司，司员幕府咸甚苦之，以之洞起居无节故耳。幕中缮写奏折尤为苦差。往往夜深交发折稿，天明即须拜发，而对字体则又吹求甚至，苟有一字不如式，即以笔就墨海中，饱濡墨渖，就此字滴下，纸透数层，全折俱废，乃须重缮，仍立候阅发，任此役者有时窘急至于涕泣云。其所以必毁全折，盖恐缮者为挖补之术，将此一字修改，弥缝无迹。而万一御览时忽"开天窗"（挖补处脱落之谓），身为督抚者，将受申饬也。

张之洞字香涛，人乃以为系老猿转世，然甚无稽，亦犹曾国藩遍身癣疥，人以为巨蟒转世者也。据言小说《花月痕》系道曾国藩少年时事，曾少年为京官时极不检，常出入韩家潭，其遍体癣疥者，或谓即是疮毒。《曾文正公日记》中蛛丝马迹，不无可寻。曾老九未得意时入京，居乃兄处，而行为亦甚不检，国藩斥之，而老九不服，盖以国藩己身不修，何能管乃弟闲账耶。国藩乃不得不效秦庭之哭，写家信时，一字一泪，冀感弟悟。不佞少时读国藩日记书信至此处，每为感动，日后思之，可发一笑。

之洞以《书目答问》《劝学篇》驰名。然二书均为人所代撰。《书目答问》出缪荃荪手，大旨无讹，学人以为读书门径，然亦不无误处。有人讥之曰："缪某诚谬甚。"流为话柄。

世凯与奕劻结纳，声势煊赫，之洞瞠乎其后；比同入枢庭，之洞班次在前，尊为相国，然亦无如庆袁何，列食而已；摄政监国，世凯放归，之洞方冀得以进用，而亲贵群起，分踞要津，争之不获，卒抑郁以死，亦可哀矣。

有一故事，涉及之洞者。录之以发一噱。一日，之洞退朝，曾以"烟惹御炉许久香"征对。一日晨起，得一札，启视则"图陈秘戏张之洞"也。文襄方围炉，急投诸火。

（《古今》第二二期，署名楮冠）

谈善耆

肃亲王善耆，于清末亲贵中，素具贤名。盖有数之人物也。庚子以后，改革之声甚嚣尘上，耆则更有新派之目。其时留学生回国者日众，凡知名人士，善耆多方延纳，罗致门下。旗籍中如良弼恒钧等，皆为肃府中之上客，颇见信任。有程家柽者，以同盟会健将而奔走善耆之门，善耆官民政部尚书，其渐与民党通声气，以及民党之得在北京活动，程之力也。

北京自吴樾炸弹案后，设探访局于城外鹞儿胡同，以史伯龙（名云）主其事。以侦缉民党为职务。程之见重于善耆，盖善耆欲借程以调查民党之内容，而程依善耆之势，遇事亦多有保全焉。程字韵孙，安徽人，民党“二次革命”之后，袁世凯坐以通敌谋破坏，捕杀之。

汪精卫等谋炸摄政王载沣，事泄被捕，众以为必无生理矣。善耆密言于载沣，谓革命党势已盛，杀汪等适以激其怒，非大局之福，宜从宽典，示怀柔。载沣亦惧报复愈厉，因韪其言。遂仅交法部监禁，当解送法部收狱之前，善耆秘延之于其邸，待以宾礼，从容谈话，以政见相商榷，仅顾鳌一人旁侍。顾亦以留学生见器于善耆，时为外城巡警总厅六品警官也。各省代表晋京请愿，速开国会，清廷厌且嫉之，大臣中无与代表往还者，而善耆独招燕于邸，倾谈竟日，于宪政之实施，盖拳拳焉，故代表咸许之为亲贵中之有心人。

善耆之接近民党，关心宪政，均思缓和革命，以延清运，而大势所趋，无济于事。武昌起义后，议起用袁世凯，善耆不谓然，迨袁氏应召入京，知事已无可为，遂避地大连，依东人为活。后客死大连。遗折有云："奏为赍恨哀鸣，叩谢天恩，仰祈圣鉴事……辛亥兵变，各省蜂应，卒以召用非人，潜移国祚。疾首痛心，莫此为甚。臣力争不听，挽救无术。更不能与盈廷懈沓，共戴三光。遁之旅顺，偷延视息。潜抱艰贞之志，恨无开济之材。每伺再造之机，终无一成之寄。瞻望觚棱，瞬逾十稔，憔悴就死，臣罪当诛。"词甚激楚，于袁世凯犹有遗憾焉。

清末亲贵，多酷嗜戏剧，一腔一调，莫不研寻。一时演成风气。王公府第，皆有票房，而以肃府为最。耆自幼即喜戏剧，其随从太监，率能登台奏技，府中每月必演戏数次，每演善耆必自饰主要角色，严寒盛暑，不以为劳。除普通皮簧外，并自编新戏，有《战台湾》一剧，尤喜演之，自饰郑成功，文武唱做兼备，全剧须演六小时，善耆精神抖擞，始终不懈。虽伶人亦自叹不如也。其弟善二爷，亦嗜戏若命，往往弟兄合演一剧，互为谐谑，以为至乐。民国后，肃府班底曾出演东安市场，所演本戏有《请清兵》等，颇可叫座。

北京盛行皮簧，肃府班底则高腔也。

今日行经船板胡同，犹能想见当日笙歌之盛，而保全有功，亦令人思之不已也。

（《古今》第十八期，署名鲁昔达）

记戊辰东陵盗案

戊辰东陵盗案，闻为孙殿英部下所为。当时颇为人所注目，道路传说，且有珠履鲜翡翠西瓜诸宝流落人间之秘闻。唯迄今已十余年，史料绝鲜，仅小报有捕风捉影之记载耳。忆昔日曾见天津《北洋画报》刊数种，关涉此事，余曾剪而存之，后则不知丧失何所矣。今年北平《中和月刊》曾发刊关于此案之史料数种：一、宝瑞臣（熙）《东陵于役日记》；二、耆寿民日记；三、徐榕生《东陵于役日记》；四、陈诒重《东陵道诗注》。以上四人，均该案发生以后，清室特派前往收拾残局之大臣，所言自属可信。不佞当日居天津日租界须磨街，宣统皇帝之行官则在日租界大罗天张园内，每过该地，望园内花木蒙茸，不禁大有故国之思。清室退位，逊帝播迁，胜朝陵墓，痛遭残毁，其事盖大可痛心者。

此次盗案之主要目标为慈禧陵，而所遭亦最惨。四人所记佥同，而以徐榕生所记较详，兹录如下：

初十日。早晴，向各堂报告菩陀峪地宫内情形，午随各堂到菩陀峪地宫隧道，埴与叔壬先下，为之导引。

仍由券门下盗发之穴匍匐以进，先至西北隅仰置之柱椁盖前，启上覆破坏椁板，则孝钦显皇后玉体偃伏于内，左手反搭于背上，头发散乱，上身无衣。下身有裤有袜，一足袜已将脱，遍身已发霉，均生白毛。盖盗发之日为五月十七日，盗去为五月二十四日，至今已暴露于梓宫外者四十余日，可惨也。即传妇人差八人，覆以黄绸，移未毁朱棺安于石床，然后以黄缎被褥裹之，缓缓转正。面上白毛已满，两目深陷，成两黑洞。唇下似有被残之痕，又覆以黄缎衾，藉以黄缎褥，殓于原旧朱棺之内。并用泽公所藏前颁遗念衣二件，覆于衾上，又在棺内外捡得当日殉殓已落之牙，剪下之指甲，用黄绸包好，放于衾外。

所述劫后情形，诚惨不忍睹矣，一代英后，死后数十年遭此凌辱，其人生前功罪可不具论，揆诸情理，亦当使人叹息也。忆当时且有如此之传言，苟慈禧陵再不被发，白毛生满，行将为厉。盖俗传旱魃即是此状，全身红毛尚可除治，苟遍体白毫，则纵有张天师之五雷正法，亦莫可如何矣。按此说系得诸《江湖奇侠传》中，而该书则流行一时之读物也。

此次盗陵案，有一奇迹发生，即有一后妃玉体，历经数百年，毫无损坏也。徐记云：“十五日。……忽于地宫西南隅两棺之间衾褴之下，觅得后妃玉体一，身着宁绸云龙袍，已一百四十五年之久，面目如生，并有笑容，年约五十岁，耳环尚在。一足着绣凤黄缎朝靴，又于侧近拾得一靴一袜，以水濯之，靴之花纹与著于足者同。不知是后是妃也。”念当日并无防腐之法，而尸体竟得保存百余年而不腐，诚怪事也。据宝熙回京后，考据所得，该玉体为孝仪纯皇后，胜水峪裕陵宝城内附葬后妃五人之一也。

裕陵为清高宗及后妃五人葬所，共金棺六具。劫后零散不堪。骸骨满地，无法收拾，结果同棺而殓，以骸骨错乱，且多遗失，若武断强分，而致错杂凌乱，将更多致罪戾也。徐榕生言：“于此棺内捡出颅骨一，此骨决是高宗纯皇帝之骨，因前捡得之骨，存在之齿尚多，此则仅存一齿，可为高年之证。且生齿之孔，此为三十六，他骨则二十八或三十二也。此颅骨较他骨为大，又同在此棺内捡出胫骨一，亦较他胫骨为长，更可证为男骨无疑。”

此十全老人，于身后竟骸骨零散，头颅抛掷，幸未沦为溲器，犹堪告慰耳。计此次收拾残局，重加殓葬，并修理陵寝所用之款，系共一万六千元耳。以视清社未屋前，奉安盛况，何可比拟。铜驼荆棘，不待百年而已如此，是更不能不令人叹息耳。李太白词云：“西风残照，汉家陵阙。”正若为此日咏也。

（《古今》第十八期，署名何戡）

曾左交恶及其他

曾国藩、胡林翼对左宗棠均曾力荐。咸丰十年林翼《敬举贤才力图补救疏》谓："左宗棠精熟方舆，晓畅兵略。在湖南赞助军事，遂以克复江西贵州广西各府州县之地。名满天下，谤亦随之。其刚直激烈，诚不免汲黯太戆意饶少和之讥。要其筹兵筹饷，专精殚思，过或可宥，心固无他。臣与左宗棠同学，又兼姻戚。咸丰六年曾经附片保奏其在湖南情形，久在圣明洞鉴之中。"国藩亦疏请简用宗棠，谓："左宗棠刚明耐苦，晓畅兵机。当此需才孔亟之际，或饬令办理湖南团防或饬赴各路军营，襄办军务。或破格简用藩臬等官，予以地方，俾任筹兵筹饷之责。均候圣裁。无论何项差使，惟求明降谕旨，俾得安心任事。必能感激图报，有裨时局。"宗棠之能获大用，曾胡实有大力焉。而宗棠之自负才高不肯自承为所援引，未免气矜太过矣。惟于家书中对荐己之京官藩祖荫、宗稷辰则谓："皆与吾无一面之缘，无一宗之交，留意正人，见义之勇，非寻常可及。"似深感谢意者。是以二人非与己争名者乎。

宗棠之宏才得展实自入湖南巡抚幕始，而其能入湘抚张亮基幕者则由林翼之数次力荐。称其“才品超冠等伦，廉介刚方。秉性良实，忠肝义胆与时俗迥异。胸罗古今地图兵法，本朝宪章，切实讲求，精通时务”。亮基依其言，礼致宗棠，言听计从。旋署湖广总督，仍延入督幕。后调抚山东，宗棠始辞去。复入湘抚骆秉章幕，誉望日隆，九重动色矣。前者，林翼曾屡荐之于湖广总督程矞采。称其“有异材，品学为湘中士类第一”，“才学识力，冠绝一时”，“品学高博性至廉洁，读本朝宪章最多，其识议亦绝异。其体察人情，通晓治略，当为近日楚材第一”。更前，则又尝荐诸云贵总督林则徐，会则徐引疾不及礼聘。后过湘时，招至舟中，谈论竟夕，称为不凡之才。林翼荐贤之笃于此可见，使无林翼，则宗棠或以山林逸隐终也。

曾胡左均善为奏牍。李续宾阵亡三河，林翼疏陈续宾志行功绩，及慷慨捐驱之状，备极沉痛。咸丰帝朱批曰：“详览奏牍，不觉陨涕。惜我良将，不克令终。尚冀忠灵不昧，他年生申甫以佐余也。”饬终之典极为优渥。说者谓固由续宾战功夙著，亦林翼奏疏情词之恳笃使然。林翼祭续宾文有“公来生我，生我楚人，倚公为命，以至于今”“与公同命，腼颜尚存”“固知兵少，不忍惜身，固知贼多，不忍遣君”等语，亦极悲切动人。国藩甚叹誉之。林翼致李元度书云：“迪公（续宾）之祭文，以夜半起坐，悲愤而成。应请涤公改正数十字。同林翼之奏，刊成一本。传之通都，藏之名山，或可藉人以传闻耶。过蒙足下与涤公奖借，如老诸生五十年不得中举，忽闻榜有名，为之一快。”又云：“前撰祭迪公之文，文之字句尽有不妥，而气性淋漓。即此一端，或尚可办成一二事耶。其文质地颇美，乞老兄同涤丈点窜，以便付梓。”国藩文学素为林翼推服，元度亦负有文名者也。国藩挽续宾联云：“八月妖星，半壁东南摧上将；九重温诏，再生申甫佐中兴。”下联即用咸丰帝批林翼疏语，上联则以续宾阵亡之前，彗星现，人以为续宾阵亡应之。林翼于奉到优恤续宾之旨后，致宗棠书云：“迪公之恤极优，璞山（王金珸）无此殊恩。此岂文字不如我耶。总之，天下奏牍仅三把手，而均在洞庭以南。此三子者，名次高下尚待千秋，自问总不出三名之下，傥其抑志附心，储精厉学，则不肖尚未可量也。”所谓三把手即指己与曾左而言。而宗棠亦尝言，“当今善奏章者三人我第一”，则其傲岸之性然耳。清代曾左胡均为奏议大手笔，国藩之雄伟，林翼之恳切，宗棠之明畅，均足度越恒流，不必强为轩轾；若以文学根抵论之则国藩为独优矣。

宗棠尝自以抱负过绝流辈自喜，谓曾胡均不足知己底蕴。其襄办国藩军务时，致郭嵩焘书有云：“涤公谓我勤劳异常，谓我有谋，形之奏牍，其实亦皮相之论。相处最久相契最深如老弟与咏公，尚未能知我，何况其他。此不足怪。所患异时形诸记载，毁我者不足以掩我之真，誉我者转失其实耳。千秋万世名，寂寞身后事，吾亦不理，但于生前自谥曰忠介，先生可乎？”其超然不群之气宇有如此者。后又尝致书郭嵩焘云：“阁下生平惟知有曾侯李伯及胡文忠而已。以阿好之故，并欲侪我于曾李之列，于不佞生平志事，若无所窥，而但以疆目之，何其不达之甚也。”其对同时人物均有夷然不屑之概，于曾胡辈尚不欲人相提并论，况李鸿章辈者欤？

曾左交恶相传起于金陵既克。盖国藩以洪福死于乱军中入告；而洪实逸出未死。宗棠侦知而疏陈之。国藩疑左军有意张皇，上疏抗辩。宗棠复疏争其事，辞气激昂。至洪被擒于赣，事始大白，而曾左之怨卒不解。惟据欧阳兆熊所记云：“恪靖来咨，极诋文正用人之谬。”词旨亢厉，令人难堪。文正咨复云：“昔富将军咨唐义渠中丞云，贵部院实属调度乖方之至，贵部堂博学多师，不仅取则古人亦且效法时贤。其于富将军可谓深造有得，后先辉映，实深佩服。相应咨复云云。”恪靖好以气凌人，文正则以诙谐出之，从此恪靖亦无一字见及矣。事在克金陵之前也。唐训方官皖抚，颇负时望，富明阿劾罢之，为清议所不取。以宗棠之孤高自负，目空一切，而谓其师法富明阿，谑而近虐，宜其拂然矣。国藩素工谐谑，论文尤重诙谐之趣，偶以不堪宗棠之盛气相凌，报之以此，竟成凶终隙末之局，良可喟叹也；而宗棠亦不得谓无过也。扪虱谈虎客论曾左交恶事有云：“文襄粗材不足责也。文正学道有年，晚岁当益进，今若此，于所谓休休有容者，宁无惭德耶？”盖以国藩学养素深，故责之严耳。王闿运同治十年九月十日日记有云：“夜过涤丈，谈修好左季丈事，涤有恨于季，重视季也。季名望远不及涤，唯当优容之。故余为季言甚力，正所以为涤也。此隙起于李次青、刘霞仙，而李刘晚俱背曾，可为慨然。”闿运于咸同间中兴将帅，喜讥谈，而尤不满于宗棠。后宗棠戡定西陲，由一等伯晋二等侯，时论颇议其赏薄，谓应封公。闿运独谓其“再辞侯封，近于知耻”。不慊之意可见。至谓曾左之隙起于李元度、刘蓉，未知其然否也。或闿运一时性发，语未足凭也。按同治三年十月宗棠《直陈李革司被参情节折》有云：“曾国藩初次奏劾李元度，谓其负曾国藩负王有龄，此次代为乞恩，又谓昔年患难与共之人，惟李元度独抱向隅之感。所陈奏者臣僚情义之私，非国家利赏之公。臣不敢附会具奏。”语侵国藩，然已在绝交之后矣。元度以军事为国藩严劾，遂尝相失。然本系患难相从之人，后亦彼此谅解。同治七年国藩致许振祎书云：“尝悔昔年参劾次青太甚，今次青光复旧物，箧有传书，鄙人愧悔渐可少减矣。”国藩逝世，元度《哭太傅曾文正师》诗，有“平生数知己，当代一元臣”之句。又致挽联亦极推崇。而刘蓉则未闻有与国藩龃龉者，闿运之语殆一时兴到耳。而刘曾且以夙好而为姻家（国藩子纪泽娶蓉女），国藩墓铭即出其手者也。

曾纪泽为国藩家继起之唯一人物，宗棠甚爱重之，尝称以“聪明仁孝”，并以人才保奏。时纪泽出使未归也，迨纪泽回国宗棠已前卒矣。宗棠督两江时，委国藩婿聂缉规佐上海制造局事，制造局督办李兴锐以纪泽日记于聂缉规有不满之词为疑。宗棠与书解释，谓其尚有志西学，故令其入局学习，并谓：“日记云云，是劼刚一时失检，未可据为定评。传曰思其人犹爱其树，君子用情惟其厚焉。仲芳能则进之，不能则禀撤之。其幸而无过也容之，不幸而有过则攻之讦之，俾有感奋激动之心，以生其欢欣鼓舞激励震惧之念。庶仲芳有所成就，不致弃为废材而阁下有以处仲芳，亦有以对文正矣。弟与文正论交最早。彼此推诚许与，天下所共知。晚岁凶终隙末，亦天下所共见。然文正逝后，待文正之子若弟及其亲友，无异文正之生存也。”益见宗棠之于国藩诚有异乎寻常之凶终隙末者矣。且据薛福成所记，宗棠尝为国荃言与国藩绝交之故。其过在国藩者七八，而亦自认其二三。是宗棠亦非完全诿过国藩也。缉规历官至安徽巡抚，移浙江，为台谏所劾引退。家于沪上，尝斥资兴学，即所谓聂中丞公学者是也。其子杰营商业，为沪商界闻人焉。吴趼人小说《二十年目睹之怪现状》讥缉规备至。而据“沃丘仲子”所为《近代名人小传》，则称：“国藩重其少年端悫因妻以女。当官素和谨，至浙日突弹罢不职文武多人，群吏大惊，怨詈以作。然在当世疆吏中，尚足称廉静。”或《怪现状》所述之内容有过当者欤？纪泽日记曾见二本。一称《曾侯日记》（申报馆铅印本），一称《曾惠敏公使西日记》（上海书局石印《曾惠敏公全集》本），内均无指摘缉规语。

宗棠平时言论于名满天下之曾胡每不在目，而于举世皆知倚己成名之骆秉章则甚表推崇。毛鸿宾之为湖南巡抚也，致书宗棠，以秉章前政为询，宗棠复书，举秉章抚湘绩效以告，极口赞叹。谓“德政既不胜书，武节亦非所短”。并谓“外间论者每以籥公之才不胜其德为疑。岂知同时所叹为有德者，故不如籥公，即称为有才者所成亦远不之逮乎？”意即秉章之才实过曾胡也。是固其不肯人云之素性使然，而秉章亦自非如世俗所论之庸碌而专恃幸运耳。

《湘军志》谓宗棠督办浙江军务，“以初领军，亦益谨事国藩，自比于列将”。郭嵩焘纠之曰：“宗棠向喜与国藩争，国藩尝礼下之，未尝一日谨事国藩也。”又曰：“谨事数语，有意诋之，非实情也。”以宗棠之自负，固非能谨事国藩者。宗棠于浙事将定时，致骆秉章书云：“涤相于兵机每苦钝滞，而筹饷亦非所长。近日议论多有不合，只以大局所在，不能不免为将顺，然亦难矣。”不满国藩之意，情见乎词。惟政府方以东南全局委之国藩，宗棠自不能事事立异，所谓免为将顺者此耳。前当被劾出湖南抚幕，尝自请于曾胡，愿为一营官杀敌自效。此特以满腔愤郁之气，为无聊极思之语，非真欲为曾胡帐下一小校也。晚年为张寿麟序《铜官感旧图》有云：“公不死于铜官幸也，即死于铜官，而谓荡平东南，诛巢馘让，遂无望于继起者乎。殆不然矣。”盖谓靖港之役国藩投水纵不获救，大功亦可告成。即全局初不系于国藩一人之意。其目中之国藩，与时论良有异同也。

宗棠挽国藩联，自署晚生，时宗棠尚未大拜，亦循督抚对大学士之称谓之惯例，本未足云特示谦敬。然昔当国藩入阁时宗棠为浙江巡抚，未肯以晚生自称，迨宗棠大拜，与书曾国荃云：“来示循例称晚，正有故事可援。文正得协揆时，弟与书言，依例称晚。惟念我生只后公一年，似未为晚，请仍从弟呼为是。文正复函云，曾记戏文一出，恕汝无罪。兄欲循例，盖亦循此。一笑。”是可为宗棠对国藩称弟不称晚之证。则挽联称晚生，实破格之循例矣。林翼于官文入阁后，书札中亦兼作兄弟称谓，盖因二人尝定金兰之契，林翼以脱略形迹示亲密也。宗棠请表扬国藩之奏，极称其济饷之功。后此大举西征，则深怨国藩吝于接济。如致杨昌浚书云："曾文正于西饷，每多介介。至自奏定协厚庵（杨岳斌，宗棠陕甘总督后任也）之月饷三万五千两，亦吝不与。而马谷山（新贻）何小宋（璟）及见署两江之张振轩（树声）于前后接手时，则不待催请而自接济。人之度量相越，竟有如此哉。"而薛福成则谓："文襄尝与客言，我既与曾公不协，今彼总督两江，恐其隐扼饷源，败我功也。然文正为西征筹的饷始终不惜余力，士马实赖以饱腾，而文襄不肯认也。"国藩于济饷之事果始勤终怠而福成之语不免回护欤？抑宗棠责望过奢而所言未可据为典要欤？若有意扼其饷源，则于事实所必无，以其与文正平生不类也。

宗棠虽不慊于国藩，而与其子弟辈则仍相善。当西征时，闻曾国荃由河督调补山西巡抚。奏称："曾国荃与臣素相契合，勇于任事本所深知。合应仰恳天恩饬速赴晋抚新任。冀于时务有裨。"以表推许之意。国荃前官湖北巡抚上疏严劾大学士湖广总督官文贪劣诸状，词连军机大臣胡家玉。国藩颇不谓然，以家门功名太盛，不欲为非常之举也。此自其晚年戒慎之一端。与其弟国荃书云："吾家位高名重，不可做此发挥殆尽之事。米已成饭，木已成舟，只好听之而已。"又与国荃书云："余初闻弟折已发，焦灼弥月。直至得见密稿，始行放心。所言皆系正人应说之事，无论输赢，皆有足以自立之道。此后安坐听之而已。"则自是非论之，以为所劾非谬。迨政府于查办大臣复奏后，明定处分。官文解湖广总督，以大学士革职留任。（家玉亦缘是出军机。）复与国荃书云："官相处分极轻，公道全泯，亦殊可惧。少荃官保于吾兄弟之事，极力扶助。虽于弟劾官相不甚谓然，然但虑此后做官之不利，非谓做人之有损也。"盖李鸿章于以卜国荃之不久于鄂抚任矣。国藩尝以鸿章与俞樾对举，有"李少荃拼命做官，俞荫甫拼命读书"之谑。鸿章智略优于国荃，而于做官之事，计虑亦过之。其不以国荃劾官文为然，正忠于师门之故。未几国荃果不安于位，引疾而归。宗棠最恶官文，每称为"媪相"。故于国荃之论劾，极示心折。与书谓："兄疏稿在江西已读过。是目下第一好事，是当今第一篇文章。昔人论张清恪生平若无噶礼一疏便觉减色，岂不谅哉。"可谓相视而笑莫逆于心矣。

林翼致国藩书尝云："季高谋人忠，用情挚而专一。其性情偏激处，如朝有诤臣，室有烈妇。平时当小拂意，临危难乃知其可靠。"又致宗棠书尝云："涤公之德吾楚一人，名太高望太切，则异日之谤毁亦且不测。公其善为保全，毋使蒙千秋之诬也。"曾左之友道中乖，林翼其有先见之明欤？使林翼而在，以其与曾左之关系必能斡旋其间，使之言归于好，然惜哉林翼其早丧耳。当林翼逝世，宗棠祭以文，词极雄畅沉痛。国藩称其"情文并茂，殊为杰构"。中有句云："我刚而褊，公通而介。"又云："自公云亡，无与为善。""孰拯我穷，孰救我褊。"是宗棠于己之褊，未尝不自知之。而谓能救其褊，惟有林翼也。宗棠对林翼亦每以盛气凌之，书函时有诋嘲，而林翼一不与较，始终调护。尝致郭嵩焘书云：“鄙人今春不欲与季丈抬杠，恐伤其气。实则应荐之事，应抬之杠，均俟之异日也。然横览七十二州，更无才出其右者。傥事经阅历，必能日进无疆。”又尝致宗棠书云：“奉书皆愤懑之词，不能以口舌与公争。”其雅量高致，殆有非国藩所及者。

宗棠后与李鸿章会师剿捻，捻平之后，以所部刘松山功高，上疏请表扬国藩之赏拔松山。时曾左固仍在绝交中也。疏云：“臣尝私论曾国藩素称知人，晚得刘松山，尤征卓识。刘松山由皖豫转战各省，国藩常足其军食以相待，解饷至一百数十万两之多。俾其一心办贼，无忧缺乏。用能保垂危之秦，救不支之晋。速卫畿甸，以步当马，为天下先。即此次巨股荡平，平心而言，何尝非刘松山之力。臣以此服曾国藩知人之明，谋国之忠，实非臣所能及。合应仰恳天恩，将曾国藩之能任刘松山，其心重于以人事君，其效归于大裨时局。详明宣示，以为疆臣有用人之责者劝。”国藩以剿捻无功而解钦差大臣之任，一时声望颇减。宗棠有此一疏，特为表彰，实为难得。惟宗棠此举，似有隐衷存焉。盖平捻之役，鸿章统淮军，宗棠统湘军，蒇事而后论功推淮军居首。宗棠自矜其功，意不能平，故借扬国藩以扬松山。松山固已部大将，扬已部亦所以抑李部耳。鸿章及淮军将士，夙受国藩卵翼，特举国藩以立言，俾使关口夺气，其动机殆非纯出自公欤？国藩致郭嵩焘书云：“左帅表刘寿卿之功，谬及鄙人，论者谓其伸秦师而抑淮勇，究不知其意云何也。”是国藩固亦已怀疑于其动机矣。而就事论事，宗棠此疏推重国藩如此，亦自见大臣相处之谊也。国藩于金陵既下，即裁遣其弟国荃所部，惟留少数精锐，畀松山将之，号曰老湘营。宗棠授陕甘总督，松山率部隶焉。其后松山阵亡于金积堡，宗棠悲不自胜。即命松山侄锦棠代将。迄西陲之戡定，此军恒为其主力部队。虽迭经增募而老湘之称未改。薛福成谓宗棠征西之功，国藩实助成之。盖非漫为标榜者。至松山部平捻时所以称为秦军，则以先本赴陕西剿匪，继乃由陕出而令讨捻之故。

国藩卒于江督任，优旨赐恤，宗棠家书（致其子孝威）中论及云："赠太傅谥文正，饰终之典，极为优渥，所谓礼亦宜之也。惟两江替人，殊非易易。时局未稳，而当时贤能殊不多觏，颇为忧之。"又云："曾侯之丧，吾甚悲之。不但时局可虑，且交游情谊，亦难恝然也。已致赙四百金，挽联云：'知人之明谋国之忠自愧不如元辅；同心若金攻错若石相期无负平生。'盖亦道实语。君臣朋友之间居心宜直，用情宜厚。从前彼此争论，每拜疏后即录稿咨送。可谓锄去陵谷绝无城府。至兹感伤不暇之时乃复负气耶？知人之明谋国之忠两语，亦久见章奏，非始毁今誉，儿当知我心也。丧过江干时，亦宜往吊。以敬父执，牲醴肴馔，自不可少。更能作诔哀之，申吾不尽之意，尤是道理。吾与侯所争者国事兵略，非争权竞势比。同时纤儒妄生揣拟之词，何值一哂耶。"

心长语重，肝胆照人。斯亦可谓一死一生乃见交情矣。

甲申正月，左相开两江总督缺，盖因病也。给假四月，回籍调理。五月复入京，七月入闽督师，以钦差大臣身份出之，其时则已垂垂老矣。翁同龢日记记其到京后情事云：五月十九日："出西华门，拜左中堂于栴檀寺，未见。昨日到，尚迟数日请安，起跪不便。"二十一日云："以陈绍一坛，白米百斤送左相。"二十六日云："左侯仍在军机大臣上行走，毋庸入直。遇要事传问，并管理神机营。调旧部两营来京。"闰五月初八日云："左相以内阁典籍厅印行文外省，廷寄申饬。"十三日云："左相封事，同军机上，闻以后自请每日入直。"二十九日云："左相国来长谈，神明尚在，论事不能一贯，大不满意于沅帅（按曾国荃也，时为两江总督）。念汤伯述不置。云已补上海，为沅所撤。力主战，以为王德榜、李成谋、杨明镫（按宗棠旧部有提督刘明灯，光绪二年遵旨列保记名提镇，称为'将才中以识略著者'。杨或刘之笔误耶。）皆足了此也。"六月朔云："冒雨至内阁大堂会议，实未议，只看折耳。……左相说帖。"二十一日云："访左相谈，虽神情不甚清澈，而大致廓然。赠我《盾鼻余沈》，其所撰诗文杂稿也。反复言打仗是学问中事，第一气定，气定则一人可胜千百人，反是则一个驱千百人矣（此句语气未妥，或有误字）。谈及先兄文勤（按翁同书也），咨嗟不已。"七月初二日云："延煦参左宗棠于乾清宫未往行礼，交部议处。"初六日云："醇王参延煦劾左宗棠行礼不到，意在倾轧，交部议处。"十一日云："是日吏议上——左相罚俸一年。"十八日云："左宗棠授钦差大臣，赴福建督师。杨昌浚穆图善帮办。"二十日云："得电信。无名。殆盛君（或盛宣怀）所为，言左相不可往闽，宜在吉林备俄也。"二十四日云："以蒸豚等送左侯。"二十五日云："左相来辞行，坐良久，意极拳拳。极言辅导圣德为第一事。默自循省，愧汗沾衣也。其言衷于理，而气特壮。曰凡小事精明，必误大事，有味哉，有味哉，劝其与元辅协力，伊深纳之，怅惘而别。”宗棠晚岁，虽老态龙钟，然尚豪气依然，于俄事尤极忿怅，烈士暮年，壮心未已者也。

（《古今》第三二期，署名鲁昔达）

图书在版编目（CIP）数据

来燕榭集外文钞．上/黄裳著．-- 济南：山东人民出版社，2022.2
（黄裳集．创作卷．XVI）
ISBN 978-7-209-13316-6

Ⅰ．①来… Ⅱ．①黄… Ⅲ．①散文集—中国—当代
Ⅳ．①I267

中国版本图书馆 CIP 数据核字(2021)第 116300 号

来燕榭集外文钞（上）
LAIYANXIE JIWAI WENCHAO（SHANG）
黄裳 著

主管单位 山东出版传媒股份有限公司
出版发行 山东人民出版社
出 版 人 胡长青
社　　址 济南市市中区舜耕路 517 号
邮　　编 250003
电　　话 总编室（0531）82098914
　　　　 市场部（0531）82098027
网　　址 http://www.sd-book.com.cn
印　　装 天津图文方嘉印刷有限公司
经　　销 新华书店

规　　格 16 开（160mm×230mm）
印　　张 24.25
字　　数 241 千字
版　　次 2022 年 2 月第 1 版
印　　次 2022 年 2 月第 1 次
ISBN 978-7-209-13316-6
定　　价 62.00 元